傅晓红

著

墙上的名字

中国书籍出版社
China Book Press

图书在版编目（CIP）数据

墙上的名字/傅晓红著.—北京：中国书籍出版社，2018.10
ISBN 978-7-5068-7019-1

Ⅰ.①墙… Ⅱ.①傅… Ⅲ.①散文集—中国—当代
Ⅳ.①I267

中国版本图书馆 CIP 数据核字 (2018) 第 222943 号

墙上的名字

傅晓红 著

图书策划	牛　超　崔付建
责任编辑	戎　骞
责任印制	孙马飞　马　芝
出版发行	中国书籍出版社
地　　址	北京市丰台区三路居路 97 号（邮编：100073）
电　　话	（010）52257143（总编室）（010）52257140（发行部）
电子邮箱	eo@chinabp.com.cn
经　　销	全国新华书店
印　　刷	三河市华东印刷有限公司
开　　本	650 毫米 × 940 毫米　1/16
字　　数	291 千字
印　　张	22.75
版　　次	2019 年 1 月第 1 版　2019 年 1 月第 1 次印刷
书　　号	ISBN 978-7-5068-7019-1
定　　价	68.00 元

版权所有　翻印必究

目录

墙上的名字 / 001
民国建筑与我的缘 / 009
南美行 / 015
小保姆的崎岖婚姻路 / 053
夜观庵桥 / 059
震泽的丝棉被 / 063
读你一千遍 / 066
兴化的美食 / 076
味美河豚 / 080
珍珠的故事 / 083
夜宿世界最高城——理塘 / 086
今昔窑湾 / 090
通　途 / 094
台湾夏潮基金会董事长宋东文印象记 / 097

春风沉醉的晚上 / 101
采风高邮忆汪老 / 104
白茆山歌 / 109
奇妙大棚 / 114
又见金山寺 / 117
约会溱湖湿地 / 121
观山翠峰茶 / 124
高跟鞋 / 127
干部班 / 130
作协的"窝" / 133
外　婆 / 136
回　家 / 144
糖桂花 / 149
银　娣 / 154
灵谷深松 / 157
萍水相逢 / 161
台湾导游 / 164
结婚戒指 / 168
姐妹情 / 171
总是难忘 / 175
同学周爱华 / 181
喜欢阅读 / 188
车厢里的歌声 / 192
生　活 / 196
随　喜 / 201

虚心请教 / 204
成长的烦恼 / 206
"小家碧玉"两岁记 / 209
打喷嚏的咪咪 / 212
生　命 / 215
悲乎，马儿 / 218
月夜歌声 / 220
焚　鼠 / 225
过　年 / 231
四岁那年，我的冰凌花 / 233
我的大款朋友 / 237
穿红着绿 / 240
吃的记忆 / 242
桃园守望 / 245
大锅饭 / 248
匮乏与过剩 / 250
哦，香椿 / 253
吃在花果山 / 256
广东的吃 / 258
傣寨飞出金孔雀 / 260
解　签 / 263
失窃记 / 267
季节随想（二则）/ 270
激动人心的一瞬 / 273
雨中观古驿 / 276

四合院学校 / 280
礼社古镇 / 283
大美万佛湖 / 286
水往高处流 / 291
江南有佳木 / 294
人生感悟几则 / 298
人生感悟几则（二）/ 300
人生感悟几则（三）/ 302
老顽童"谢添" / 305
永远的怀念 / 307
南山的竹 / 310
水泥与布鞋 / 313
生态金湖 / 316
南朝石刻 / 319
福山宝华 / 322
清幽南山如桃园 / 325
睢宁儿童画 / 328
震　撼 / 331
流　言 / 334
乌兹别克"生意人" / 337
献给母亲的祝福 / 340
打乒乓 / 342
名　片 / 344
爱的缘分 / 347

墙上的名字

一

江之北的历史名城淮阴，工作后去过多次，只有一次随淮阴朋友游览，走进了淮海南路上的一座古色古香、浓荫覆盖的大院。大院门前有两只汉白玉石狮，右侧是一座修整一新的四合院，朋友告知这里是苏皖边区政府的旧址纪念馆。

苏皖边区政府是抗战胜利后，新四军在苏中、苏北、淮南、淮北四大解放区创建的唯一民主联合政府，于1945年11月1日在淮阴成立，下辖8个行政区，73个县市（其中江苏50个县市、安徽20个县、河南3个县），人口2500万，面积10.5万平方公里，是继陕甘宁边区政府之后的又一模范红色民主政权。边区政府主席：李一氓。这些知识都是我走进大院参观后所得，之前对红色历史的了解实在不多。我在展馆溜达，驻足在一面刻有边区政府各职能部门干部名单的墙前，不经意地浏览着，突然，一个熟悉的名字跳了出来，我瞪大眼睛又看了一遍，没错，是我父亲的名字，在公安局的下方。

爸爸他在淮阴工作过？我这才发现自己对爸妈的经历了解那么少。

二

我父母都是盐城人，抗战爆发后，都投笔从戎，在盐城根据地参加了抗日革命工作，这是我对父母新中国成立前经历的粗粗了解。我出生后，搬过几次家，在几个不同的城市上过幼儿园、小学，所以对他们新中国成立后的经历有所知晓。我却从不知道父亲还在淮阴工作过。

印象中，爸爸内向，不苟言笑，不爱在家人面前多说自己，也没有什么知心朋友，一辈子奉行"君子之交淡如水"的原则，恐怕也因他长期从事公安工作。不过依据我党一贯的政治生态，他也需谨言慎行，久而久之，习惯成自然。这是我的推测。小时候我们姊妹都怕他，打闹得再开心只要他下班一回家，我们一个个马上闭口收声，蹑手蹑脚，该去哪去哪，不敢在他面前多露面。直到他做了外公、爷爷后，才越来越慈祥。妈妈常抱怨他"为人死板"、"不通人情"，她总以加重了语气的一句"不像我们这些做群众工作的人"来收尾。我妈妈确实能跟"群众""打成一片"，有次跟离休后的母亲去菜场买菜，一路不知有多少市井大妈大婶跟她打招呼，开口闭口称她"老太"，我听得十分刺耳，她却毫不在意，笑呵呵——

墙上的名字

回应，据说都是她晨练的"练友"。要知道妈妈在这个小城，可是"第一夫人"，自己也是个实打实的"高干"。在共产党的队伍中，还算是个高学历的人，读过师范，上过抗大，写一手极漂亮的钢笔字，我们全家人都望尘莫及。

看过墙上的名字后，我却无法向爸妈询问。妈妈因脑溢血苦苦挣扎了三年，于新纪元开年离开了我们。爸爸离休后很少出门，每天看看报纸，伺弄伺弄花草打发时间。朋友原本就少，一星期打一次麻将的牌友，一个接一个的"走"了，到妈妈去世，爸爸更加孤独了。一次回家探望，他很是兴奋，突然对我讲述起他刚参加革命去苏中根据地见到惠浴宇的往事，说那次见面后中午请他吃了刀鱼，味道非常鲜美。这么小的细节他都记得住，我津津有味地听着。过了一刻钟，他又重头再叙述，照样嘿嘿地笑着，完全忘了刚刚我还参与的问询。我心里咯噔了一下，有了很不好的预感。讷言的父亲变成了饶舌的人，他开始喋喋不休地讲述他的过去岁月。一遍一遍，重复再重复。我感觉大事不好，找了许多理由，说服父亲马上去医院检查，结果证明了我的推测：父亲患上了阿尔茨海默症，俗称老年痴呆症。那年父亲83岁。

父亲住进了医院，病情恶化，眩晕呕吐、多日滴水不进，急剧消瘦50斤，医院下了病危通知书，他在死亡线上苦苦挣扎了多日，最终医院先进的医疗技术把他救了回来。病情稳定后，我发现他的脑物质及其记忆力正一点一点被一个神秘幽暗的黑洞吞噬。当下的事，说过便忘。他的口述记忆与他的年龄像背道而驰的马车，距离越来越远。他从讲述"文革"前一些同事的逸闻，到战争年代中的趣事，再到他十几岁上栖霞师范时的故事，再到复述小时的家乡儿歌。父亲越来越像个孩子了，最后他不再说话，人来握手，人走再见，偶尔倾听时会眼睛一亮，吐出一两个单词，再后来，他的眼睛越来越黯淡浑浊，常常不再睁眼看这个世界。现在的父亲谁也不认识，他的肉体受困在医院的病床上，他的精神早已远离了这个世界，远离了我们，不知神游在上天的何方。

我很后悔，没在爸妈身体安好时与他们多多交流，多问问他们的故事，问问他们是怎样相识的，问问他们的爸爸妈妈我的爷爷奶奶外公外婆是什么样的人，他们是干什么的，他们有什么样的故事？我们这代人太过关心自己及自己的子女，愧对父母，从来没想过花时间去了解他们，去了解自己的"根"。父母那一辈人都有着极其艰难坎坷的人生，一生经历了抗日和国内两次战争，建国后不光担负着繁重的建设任务，还经历了一场接一场的政治运动，直至"文革"。现在我才知道，聆听他们，其实就是聆听有关自己的故事。把他们时代的故事、把家族故事传承过来，我的一生才是完整的。这是我终身的遗憾。

三

搬家整理书柜，一本江苏美术出版社 1992 年出版的《中国民间秘藏绘画珍品——李一氓藏画选》被我从一堆书画册中挑出，是李一氓的名字吸引住了我的目光。画册居然由大书法家启功题签，大收藏家王世襄作序，老报人、老作家吴泰昌编辑并写了跋语。我想起来了，这本画册是吴泰昌先生九十年代初送给我的，当时翻过后就放在了一旁，如今重读才掂量出这本画册的分量。

画册中有对李一氓先生（1903—1990）的介绍：四川省彭州市人，1925 年加入中国共产党，曾留学西欧，参加过长征。长期从事

墙上的名字

党的地下工作、军队工作、文化工作和外事工作，担任过各级领导职务，其中一条，就是担任过苏皖边区政府主席，新中国成立后担任中联部常务副部长、中纪委副书记、中顾委常委等职。李一氓不光是位老共产党员，还是一位党内不多见的知识渊博、治学严谨的学者和才情并茂著作甚丰的作家、书法家。他1928年就开始发表译作，主编过《流沙》、《巴尔底山》等刊物，"文革"结束后，他出版过《一氓题跋》、《存在集》、诗集《击楫集》等，还编撰图册多部。一氓老多年的心愿，就是将自己的藏画整理出版，在他去世前一个月，江苏美术出版社拟请吴泰昌先生主编《李一氓藏画选》，一氓老此时已病重住院，吴泰昌托一氓老夫人转达征求意见，一氓老欣然同意。可惜李一氓先生没能看到画册的出版。

大收藏家王世襄在序言中说，多年来他常常登门向一氓老求教，涉及书画、漆器、竹刻、家具等多种文物，所以一氓老夫人请他写序，他"至为惶恐，但又感到义不容辞"。从这句话可以得知一氓老的文物知识面非常之深厚宽广，又可以看出王世襄的谦逊为人姿态。这本画册，全部收藏了明清两朝的绘画，令人咋舌的是石涛的作品竟然有五十余件，还有八大山人和石溪的画，说明一氓老对清初画僧的画十分欣赏。这些藏画如今每一张都价值连城。另还有一些一氓老家乡四川籍画家的画。

吴泰昌先生在跋语中写道："一氓老勃起收藏字画的兴趣，是1945年在江苏淮阴、淮安地区工作期间。1947年，一氓家属乘坐一艘小船从烟台通过敌人重重封锁线和惊涛骇浪撤退至大连，船上除人之外，就是几箱字画。"他还写道，北平新中国成立后，李一氓、郑振铎、阿英经常相约去琉璃厂看碑买帖，阿英的日记里有过记载。新中国成立后，一氓老在国外任职，工资几乎全部用来购买词集、字画。吴泰昌先生认为，一氓老收藏书画如此痴迷，绝不能简单视为文人的闲情雅趣，他更着眼于为国家抢救、保存优秀的文化遗产。一氓老在文章中公开写道："余书画收藏，均交公库。"他是这样说的，也是这样做的。为写这篇文章，我专门打电话向吴泰昌先生求证，他告诉我，一氓老在去世前将他收藏的画做了安排：石涛、八大等名画全部捐给了故宫博物院，其他的画包括四川籍画家的画都捐给了家乡的博物馆。

四

重读画册，不禁想起父亲谈到过有关李一氓收藏书画的话题。时间好像是在八十年代。因为事涉古董字画，我那时刚刚对此有点兴趣，所以记住了。四人帮倒台，"文革"结束后，老同志纷纷解放，心情愉悦，四下走动，看望劫后余生的老战友。父亲在"淮左名都、竹西佳处"的扬州任职，来往的老同志自然多。那些年，经常看见父亲将老同志赠送给他的墨宝悬挂在墙上欣赏，记得就有李一氓、姬鹏飞、江渭清，还有赵朴初等。

有一次和父亲一起欣赏他新收藏的字画，他突然讲到，李一氓到扬州来还有一个目的，是请父亲帮他写张证明，证明一氓老在苏北收集的古董字画在涟水保卫战中损毁了。现在想起来就应该是指在淮阴、淮安时期收集的，与吴泰昌跋语中所写吻合。

淮阴是大运河边的重镇，历史上曾经十分繁华富庶，被白居易盛赞为"淮水东南第一州"，到明清时期，更胜过隋唐。清朝在淮安设立过许多衙门，负责漕运的、负责治河的，官员、商人云集。苏皖边区政府在淮阴成立，富有文化底蕴的古城激发富有文人素养

墙上的名字

的边区政府主席关注起散落在民间的古董字画,他开始着手收集保护,我估计父亲应该是参与其中的一人。父亲说收集的文物古董都装了箱,涟水保卫战时前线吃紧,箱子都被搬进战壕当作工事,被国民党激烈的炮火炸飞了。

我专门查看了资料:苏皖边区政府的成立,对于一江之隔的南京国民党政府无疑是颗眼中钉,1946年6月底,蒋介石调集50万大军,向苏皖解放区大举进攻。在苏中,粟裕指挥华中野战军奋起迎击4倍于己之敌的进攻,连续作战,七战七捷,共歼敌五万余人。然而在其他几个方向上,解放军却连遭挫折。7月底淮南解放区全部陷落,8月整个淮北区被国民党占领;9月又在极为被动的情况下,痛失苏皖解放区首府两淮(淮阴、淮安),国民党军兵临涟水城。

那时边区政府刚刚成立一年,9月19日晚,李一氓乘坐吉普,依依不舍地绕城一周,最后一批撤离了淮阴城。涟水保卫战一共打了两仗,1946年10月19日,在师长张灵甫的带领下,国民党全套美制装备最精锐的整编第74师向涟水县城进犯。飞机大炮轮番轰炸,战斗持续了14个昼夜,打得极为残酷激烈,最终解放军军守住了涟水,74师被迫撤回淮安。12月3日,张灵甫74师伙同28师再犯,他们在正面排开将近100门重炮,炮弹对我军阵地暴雨般倾泻而下,把整个战场犁地般地翻了一遍。随后,坦克引导着74师步兵猛攻,与解放军进行逐街逐屋的争夺。城内鳞次栉比的房屋,在战防炮和迫击炮的炮火之下纷纷倒塌;纵横交织的街道,被火焰喷射器烧得条条焦黑……在敌强我弱的形势下,解放军先后撤退,涟水失守。这个仇,5个月后就在孟良崮战役中报了。这后面的故事我们在小说、电影《红日》中都有所了解。

我不知道,装文物字画的那些箱子,是在哪一场涟水战斗中被当作工事炸毁了,看资料推算应该是在第二场战斗中。我记得听到此时,我不无惋惜地问爸爸,"都炸光啦?"父亲说,还剩几只碗,是宋瓷的,"碗呢?"拿回去盛饭用了,"后来呢?"都打了。唉,真是太可惜了!

五

　　一氓老战争年代收集古董字画,是在战乱中为国家抢救、保护重要的文化遗产。"文革"结束后,他想到是:一定要在他走完人生之路前对这批古董文物给组织上一个交代,给自己的人生画完最后一个句号。所以他才专门找我父亲写了证明。剩余的,就是他夫人乘小船撤退到大连时所携带箱子里的字画,连同新中国成立后用自己工资购买的所有字画,去世前全部捐给了国家。

　　一身清廉,两袖清风;只知奉献,不知索取。老一辈共产党人信奉这样的为人为官准则,我们敬爱的周总理是这样,李一氓先生也是如此。面对如今一只又一只党内大老虎被揪出,贪腐的数目越来越让人目瞪口呆,难以想象。他们腐败堕落,完全忘记了共产党的初心与来时的路!唾弃他们的时候,更加怀念为革命理想奉献了一生的真正老共产党人。

　　由墙上父亲的名字,到手中保有的画册,我自己串联勾勒起了这个故事。

　　老区淮阴,也因这个故事,与我有了血缘般的联系,有了不一样的情感和依恋。

墙上的名字

民国建筑与我的缘

家住南京的百姓，多多少少都曾与民国建筑有过亲密接触。可一代又一代的新居民，早已不知这些样式独特，或宏伟或秀丽的建筑背后有哪些刀光剑影、兴衰存亡的故事。大型电视片《民国屋檐下》，史料翔实、脉络清晰、图文并茂地给我们很好地补了这一课。看完此片，浮想联翩，仔细盘点自己这辈子与民国建筑的缘分，大吃一惊，还真不浅哪！

孩提时候，随工作调动的父母来到南京，住进了珞珈路上的一座西式小楼，浅黄色的粉墙，木质楼梯、钢质门窗，有大阳台和大院子，房子很时髦。周围的邻居，都是颜色、样式各异的一栋栋小楼。珞珈路的街心有个小花园，那时马路上可没什么汽车，我们从幼儿园放学都在街心花园里疯玩，捉迷藏的时候居多。这里就是著名的民国建筑集中的颐和小区，不过那时的我对此一无所知。没几年我又随工作调动的父母离开了南京。这是我第一次住在"民国屋檐下"。

因游泳成绩突出，小学毕业我被选调进了东郊的南京体育学院附中。我离开家，一个人又来到南京。我们学校不过两百多人，是全省挑出来的体育苗子，全部住在"大圆圈"里。"大圆圈"是我们的俗称，是座钢筋混凝土的体育场。中间有绿草茵茵的田径场和四百米的跑道，四周是层层的看台。看台上有东西两个高高的门楼，中国传统牌楼的样式，可遮风挡雨。看台能容纳两三万人观赛。看台下有一间间的屋子，是我们的宿舍和教室。每天天未亮，嘹亮的起床号就响起，睡眼惺忪的我们被教练推着在"圆圈"里一圈又一圈地跑着出早操。

上午文化课，下午体育训练。出"大圆圈"，顺树冠如盖的法国梧桐林荫大道走十多分钟，就到了我们每天训练的游泳池。那么美丽的游泳池到如今还会常常出现在我的梦中，绝对空前绝后。那是座绿色琉璃瓦大屋顶的古典宫殿式建筑，五脊六兽的飞檐、雕梁画栋的屋子居然是我们的更衣室。外表古典，室内现代，细方的白色瓷砖、白色的木隔板、闪闪发亮的水龙头……记得第一次更衣时着实惊艳了！游泳池也都是由细小的白瓷砖贴就，几十年了，从未脱落。有人告诉我这是蒋介石、宋美龄游泳的地方。在这个泳池，我的游泳成绩突飞猛进。

离开体院附中很久以后我才知道我们的校园曾是民国著名的中央体育场。它中西合璧，规模宏大，在当时就享有"远东第一"的美誉。据记载，1931年完工，1933年就在次举办了全国第五届运动会，那届运动会成绩斐然，东北有位叫刘长春的短跑运动员创造了100米、200米的纪录，直到新中国成立后才被打破。

整个"文革"我都在"大圆圈"内度过，学校停课，派斗升

墙上的名字

级，我和小伙伴无事可做、无处可去，几乎每天都到近在咫尺的灵谷寺闲逛。那时整个东郊游人寥寥，无梁殿、灵谷塔，还有灵谷寺东边的谭延闿、邓演达的墓园，都是我们游荡的地方，有时候还会走得更远些，中山陵附近的水榭、藏经楼、音乐台，这些民国建筑或靠山，或面水，都被浓荫环抱着，与周边秀丽的自然景色浑然成一体，极赏心悦目。间或登上掩映在绿色松柏中的蓝瓦银墙、雄伟壮观的中山陵，远眺群山，听松涛呜咽，看云气山色，五彩变幻……这里成了我们这些失学孩子最好的美学课堂。

粉碎"四人帮"后，我进南大读书，姐姐在南师大工作，我好些年徜徉在这两座花园般的校园里，留影在许多著名的民国建筑前。

工作后进了省作家协会。省作协没有自己的办公地点，租借过不少地方，我们不得一次次搬家。早先，在中山东路上的"东宫"办公。那是1936年建造的原国民党中央监察委员会办公楼，一座矗立在高高基座上的仿古大殿。同样是琉璃瓦、大屋顶，碧瓦红柱，木雕菱格门窗。殿前还有双踏道，一块石板上竟刻了一个地球，五洲四洋一一分明，既传统又有时代特色。"东宫"庭院深深，草木葱茏，鸟语花香，进得门便似入了花园。可漂亮并不实用，大庙似的大开间屋子，用纤维板隔出无数小间，大房间成了小鸡笼，光线全无。隔光却不隔音，东头打个嗝，西头听得见。只好搬家。

一搬搬到湖南路10号，南京警备司令部的隔壁，每天吃饭都在10号院子的食堂里。这是座名头更大的民国建筑，是当时南京的主要公共建筑之一，见证过许多重大历史事件。这里先后是清朝江苏咨议局、江苏省议会、"中华民国"临时参议院，还做过十年的国民党中央党部，1937年成为汪精卫汉奸政府所在地。院内回廊，仿法国文艺复兴式样,屋顶中央有个高耸的铁皮方底穹隆顶钟楼,用设计师孟莎的名被冠为"莎式屋顶"。那时每天从"莎式屋顶"下走过,朋友们聊起在这个院内发生过孙凤鸣暗杀汪精卫事件,聊得多了,几个朋友干脆拍了部这个内容的电视剧,而汪精卫最终还是因为这颗没取出的子弹引发的炎症翘了辫子。

租房办公总不是个事,与经济大省实力不符,省里决定拨处房产给作协。我们去看过北极阁1号宋子文的故居,真是处好地方!居高望远,玄武湖水在夕阳下抖动着碎银般的光泽,习习湖风吹拂着小楼门口那棵巨大的雪松。宋公馆是建筑大师杨廷宝设计,上下三层,屋顶似茅屋,看上去很朴素,内里却很讲究。西安事变后张学良曾囚禁过此处。省作协老作家多,嫌山高路远,每天上下班没车不方便,否了此处,真是可惜啊!

省里又将颐和路2号给作协做了办公楼。颐和路2号位于珞珈路与颐和路的交接处,1941年开建,是汉奸陈群的私人藏书楼。陈群做过汪伪政府的内政部长、江苏省省长,喜收藏。1942年此楼完工,汪精卫还取《礼记》中"父殁而不能渎,手泽存焉"句提了"泽存书库"的匾名。抗战胜利后,陈群服毒自杀,写遗嘱要将40余万册藏书全部归还国家,后被当时的中央图书馆接受。1949年,许多珍贵的善本古籍被运往了台湾。新中国成立后这里成为南京图书馆古籍部,目前南图的古籍珍藏在全国还排位第三,仅次于国家图书馆与上海图书馆。这是题外话。因地方狭小,九十年代初古籍部迁至了龙蟠里,省作协才得以搬入。

搬前作了装修,没有文化的将这三层小楼外墙全部用白色马赛克贴上,小楼便像个大公厕,又位于民国住宅颐和小区最显眼的地方,很煞风景。不过小楼其他建筑材料非常过硬,地板和窗户,都

墙上的名字

是五十多年前的原装,只是刨了一层再上层漆,便油光水滑,坚硬无比。外地作家朋友来访,踩在宽宽的地板楼梯和外走廊上,有恍然时间错位之感。

我大姐的婆婆是国学大师柳诒徵的女儿,柳诒徵曾担任南京图书馆的前身,江南省立国学图书馆的第一任馆长,"泽存书库"的古籍曾由他鉴定挑选造册。女承父业,大姐的婆婆同样是位古籍专家,在颐和路2号南图古籍部工作了几十年,她常年用眼过度,晚年视网膜脱落,几乎失明。她对那栋房子很有感情,每次我去大姐家,她都拉着我问:院子里的绣球花开了吗?雪松怎样了?我实在不忍告诉她,因为汽车尾气等种种原因,院子里长了五十多年的雪松与绣球花都枯死了,现在院子统统被水泥糊上,变成了停车场,寸草不长了。

兜兜转转,我又回到了儿时刚到南京的地方,每天在颐和路进出。曾读《冰心自传》,看过这样一段记述,说冰心抗战胜利后从重庆来到南京,她的朋友大都住在颐和路,请吃饭、访友,她一天要在颐和路上走七八遭。她开玩笑地对朋友们说:"将来南京政府要翻修颐和路,我要付相当的费用,因为我走得太多了。"读到这段,真是非常亲切。当我走过南京一个个承载着醇厚历史积淀的深庭大院时,我常会猜想,这个院子有哪位历史人物住过?这里发生过什么样故事?

看来还须文字、影像才能将这些民国建筑背后的故事留存下来。早些年我读《蒋碧微回忆录》,才得知南京傅厚岗徐悲鸿故居的许多故事。1932年,徐悲鸿夫妇看中了傅厚岗要出售的十几亩荒地。荒地内有无主坟冢,还有两棵枝叶参天的大白杨树和七八棵柏树,树龄都在百岁以上,据说整个南京只有三棵这样大的白杨树。

徐悲鸿夫妇很满意，买下其中两亩，其余的由几位朋友分别买去。在吴稚晖等人筹钱的帮助下，建起了他们唯一的一栋华屋，那两棵白杨便成为徐家院落中最吸引人眼球的景观。只可惜，房屋虽美，却没留住男主人的心，不久徐悲鸿出走，再也没有回到这个院子。抗战胜利后蒋碧微再回南京，院内的大树已不见身影。

　　感谢蒋碧微的文字记述，让我们知晓了这些。今天我写下自己在"民国屋檐下"的经历与感受，也是想用自己粗浅的文字留一些民国建筑被后人使用的感受。

南美行

有人说，从中国打一个洞穿过地球，出来是南美洲的阿根廷。由此判定：阿根廷是离中国最远的国家，南美洲也就是世界上离我们最远的一大洲。对这块神秘美丽的大陆我一直心心念念想往之，但始终没有机会成行。2016年3月，机缘巧合，我与妹妹、姐夫兄妹及老同学一行十人，居然心想事成，开始了21天探访南美四国（巴西、秘鲁、智利、阿根廷）的旅程。短短的旅程转瞬即逝，可我的心却像驻扎在了那块美丽神奇的土地上，久久不能回归。

巴西

圣保罗与里约热内卢

巴西，南美洲最大的国家，国土面积800多平方公里，居世界第五。人口2亿。巴西人口的种族构成十分复杂，白人、非洲裔黑人、亚裔、印第安人，以及各类混血人，巴西可称为真正民族的大熔炉。巴西是南美洲最富的国家之一，也是我们南美行的第一站。我们从上海浦东机场起飞，至美国达拉斯转机，再飞巴西圣保罗。

三十多个小时的飞行，人已极度疲惫，旅行社安排下飞机就去景点参观。昏昏沉沉，提不起兴趣，印象深刻的是满城破旧的房子外墙画满了"南美式涂鸦"，可以用触目惊心来形容。另一个感受圣保罗真乱，地导不断地警告我们晚上不能上街，白天不能单独上街，别拿着手机到处乱拍，大街上抢劫屡屡发生。以至于到了圣保罗大教堂门口，也不让我们下车进去一观，只让汽车绕教堂一周，说教堂周边坐满了流浪汉、吸毒者，不安全。

圣保罗与里约热内卢都是巴西的大都市。圣保罗我们只待了半天一晚，第二天就飞玛瑙斯去亚马逊河了。估计国际航班只落停圣保罗，是个路过。

这趟南美行21天，可飞机航班（加上转机）共有18趟，几乎每天都要打包赴机场。打一枪换个地方很痛苦，从玛瑙斯飞里约，4小时的飞机，夜里12点才到。里约热内卢是巴西第二大城市，人口650万左右。导游说圣保罗像中国的上海，而里约像中国的老北京。我没感觉相似，两个城市我喜欢里约。

酒店隔条街就是大西洋。前年去葡萄牙里斯本第一晚也住在大西洋边，还记得那天的兴奋，一大早起床就去了海边，看海鸥点点，听海浪拍岸，那轰鸣声响彻数里。我们流连许久不愿离去，搔首弄姿拍了许多照片。里约应该与里斯本，一东一西，隔着大西洋遥遥相望吧。里约这一侧的大洋，显得风平浪静。一早我仍然去了海边，晨曦中，大海、椰树、沙滩，一派南国景色。人们在海边遛狗、跑步。打扫海滩的清洁工，上学去的孩子们，一切都显出生活的从容和悠闲。

里约真是个美丽的城市，有山有水有茂密的植被。几十公里美丽的海滩是上帝赐予全体里约人的礼物，全部免费为富人也为穷人服务。午饭后我们又去了海边，到处都是穿泳衣的美女、帅哥，里约人很会享受生活。

青年男女们在沙滩踢足球。导游告诉我们：里约男孩女孩从小都会踢球，女孩若不懂球，男朋友都找不到。巴西是足球之乡，不会踢球、不懂足球，总统也选不上。

七彩旗帜标志着这片海滩是同性恋的地盘。

三点式美女，热辣的身材，在浪中起起伏伏。

过来一对俊俏中年男女，看我在拍他们，举手微笑友好跟我打招呼。

耶稣山，海拔 2310 米，山间白云缭绕。山顶有基督像，高 38 米，宽 28 米，重量超过一千吨。是为纪念巴西独立 100 周年而建。基督张开双臂，俯瞰整个里约，像一尊巨大的十字架，是里约的标志性建筑物。雕像由法国与美国雕刻家共同完成，他们也是美国自由女神的雕刻者。2007 年耶稣山基督像被选为世界新七大奇迹。

从基督山望下去，整个里约城被白雾笼罩，隐隐约约能看到城中多座拔地而起的山峰与高楼、著名的足球场、大海与沙滩。

那一大片一大片顺山而建的高高低低房屋，是里约闻名世界的贫民窟。也是好多部电影的取景地，例如《绿巨人》、《激情与速度》5。这个贫民窟始于三四十年代。里约有一千个这样的贫民窟，每三个里约人之中就有一个住在这里。其中三四百个属于治安较好，有警察管理，其余全被黑帮控制，毒品交易泛滥。

在去机场的路边还有一处住有 70 多万人的贫民窟。房子搭建的更是简陋，空气中散发着古怪的臭味，据说因为没有污水与垃圾处理设施。这里原来是蔗田，居民都是些黑奴的后代或周边乡村来的农民，他们占据一块土地搭起窝棚 5 年以上，此块土地的主人没有提出疑义，这块土地就属于在此搭建窝棚的人，这是巴西的法律规定。也就是巴西贫民窟形成的原因。

里约的导游小胖是位华人移民的第三代，一个在巴西生巴西长大的女孩子，连外貌也形似巴西胖胖的性感姑娘，她不无骄傲地说：我们巴西是个多民族融合的国家，各种文化交融，这里没有民族争斗，没有宗教战争，大家和平相处，各阶层都心安理得享受各自的经济状况。想想也真是，亚洲非洲以及中东，战祸连连，就连富裕的欧洲现在也不太平，叙利亚难民的困扰，反恐任务的艰巨。而南美洲虽有贫富差距大的社会矛盾，却一直相安无事。

今年 8 月第 31 届夏季奥运会将在里约热内卢召开，这是奥运会首次登陆南美大陆。现在已是 3 月，可哪儿都不见 08 年中国举办奥运会时的大拆大建，直到我们来到著名的马拉卡纳足球场，才遇见围挡修整，这里是奥运会的主会场。

玛瑙斯与亚马逊丛林

玛瑙斯是巴西亚马逊州的首府，距赤道只有 300 公里，属热带雨林气候。一年分雨季和旱季，旱季气温高达摄氏 40 度。一下飞机，我们就被滚滚热浪吓着了。

来接机的女导游黝黑干瘦，就像被太阳烤焦了般。她很会自我解嘲，她说，此地女孩 10 岁来月经，13 岁可结婚，30 岁就做奶奶了。此地水属酸性，男女比例严重失调，女性占人口的 65%，男人

墙上的名字

因此非常受宠,所以都很花心,私底下三妻四妾很普遍,国家与女人们都睁一只眼闭一只眼,默许。此地女人大都肉滚滚的,前挺后翘,很性感。不像她,她老公就嫌弃她太干瘪逃跑了。

玛瑙斯小城如今的模样就如中国东部一些县城80年代差不多,我们住的"泰姬陵酒店",号称五星级,印度人开,房间设备类似于我们的乡镇招待所。门口是玛瑙斯最宽的街道,不过是左右各一车道中间有细细的绿化带分隔的道路。我们不远万里飞来这儿,全因为它位于亚马逊森林腹地,号称"亚马逊心脏",是进入热带雨林亚马逊森林的必经之路。

中午的旅行餐,居然有六种鱼,全是亚马逊河里的鱼,有银龙鱼、水果鱼、沙丁鱼……最为惊人的汤里居然是食人鱼!

下午参观亚马逊河流的印第安人博物馆,博物馆馆藏了5万多份资料数据,保护展示了印第安人的历史文化。我看到了许多亚马逊流域动植物标本,有的很神奇,一种大树的叶居然有两米长,有种像牛的鱼,叫牛鱼,哺乳动物,整体有点像海豹,也如海豹那般硕大。

玛瑙斯已有300多年历史,它的繁盛与衰落皆与天然橡胶业的开采与贸易息息相关。一百多年前这里也曾阔过。玛瑙斯盛产橡胶,橡胶大王建造的亚马逊歌剧院及周边花园。现在成为玛瑙斯重要景点。歌剧院1891年开始建造,建了十年,花了一千万美金,在当时是笔巨款。建筑材料统统从欧洲进口,式样仿造巴黎歌剧院。座位有600多个,分四层。剧院内部金碧辉煌,奢华无比,如今还让人叹为观止。这座亚马逊丛林中的歌剧院,还担当着橡胶大王平时的社交场所。

第二天一早,我们乘船进入亚马逊河。亚马逊河发源于秘鲁中部的科迪勒拉山脉，全长 6751 公里，在巴西境内近一半，剩余的在秘鲁。不过后来到秘鲁听那儿人介绍，亚马逊河五分之四都在他们境内。亚马逊河支流众多，流域、流量均居世界第一。由亚马逊河冲击形成的亚马逊平原大多位于巴西境内。有浩瀚无际的原始森林，盛产优质木材。

上船不一会儿，就看到了亚马逊河的奇观：黑黄泾渭分明的两条水系，并列流淌。亚马逊上游由黑河与索利芒斯河组成，黑河水质因树叶沤泡颜色变深，其实呈浓咖啡色，但被命名黑河。索河水则为黄色。因这两条河的比重、流速及酸碱度各不相同，两条河交汇处长达 17 公里，就这样互不相犯，黑黄分明地流着，成为一大景观。

不一会儿进入了亚马逊河流的魔鬼湖。水质混浊，深不见底，水草漂浮在水面。亚马逊河内有两千多种鱼，而魔鬼湖水底有钻孔鱼（专钻人的七窍）、食人鱼、巨骨舌鱼、鳄鱼等恐怖鱼类，人若身体有破损处（出血）下湖后 5 分钟便会尸骨无存。过此湖时，我们连水草都不敢去碰。

从大船换坐小艇进入亚马逊河深处。印第安人的房屋、商店都建在河上，用木筏轮胎漂浮。路过印第安人村庄，大人小孩都远远地挥手跟我们打招呼，很友好。登上一处浮动商店，印第安孩子们抱着亚马逊丛林里的特色动物供游人拍照。

树懒，萌萌哒，很可爱。付了点钱，可以跟我拍照，但我有点害怕毛茸茸的动物，就让小孩抱好，我拍她与树懒。无奈树懒很不配合，扭来扭去，始终脸别着，不给我正面。还有孩子抱着小鳄鱼，小猴子、水蛇求合影挣钱。

巨骨舌鱼身躯巨大，最长能达 2 米以上，印第安人又称象鱼。

墙上的名字

养了十来条在一个池子里,付钱后可以用小鱼喂它们。只见小鱼靠近水面,大象鱼跃起身来一口吞了小鱼。十多条巨骨舌鱼翻滚现身,鱼肚白与金红色的鱼鳞亮晃晃扭成一片,有点呕心。

我们登岸去看亚马逊丛林,其实就深入开放了一点点,所有走道用栈道架好。亚马逊的天气又热又湿,丛林中没了太阳直接照射,但树高枝密不透风,不停出汗,衣服都粘在身上。丛林中到处都是黑色硕大的白蚁窝,一个个高高地挂着树干上。有一片树林,树叶都被白蚁吃光了。不过白蚁也是印第安人的食材,印第安人掏蚁窝吃蚁卵,自然界的食物链就是这么奇怪。丛林中有大蚂蚁爬来爬去,不敢碰它,它们一窝蜂涌上来也会咬死人的。导游指着一棵树介绍说,树懒只吃这种树叶。这树叶里含有麻醉剂,所以树懒每天都懒洋洋的。据说树懒爬得比乌龟还慢,移动一公里须2个月。

中午在印第安村长开的餐厅吃了午饭。因导游与老板娘熟识,我们顺便参观了老板娘的新房。72岁的老板也是村长,新娶的太太,估摸30岁刚出头。麻雀虽小五脏俱全,新房里有较新式的厨房、有家具沙发,电视,抽水马桶,蛮像模像样。老板的儿女也在餐厅工作,给父亲打工。对这个新继母他们敢怒不敢言。

亚马逊河丛林,目前旅游开发只能进入50公里,与我的期待颇有距离。若要深入探险、研究须巴西政府批准。而丛林深处还有200多个未开化的土著部落,还有食人族。丛林深处有毒蚂蚁、毒蜘蛛、食人花、食人鱼和钻孔鱼、毒蝙蝠,哪一处不危险?

玛瑙斯女导游

巴西之旅，一个城市一位中文导游。玛瑙斯的女导游已58岁，很健谈。长着一张广东广西人的面孔，黝黑干瘦。大家一见面，她就告知她祖籍山东莱阳，1949年全家迁往台湾。她出生在台湾。七十年代末，中国加入联合国，她爸爸怕台湾不保，再次举家搬迁，一下去了地球的另一边：巴西。如今她已在巴西生活了三十多年。真可谓，一方水土养一方人，她已丝毫没有了山东人的模样。

我们对她的生活很好奇，问得详细，她事无巨细，回答得更详细。两天相处，一点一点告知，使我们对华人在这遥远的南美大陆的生活有所了解。

询问当初为什么她爸会出逃巴西。她说因有亲戚在巴西谋生，告知这儿遍地黄金。二十世纪八十年代，巴西确实很容易赚钱谋生，那时巴西雷亚尔与美金一比一。世界金融危机之后巴西经济差了，现在两个雷亚尔才换一美元。华人刚来此地都是以上门推销为生，人手一只大肩包，挨家挨户敲门。大包里都是华人擅长的细纱钩花台布、窗帘等，从台湾批发来。巴西人从未见过这么精致美丽的东西，掏钱就买，许多华人靠此在巴西站住了脚，此后买房置店，生儿育女。

早先她定居圣保罗，可那儿治安差，被抢过三回，怕了，搬来了玛瑙斯。她还绘声绘色描摹过一次她姐姐家遭到的抢劫。她妈住姐姐家，那次差点吓晕过去。她老公也是台湾人，与她一同移民巴西，不曾想后来被性感的巴西女人诱惑，与她离了婚。她有一儿两女，儿子大学毕业，考进了玛瑙斯的税务局，成了公务员，算是进入了主流社会。她多次提起儿子，一脸骄傲。两个女儿还在读书。

墙上的名字

不过谈到儿子娶的巴西媳妇,她说她俩的关系是"相敬如冰",还特别强调:是冬天结冰的冰。言语中,她与子女两代人之间的代沟清晰可见,她仍用华人的传统管束子女,如女孩子晚上10点一定要回家。她的子女巴西生巴西长,早已融入巴西社会,华人思维几乎没有。

问起当年从大陆逃到台湾后家里的生活状况,她说非常艰难。奶奶妈妈一路逃难,吃尽了苦,到台湾后全靠爸爸当小学历史教员微薄的薪水生活。如今他乡作故土,看得出她对自己现在的生活颇为满意,全家人在异国他乡扎根、开花结果。父亲、奶奶已在巴西过世,妈妈跟着姐姐过。自己有房有车有存款。她透露:近年巴西外汇管制,她的美元收入不敢存进银行,只能放在家中。玛瑙斯潮湿,只得常常找晴天摊在院子里晒,还要背着儿女,很遭罪。说到此她不免沾沾自喜,颇为自得。为见我们,第一天脖上特地带了巴西的名宝石:祖母绿,一大块碧绿,特招眼,她带点炫耀地告诉我们五千美元买的。来巴西后她就再也没回过台湾,也从没到过大陆。我们告诉她大陆名山大川很多,很美丽,希望她回家乡看看。她说过几年自己就退休,也一定跟你们一样,全世界旅游,第一站就去大陆。

离开玛瑙斯时,女导游笑着对我们说:"你们有机会可以去山东莱阳柳各庄我家去挖,地下藏有两罐黄金噢。"听闻此话,大家哈哈大笑。

伊瓜苏大瀑布

乘机来到巴西的最后一站:伊瓜苏。巴西的航空较发达,我们去了四个城市,分别飞行时间3小时、4小时与两小时,每个城市之间都有时差。巴西国内交通主要靠航空，完全没有铁路。听说李克强总理曾来此推销中国高铁，后终因巴西欠中国钱而未达成。此消息不知真假。

伊瓜苏，原是印第安语"大水"的意思，这里有世界第一跨度的瀑布群——伊瓜苏大瀑布。伊瓜苏瀑布被联合国教科文组织列为世界自然遗产，它与尼亚加拉和维多利亚大瀑布并列为世界三大瀑布。伊瓜苏现发展为一座旅游城市，是巴西第二大旅游中心。全市面积630平方公里，其中伊瓜苏国家公园占了百分之二十。

早晨推开酒店的窗户，就喜欢上了这座小城。天边有美丽的朝霞，空气是那么清新湿润，绿草地发出非常好闻久违的香香青草味。到处都是绿色的森林、草地、公园。有点像夏威夷。

在酒店的花园里看到许多高大的从未见过的仙人掌，开出碗大的花，粉白嫩红，娇艳欲滴。这才有点南美洲的样子嘛，我们的思维定式是仙人掌树＝南美洲。

上午前往伊瓜苏国家公园，去观赏瀑布群，这是我们期待已久的景点。伊瓜苏大瀑布位于巴西与阿根廷交界处的伊瓜苏河上，形成于1.2亿年前。第一个探访伊瓜苏瀑布的人是西班牙探险家巴卡，1541年发现。

导游给了大家三个选择：乘直升机、坐快艇和步行。结果我们团只有两人选择乘10分钟的直升机，140美元，绝大多数选择了快艇加步行。快艇可溯流而上靠近瀑布并且冲浪，110美元。乘直升机十分钟实在太快了，我们问那两位团友天上观看瀑布感觉如何，他们说被安排坐在直升机的中间，白花花的一片，没看清什么。悲哀。

选择坐快艇的，先乘坐电动车穿行在热带雨林中，四周树木高大茂密，有许多藤蔓植物。电动车不时停在一些树跟前，当地导游

墙上的名字

叽里呱啦地介绍，这些树种国内都没见过，可惜我们完全听不懂。巴西的官方语言是葡萄牙语。其他三个我们即将去的国家都说西班牙语。

终于到了快艇码头。我在南京就为去伊瓜苏瀑布做了准备，淘宝上买了雨衣，现在穿上，再套上救生衣。简直像只笨熊。

同船有两位哥伦比亚快乐哥，不停地做着各种滑稽夸张动作，引得我们哈哈大笑。他们仅穿了条裤衩，光着膀子，完胜我们的笨雨衣啊！

快艇驶向一处不很大的瀑布，徘徊让我们拍照，然后开足马力带领我们冲进瀑布，大水从头而泻，大家尖叫着，如此三回让我们开心。我把手机缩进雨衣的袖管，可瓢泼大水不知怎地顺着脖颈、手臂往下流，我哀叹：我的手机啊！

离开快艇浑身湿透，毫不在意随即加入步行大军走栈道去看瀑布。瀑布是巴西与阿根廷的分界线，西岸是巴西，东岸是阿根廷，两国都建立了叫伊瓜苏的国家公园。我们站在巴西国土内，能清晰地看见对面阿根廷国家公园内参观瀑布的人群。

伊瓜苏大瀑布群长达4公里，是世界上最宽的瀑布，由275个瀑布组成。一路走去，瀑布一道一道，沿路排开，实在太壮观、太让人兴奋了！重要部位都有观景台，须排队拍照。我的拍摄设备和摄影技术太差，实在不能表现伊瓜苏瀑布的雄伟气势。可回去后朋友看了照片和录像，还是由衷地赞叹，实在是大瀑布气势逼人啊！

以前我见过的最大瀑布是黄果树，相比较简直是小儿科啊，不可一比。伊瓜苏的面积、流量、落差应该是黄果树的几十乃至几百倍以上，想想吧，有多气势磅礴啊！

飞流直下的大水，发出震耳欲聋的轰鸣声。讲话都要用喊。靠近中心的马蹄形瀑布,高 82 米。峡谷顶部的水流最大最猛,被称"魔鬼喉"。空气中水雾弥漫,"魔鬼喉"的真正面目隐藏在水汽中,根本看不清。据称"魔鬼喉"附近湿度为百分之九十,如此高的湿度滋润了周边的亚马逊丛林。不一会儿,头发上就能滴下水来,我赶紧又把雨衣套上,也不敢再用手机。

有栈道通往马蹄形的"魔鬼喉"。两边都是巨流倾泻的大瀑布,每秒的水流量达 6500 吨。走在栈道上,就像进行在狂风暴雨中。我披着雨衣,弓着腰,低着头,艰难地向前迈步,眼睛都睁不开。最终我没能坚持走到底,做了逃兵。

伊瓜苏山上盛产果子狸,比黄鼠狼大且壮,短毛尖嘴,在人脚前窜来窜去,好多。不怕人,人怕它,咬伤要去打预防针。我躲得远远的。

伊瓜苏的行程匆匆结束,意犹未尽,还有不少动植物公园我们没时间去。有个鸟园,据称藏有世界上最稀有的各种鸟类,是否为此再去伊瓜苏一趟?

再见了巴西,再见了伊瓜苏!伊瓜苏大瀑布的所见让我们觉得前面的辛苦都值得了!下一站飞往秘鲁的首都利马,去了解神秘的印加文化。

秘　鲁

印加古都库斯科

傍晚从伊瓜苏起飞,到秘鲁首都利马已是半夜,入住酒店。第

墙上的名字

二天 6 点起床又赶往机场，直飞古印加帝国的首都——库斯科。位于太平洋边的利马城我们还未来得及看上一眼，就与它暂时告别了。不过我们从库斯科回来还要再见它。

2 小时的飞行，库斯科海拔 3200 多米，一下飞机就有一种到了拉萨的感觉。天特别蓝，云特别白，人特别黑。传说秘鲁的印第安人祖先，是 2 万年前由亚洲穿越白令海峡来到南美洲的蒙古人。印加人又称印卡人，是南美洲古代印第安人，"印加"的意思是"太阳的子孙"。主要生活在安第斯山脉中段，中心就在秘鲁的库斯科城。

看着蜂拥上来兜售手工制品的库斯科印第安人，他们黑头发、黑眼睛、黄黑皮肤，胖胖矮矮的身材。有点亚洲人样子。

渡过了白令海峡的蒙古人，有一个印第安人部落在南美洲西部越来越强大，11 世纪建立了神秘的印加帝国，到了最强盛的时候，人口达 1500 万，王国的疆土有现在的两个秘鲁大，首都就建在库斯科。13 任印加王有 12 任在库斯科执政。印加帝国的文明程度今天看起来还让人叹为观止。直到十六世纪，西班牙人从海上探险过来，发现了印加王国的黄金，烧杀抢掠，加上西班牙人带来了天花传染病，古印加王国消失了，古老神秘的古印加文明也随之消亡了。秘鲁成了西班牙的殖民地。

第九代印加王帕恰库德是印加帝国最强悍的国王，他把库斯科设计成美洲狮形状，让河流改道穿过城市。随着城市沿着山谷不断扩展，库斯科后来更像只蜥蜴。现在的库斯科面积 400 平方公里，50 万人口。被联合国教科文组织列为历史文化遗产。如今，第九代印加王的贴金塑像高高地矗立在库斯科的广场中央。

我们住进了古城最时髦的酒店，高高的大堂，绿色植物悬挂，敞开式餐厅，餐桌围绕着小桥流水，花艳草绿。大堂的一侧终日供应古柯茶，这是能减轻高原反应的秘鲁特产，我们大口喝着，没什么怪味。据说高原上的印加男人求婚不是用玫瑰，而是用古柯叶。我们要在这里住两晚。这是多天来第一次不用第二天就打包离开。明天一大早要赶火车去盼望已久的马丘比丘。

在这家酒店门口，我们遇见了秘鲁总统候选人藤森庆子的粉丝们，他们打旗吹号，口号声声，折腾到晚上九点多才离去。藤森庆子是秘鲁前总统藤森的女儿。原来这位女候选人与我们同住一家酒店，听说她很可能成为下一届秘鲁总统。

酒店隔壁是一家非常有特色的印第安人饭店。我们在此吃了午饭。民间艺术家用排箫吹奏了许多印第安乐曲。音色低沉缠绵，动人心魄。我曾听过的《山鹰》，就是当地的名曲。印第安音乐家一边吹奏一边推销录有这些曲调的 CD 片。

喝的饮料是印第安人制作的黑玉米汁，很特别，好喝。印第安人擅长种植玉米，这儿的黄玉米硕大无比，一粒能有指甲盖那么大。一根本吃不下，必须切成小段吃。午饭吃的居然是羊驼肉。

下午参观了印加帝国时期重要的萨萨瓦曼军事要塞。这是个昔日每天动用3万人次，历时80年才建成的巨型石垒城塞。蓝天白云下，残存堆砌着的石块还是令人惊叹，印加人那时没有铁器，没有家畜，没有起重设备，那些石块严丝合缝，最重的达30多吨一块，几百年后还如此坚固，他们是如何做到的？

另一处古迹是圣水殿，传说古印加帝国在外打仗、防御的将领率领士兵回首都拜见国王，经过这里，都要先沐浴一番，清爽干净后去觐见。圣水殿几百年来流水潺潺，清澈甘洌，从未干涸。它的水源来自哪里？至今不知。去看圣水殿异常辛苦，此处比库斯科还

墙上的名字

要高 200 米,在一个小山上,我们以一种极缓慢的步伐前进。因是爬坡,稍一走快就心慌气喘难受,高原上须处处小心。

沿途印第安人牵着羊驼、摆开地摊、售卖手工艺品。第一次见到羊驼,样子非常萌,很可爱。白色居多,也有棕色、黑色及棕白夹色的,比羊高大许多,但性格极温顺。

西班牙人十六世纪攻占库斯科后修建了天主教大教堂,前后共花了一百年时间。教堂从天花到地板,金碧辉煌、美轮美奂。最高端福音钟楼上悬挂了一口 13 吨重的巨钟,最有意思的是大教堂里挂了一巨幅《最后的晚餐》油画,画中餐桌上摆放的居然是荷兰豚鼠。

历史上这里发生过两次大地震,震倒了教堂一角,露出了原先印加人建造太阳神庙的地基与墙基。仍是用切割得非常平整的大石块,用石槽咬合,石块与石块间连根针都插不进。如今用现代工具做起来也不那么容易。说明西班牙人是推倒了印加人的太阳神庙,在此地基上建造了教堂。据说原先整座太阳神庙的墙壁都是用 20 厘米厚的黄金块包起来,全被西班牙人撬起运回国了。

库斯科城老城保护非常完好,从高处远眺:密密麻麻的红砖白房,一直伸延至山坡,城中除教堂高高耸立,其他建筑物不能超过三层,这是为保护古城立下的法规。现在看起来古城处处都是西班牙的建筑风格,但印加文化还是顽强地在很多地方表现出来。1533 年西班牙人入侵后,摧毁了整个印加都城,却保留了古城原来棋盘式的街道布局,保留了原来的石子路和坚实的印加基石,保留了中央广场。在秘鲁,大小城镇的中心广场都叫武器广场。广场就是城市的中心,也是帝国举行庆典或宗教祭祀的场所。那时的规模约现在的两倍大。广场呈方形,周围四个方向的道路把库斯科和印加帝国的行省联结起来。承载了无尽历史的武器广场如今是市民休闲、娱乐、聚集的所在。我们前后两次来到武器广场,都是在傍晚,人来人往,热闹非凡。一次教堂的台阶上有几十位女人在静坐示威,是女教师们要求增加工资。女人们在一起,交头接耳,拉拉家常是常态。偶尔,举举手中的标语牌,天黑了就撤了。一次我们从马丘比丘回来,到广场边的饭店吃晚饭。华灯初上,高原的天空漆黑深邃,广场上柔和闪烁的灯光,就像天上璀璨的星星。吹着高原凉爽的晚风,穿行在库斯科的小巷中,脚下是存在了千百年的坚实石子路,一时恍惚,不知今夕何夕?

神秘的马丘比丘

4点半起床,5点一刻坐大巴出发。

天刚擦亮,我们睡眼惺忪,漠然地望着窗外。小镇一个个晃过,很像尼泊尔、埃及山区的小镇。泥泞的道路,垃圾遍地,野狗成群,裸露着钢筋没有粉刷的红砖简易楼房,许多甚至连门框和玻璃也没有,仅用塑料布蒙着。贫穷显现出的外表全世界都那么相像。

大巴在安第斯山脉间绕行,这里仍属库斯科地区,海拔在3000米左右。天渐渐大亮了,窗外的景色让我们越来越兴奋,很似藏南和川藏地区的景色。大片大片深浅绿色的草甸、星星点点黄色的小花、悠闲自在埋头吃草的牛羊,农舍、炊烟,远处的雪山,真美啊!可惜大巴飞快,隔着玻璃根本无法拍摄下这美景,好在我姐夫端着长焦炮筒猛拍,嘴里还喊着:过瘾!

其实库斯科到马丘比丘有一条专线铁路,每天会有数十趟火车往返两地,火车分三个等级,价格不同。从库斯科出发,火车先要

墙上的名字

爬上海拔近 4000 多米的高山，因山高坡陡路窄，无法转弯的火车会沿着"之"字形走，向前走上一段后，会转换到另一条轨道上，将原来的车尾变成车头继续前行。有点像詹天佑设计的八达岭长城轨道。上山变轨四次，下山变轨两次，才能到达乌鲁班巴河谷。可惜今年一月因库斯科火车站维修，不能使用，我们只能先坐大巴到乌鲁班巴镇，再乘火车到热水镇。

一个半小时后到达一个有 2 万人的小镇：乌鲁班巴镇，镇边有一条水流湍急的乌鲁班巴河，养育了小镇人民。这条河在古印巴就非常闻名，库斯科大教堂墙上的古印加天文图就是以乌鲁班巴河描画的。去马丘比丘的火车在这里乘坐。等我们翻山越岭登上海拔 2350 米高的马丘比丘时，才发现这条乌鲁班巴河一直追随着铁轨绕过崇山峻岭流向马丘比丘，然后 180 度大转弯，围绕马丘比丘三面，又向前流去。

乌鲁班巴镇火车站，居然建在高高的悬崖峭壁下，这恐怕也是世界独一个。

看到峭壁上的三个船艇一样的东西吗？要不是导游指点，我们根本发现不了，那居然是"探索者旅店"。住宿者须先攀爬到悬崖顶，再用绳索吊下去。老外喜欢冒险，此旅店供不应求，须提前 3 个月预定，一千美金一晚。

观光列车轰隆隆开来了，极新潮。除了脚下，三面玻璃，180 度景观，中国似乎还没有。火车由东方快车公司经营，票价很贵，来回 150 美金。车上有水果咖啡供应，还有表演。我们可观蓝天上白云翻卷，可看悬崖边乌鲁班巴河水汹涌，十分惬意。

库斯科—马丘比丘铁路 88 公里处，是印加古道徒步路线的起点，古道崎岖跌宕，沿途经过三个海拔四千多米的山口，43 公里路程需要四天三夜。当时的古印加人没有轮式车辆，没有马匹驭用，印加王出行全是乘坐奴隶拥抬的肩舆。1911年美国耶鲁大学教授、考古学家、登山家希拉姆·宾汉寻找马丘比丘走的就是这条道。

去马丘比丘的路太过遥远，光今晨起，我们先坐了一个半小时的大巴，再乘坐2小时的火车，再乘坐20多分钟的景点大巴顺绕山公路爬行，加上候车时间，花了5个小时才到达神秘的"天空之城"马丘比丘。美国国家地理杂志把马丘比丘列为此生须去的50个景点之一，还有人说它被列为世界新七大奇观。1983年，马丘比丘被联合国教科文组织定为文化与自然双世界遗产。

进入马丘比丘的大门就看见山壁上挂的铜牌，记载着美国耶鲁大学考古学家希拉姆·宾汉1911年发现这一遥远古迹马丘比丘的功绩。他是研究印加历史文化的，一直在寻找最后的印加古城（库斯科被西班牙人攻陷以后，印加王带领部分随从进入深山。）1911年希拉姆·宾汉组织了一支探险队，深入到秘鲁的安第斯山脉中进行考察。在乌鲁班巴峡谷，一位农民告诉他们，河流上边有一座隐蔽的城市。在当地盖丘亚人一个孩子的帮助下，宾汉找到了被白云和森林覆盖的马丘比丘，找到了印加人的最后一个据点。城中宫殿、神庙、祭坛、广场、街道、水道、监狱、仓库等一应俱全。经多年研究，希拉姆·宾汉发现马丘比丘并不是印加王最后的避难之地，而是印加王朝祭祀太阳神的地方。

第9代印加王（1450年）是印加王朝最辉煌的时候，他在马丘比丘山上建造了这座古城。以15世纪印加人的生产力和技术，他们是如何将巨大的石块运上绝壁山梁，又如何将巨石垒成严丝合缝的城堡，至今还是谜！每年冬至日，印加王会兴师动众率领上千随从来到这里祭拜太阳神。直到十六世纪西班牙人攻陷了库斯科，马

墙上的名字

丘比丘山上的祭司、贞女、牧师及奴隶们久久不知这个消息，只是一直等不到来祭拜的印加王。终有一天他们知道了印加王朝的灭亡，便各自逃命去了，这儿成了废弃之地，被茂密的树林遮盖，世上再也没有人知道马丘比丘了。（这只是一种推测，印加王朝没有文字。）

马丘比丘遗址限制每天不超过2500人参观，我们赶到已上午十点左右。节节台阶，高人云端，导游引导我们先蜿蜒西攀，占据制高点，找最佳角度俯瞰全景。参观者众多，上上下下，主要是欧美人，中国人也就我们十几位。好不容易我发现两位说中文的，一打听，是中国人，却住在美国，参加的美国团，从洛杉矶来。还看见亚洲面孔的韩国老人团。

终于爬到山顶了。云雾环绕着座座山头，几只肥羊驼自在悠闲地吃草，太阳光从山峰间泻洒进来，马丘比丘古城从云雾中挣出，完全显现在我的眼前。那一刻，真激动啊，我拿出手机拼命拍，生怕错过了美妙的瞬间。

看得出这座小城中房屋鳞次栉比，只是它的血肉被岁月的风沙磨蚀，只留下道道骨骼袒露在后人惊羡的目光中。现代考古学者估算马丘比丘曾居住着1500人。从挖掘出来的头骨推断，这里女性与男性的比例是10∶1。从而推断马丘比丘是举行崇拜太阳神宗教仪式的地方，众多女性是敬献给太阳神的"太阳神的处女"。

顺着主殿、圣器室、三窗庙，来到太阳神庙。每年冬至日，太阳会从房屋的窗口准确地照射到一块大石头上。这就是"拴日石"，印加人每年冬至的太阳节，为祈祷太阳重新回来，会象征性地把太阳拴在巨石上。拴日石还是印加人的天文装置，根据阳光照射在石块的光影来计算重要农耕节气。

观星台，古印加人会站在大石头上观看南十字星。他们的占星术和天文知识都非常了得。

中心广场，冬至日举行庆典的广场。

祭祀台。

门框高的屋子是身份高的祭司们住的，他们的帽子上都插着高高羽毛，门若矮了他们进不了屋。

顺着生活区、劳作区、监狱群，就进入了梯田。印加人用石块在山坡上堆砌成一堵堵墙，然后填土筑成长条形梯田，种植玉米和土豆等作物。梯田先由大石头垫底，然后小石块、沙、最后土壤。

马丘比丘的供水系统也十分了得，水从旁边山上通过石槽引来，在满足城中用水之后，自流用于梯田的灌溉，极其科学。在印加帝国的许多地方，耕地大部分是安第斯崇山峻岭间的河谷地和山坡地，印加人开辟出来的梯田，既防止了山坡地的水土流失，又有着精巧复杂的灌溉系统，大面积的灌溉系统使印加帝国成了繁荣昌盛的农业国，其中部分灌溉系统至今仍在使用。

马丘比丘旁的华纳比丘山我们没有机会攀登，华纳比丘山每天控制不超过400人攀登，名额须要提前一周或更早才能预定到。我们只能看看古印加人比照华纳比丘峰雕刻出来的一模一样的大石块，了却念想。

高原上的天说变就变，刚刚还阳光普照，一会儿狂风大作，天阴沉下来，淅淅沥沥下起雨来。这是马丘比丘的常态，导游把备好的雨披发给我们。照片是不能拍了，还好我们已抢拍了不少。

雨越下越大，我们赶紧下山，山上无处躲雨。

两千人在风雨中静静地排队候车，没人吵闹插队，文明程度真是高啊。从山上抬下来一副担架，有人摔伤了。在山上时还听说

墙上的名字

今天有一白人老年妇女失足滚下十来级台阶,头撞到了石头上,死了。呜呼哀哉!

古印加帝国和文明的消失始终有多种推测。但马丘比丘就矗立在我们眼前。亲们,想看要趁早,趁腿脚还灵便时。

利马与鸟岛

利马飞机场,我们几出几进。

太平洋一侧的秘鲁首都利马是著名的"无雨"之城,一年到头不下一滴雨,饮用水全靠安第斯山脉的雪水融化。从飞机上看去,利马灰蒙蒙的,看不到绿色的植被,可怜巴巴的零星树木也与中国一样,树叶上落满了灰尘。街头有一种八九十年代的陈旧破败感觉。四个国家中,秘鲁经济是最差的。秘鲁是民主国家,圣母塑像与多位竞选总统人的画像在广场并列。

利马街头到处都是未粉刷过的楼,疑似烂尾,其实是有意为之,因为这表示未装修完成,国家不收税。

全秘鲁有一千万人左右,华人有二百五十万,基本是广东人。利马的中餐馆是我们这一路吃的最地道的中餐馆,量大质好,比欧洲、非洲各地的旅游餐好得多。

利马城实在没什么可看的,导游带我们去了海滨公园。参观公园里模拟版的纳斯卡地画图案。我们这趟没有这个行程,有点遗憾。

站在公园远眺太平洋,俯瞰海景大道上繁忙的汽车。玩水的人们在浪中起伏,许多人伏在小舢板上。公园里有许多席地而坐休闲的利马市民。随着我们参观的深入,发现利马还是有不少绿地与美丽的建筑,特别是中心广场与富人区。海边有利马最高档的购物中心。城边有著名的橄榄园，西班牙人殖民时种植，距今已有500多年历史，现在既是利马的富人区又是公共休闲区。利马的建筑风格许多保留着西班牙式，西班牙曾殖民了秘鲁三百多年。

第二天，我们在步行街闲逛，随意步入了圣母玛丽亚大教堂。教堂里有巨大的背负着十字架的耶稣像、有非常美丽的圣母抱着圣子的塑像，我后来在阿根廷布宜诺斯艾丽斯大教堂还见过骑着毛驴的耶稣塑像，与欧洲教堂的造型不太一样。南美大多国家都信天主教，民众很虔诚。络绎不绝来圣母玛利亚或耶稣像前祷告的人，都安静地排着队等候。我是第一次见到。在圣母玛利亚大教堂有位青年妇女，坐在圣母像前的地上，久久地仰望着圣母，不断抹着眼泪，似乎有很大的委屈。我不敢打搅，静静地坐在一旁注视着，教堂里放着圣乐，十分钟，十五分钟，那姑娘还坐在地上，我的心却随着悦耳的圣曲沉静下来，沉静下来——渐渐物我两忘。

离开后我常回想当时的氛围，如我们城市也有这么个场所常去坐坐的确不错。

这趟南美行，秘鲁是呆的天数最多的国家，秘鲁经济不如那三个国家，可它拥有的世界自然与历史文化遗产最多。在秘鲁还值得一去的地方是皮斯科的鸟岛。

我们从利马出发，沿南泛美公路往南开往皮斯科。泛美公路是美洲最长，也是全世界最长的公路。全长47515公里，北起阿拉斯加，南至火地岛（过些天，我们就站在了火地岛泛美公路的终端），贯穿几乎北美、中美至南美所有国家，特别是它把17个南美国家的首都连接了起来，把沙漠、热带雨林、高山等许多不同类型的气候带和自然环境连接了起来。我们去皮斯科几乎一路沙漠。夕阳照

墙上的名字

耀下，一条黑色的公路，穿插在蜿蜒起伏发出金子般颜色的沙漠中，大有一种悲壮之美，苍凉之美，动人心魄。离开利马几十公里外多处修建在沙漠里的贫民窟，简陋到悲惨地步的芦席棚、低矮破败的旧砖房，无水无电无道路，巴西里约的贫民窟与之相比那就是天堂了。看过后心中戚戚。

皮斯科离利马350公里，因该市有印加文化遗存，所以成为旅游地。它最有名的是皮斯科酒，是一种用葡萄蒸馏酿制而成的烈性酒，世界闻名。可惜我们没机会尝一尝。

拐进皮斯科市我们下榻的酒店，眼前一亮，居然住进了海景房，心情大好，抓起手机就去海边拍夕阳下的大海。

海边就是酒店的游泳池，可惜没带泳衣。那天刚好星期六，许多利马人拖家带口来度假，泡了一池子秘鲁熊孩子。

第二天坐快艇出海去鸟岛。太阳暴晒，我们全副武装，墨镜、太阳帽、长袖防晒衣。怕帽子被海风吹跑，用丝巾系好。快艇箭一样飞驰，海风扑面。海鸥翻飞。鸟岛距岸边有二十几公里远。快艇开了不一会，导游让大家看左手边山岩坡上的岩画，只见土红色的一块岩石，赫然有一巨大的图形，同纳斯卡地画如出一辙。有人称之为仙人掌树，有人称为世纪烛台。它有120米长，左右对称，清晰无比也神秘无比。它存有了两千五百多年，从未被黄沙覆盖。有考古学家认为此画为远古时代导航所用，也有传说是外星人登陆地球的信号。但其究竟是什么人刻画，其作用是什么，就如纳斯卡地画一样，至今是个无解的谜。

鸟岛到了。鸟岛面积约2.5平方公里，由3个小岛组成，是秘鲁的自然保护区。远远地，就看见许多鸟儿在岛的上空盘旋。鸟岛生活着600万只海鸟，主要的鸟类有：鲣鸟、北极燕鸥、鹈鹕、鹭鹭等。除了鸟们，鸟岛上还寄生着许多海豹、企鹅、海龟和海豚。它们每天要吃掉1000吨的鱼虾，岛上堆积的鸟粪就如一座天然化肥厂，生产宝贵的有机肥料，每年十多万吨，成了秘鲁重要的资源。早在100年前，就有10万华人劳工以上岛挖鸟粪为生，还有许多华人在秘鲁种植园中当劳工，这些人就是今天秘鲁华人的祖先。更劲爆的故事是太平天国遭曾国藩湘军的围剿灭亡后，一支太平军为活命，一路南撤至福建，无路可退后自卖猪仔去了秘鲁，在种植园里当奴隶。后因农场主的残酷欺压，太平军头领发起暴动，杀了农场主和工头。这时，秘鲁、智利、玻利维亚三国为争鸟粪打起仗来，他们审时度势，决定与智利政府谈判，帮他们打仗，代价是战后划一块土地给他们，收容他们为智利公民。智利政府答应了，结果这支队伍英勇骁战，战无不胜，帮智利政府取得了战争的最后胜利。这批他们也就从秘鲁迁至智利定居。

快艇悄悄靠近，才发现鸟儿是真多：飞起来，遮天蔽日；叫起来，聒噪震耳；落下来，有密集恐惧症的人不敢看。挨挨挤挤、密密麻麻站满山头，似再无立足之地。

快艇绕鸟岛慢行，让我们靠近观察拍照。过山洞时可以看见昂首的海豹，晒太阳的海豹，快活游泳的海豹。那震耳欲聋的海豹吼声，不知是否在唱歌求偶。

两座小山包，一边是海豹，一边是海鸟，各有山头，互不侵犯。

另一座小山头的石阶上，十几头海豹，横七竖八酣睡着，我们的到来，丝毫不受影响。

这是个充满声响与气味的小岛，虽然带给了我们难得一见的视觉享受，可那刺鼻的臭味：鸟粪臭、海豹腥，和令人心悸的动物叫声：鸟的嘶鸣与海豹吼声，都让人有点吃不消。

墙上的名字

智 利

复活节岛的秘密

做梦也未曾想到,有一天我会来真的登上遥远浩瀚的南太平洋中神秘岛屿——复活节岛。

记得小学二三年级时,在家中一本《知识就是力量》杂志上读到介绍复活节岛神秘石人像的文章,并附有图片。从那天起,对复活节岛的好奇心就一直珍藏心里。

南太平洋中的这个岛,属于智利,离最近的智利首都圣地亚哥3700公里,每天只有一个航班往返,5小时航程。而从中国到复活节岛,不远万里啊!地图上看复活节岛是茫茫大洋中一个比标点符号还小的点,距智利圣地亚哥和我国上海到太平洋上美国的关岛差不多远。周边没什么岛屿,图上标一个叫戈麦斯岛距它有二三百公里远,距离最近的有人定居的皮特凯恩群岛有二千多公里远,真可谓人迹罕至,孤岛一座,据称复活节岛是世界上最与世隔绝的岛屿之一。

1722年复活节那天,荷兰人探险家雅各布·洛吉文探航太平洋时发现了这座岛,并发现了矗立在全岛的神秘石人像,从此小岛被命名复活节岛,神秘石人像传遍全世界。当时复活节岛上的土著还处于钻木取火阶段,石人从哪儿来,没人说得清。从那时起到如今,几百年来,各国科学家通过各种科技手段也查不清石像的来源、年代、为何矗立、如何雕刻、如何搬运、如何矗立?石像背后的象形文字也没有人认识。复活节岛成了世界之谜。

2011年，世界考古学家们为研究进行了石像的挖掘，随着挖掘越来越深，考古学家们发现神秘的石人不只有身体、肩膀和手，他们的背部还有精细雕纹和象形文字。居然分男女，穿丁字裤，埋在土里的部分，竟有十多米高。

清晨我们离开利马飞智利的首都圣地亚哥，然后直接在机场转机，再飞复活节岛。到了复活节岛已是夜里11点多。来接我们的当地旅行社人员给我们每人献了花环，花环用岛上的鸡蛋花和树叶编织成，有淡淡的清香。

复活节岛，面积160多平方公里，常住人口不足8000人，岛上近乎未开发，大都保持自然状态，是一块没被污染的净土。一为环保，二是岛上所有东西都需从遥远的大陆航运过来，宾馆建得非常简陋，我们也不讲究，有干净床睡有澡洗就可以了。飞了一天，我们赶紧睡了。

岛上的时间比国内要晚两三个小时，早晨8点天还未亮，窗外才有鸡叫，9点半我们出门参观，天边刚见晨曦。

汽车穿过灌木丛、小树林，直接驶向海边。所见一切，似乎都保持其原始状态。没有人工的痕迹。除了岛上的道路。蓝天下的大海，蓝得那么纯净，拍打到峭壁上的浪，又显出那样的白。空气透明干净得让人陶醉。

来到一大山边，导游告知这里是全岛石人像最多的地方。满眼看去，尊尊石像从山腰一直散落到山脚，一般有7—10米高，重约30—90吨。都是长长的脸，高鼻凹眼，下巴突出，嘴巴噘翘。大耳垂肩，这点有如中国的佛像。所有石像只有上半身，外形大同小异。有立有卧，还有跪坐的、未完工成形的。人们给这里起了名

墙上的名字

字：叫"石人像的故乡"。

站在山上远眺，远远地，最著名的15人像，面朝"石人的故乡"，背后是波浪汹涌的太平洋，排成一排，有如一队准备出征的武士。岛上所有的石人都面朝大海，唯有这15人像相反。

我们坐汽车来到15人像跟前。好高大呀，须抬头仰视。每尊都是整块火山岩雕成，最高的达22米，重300吨。他们表情各异，但都淡漠威严。其中有个戴红帽子的石人像，帽子是另叠加在头上的。红色的火山岩，在阳光下红得耀眼，光那顶帽子就达8吨重，在无起重设备的"古时候"又是如何戴上去的？

远处的地上还摆放着十多块未上顶的红帽子。

在岛的另一面，我们还去了奴奴神殿。6尊石像，4尊戴红帽子。

复活节岛是一个火山岛，呈三角形状。岛上有三个大火山口分别雄踞三个角的顶端。海边有一个用大石块围起来的圈，圈的中间放着一块大石头。导游说，岛上的人认为复活节岛的位置是世界的中心，是世界的肚脐眼，而这个石圈里的大石头就是那个肚脐眼。这个说法一开始人们并不认同，直到后来航天飞机上的宇航员从高空鸟瞰地球时，才发现复活节岛孤悬在浩瀚的太平洋上，确实与小小的"肚脐眼"一模一样。难道古时土著人也从天上俯瞰过自己的岛屿？他们会用什么样的飞行器？真让人浮想联翩。全团人在世界的肚脐边留了影。

岛上到处都能看见野马，三五成群自由自在地吃草。听说岛上马的数量与人差不多，也有大几千匹。动物也呈自然状态，死了也不埋，任白骨抛撒。

岛上的花啊、果啊、菠萝啊什么的都小小的，估计从没经过育种、嫁接、栽培和施肥，啥东西都呈自然状态。

听说全岛唯一有一尊有眼睛的石人像，贝壳做的眼白。为了去看他，我们来回步行了整整3小时。穿过了大半个岛，走过岛上的商业区和生活区，看到岛上的学校、商店和教堂，因旅游业的发展，小岛颇为兴旺有人气。

智利是我们这趟南美行的第三个国家，在拉美国家中目前智利是第一个CECD成员国。它资源丰富，全世界三分之一的铜出自智利，恐怕我国是智利铜的最大买家吧？我还知道又大又贵的车厘子也是智利出口。智利是世界上最狭长的国家，竟跨越了38个纬度，所以春夏秋冬在全国各地同时呈现，各种地形地貌都存在。在智利我们只到了复活节岛与圣地亚哥。离开复活节岛在机场候机时我邂逅了一对北京来的夫妇，他们在智利自由行了一个月，看冰川、火山、沙漠与企鹅。我们有点蜻蜓点水啦。

圣地亚哥与普通的欧洲城市很相像，城市建设比之利马要高大上不少。智利人大都是西班牙后裔或与印第安人的混血，模样与西方人很接近。智利有1700万人口，却有800万人在圣地亚哥。圣地亚哥分富人区、中产阶级区与贫民区，游车河时看上去差距不很大，贫民区的房子也很不错，很多整齐划一的小独栋。同团人惊呼："还是别墅耶！"

阿根廷

卡拉法特之莫雷诺大冰川

告别了圣地亚哥飞往南美行的最后一国——阿根廷。我们从太

墙上的名字

平洋畔飞到了大西洋畔。天黑才到，天不亮又飞离，还没来得及看看布宜诺斯艾利斯就又往南飞了3小时，到了莫雷诺大冰川的所在地——卡拉法特小镇。

一下飞机人就惊到了，空气那么透明，远处的雪山及山褶都清清楚楚呈现眼前。一个大湖，颜色居然是梦幻般的淡天蓝色，一种我从未看过的湖水颜色，在太阳光的照映下发出海蓝宝石的光芒。这个湖叫阿根廷湖，是南美洲著名的冰川湖，为阿根廷第一大湖。有160多平方公里的面积，最深处达500米。因有莫雷诺、乌普萨拉等冰川伸入湖中，它的水都是冰川融化的水，冰川形成于安第斯山脉，土壤里有许多矿物质，冰川裹挟着这些物质，因而造就了这么独特美丽的颜色。

卡拉法特镇，阿根廷南部小镇，离世界的尽头乌斯怀亚不很远。因小镇周边生长一种叫卡拉法特的有刺灌木植物，果实可以做果酱，特别甜美，有抗氧化作用，是小镇特产。小镇便以卡拉法特命名。镇子很小，就几条街，街头来来往往的人来自全世界，都是为了一睹莫雷诺大冰川的风采。小镇商店大都为旅游服务，琳琅满目的旅游纪念品店我们一间一间逛过去。小镇有季节性，居民一万人，大都做旅游生意，到了冬天，关门上锁，近三分之二人会离开这里去温暖的地方度假。这儿是现任民选女总统老公的家乡，女总统的别墅就在小镇上。

我们入住的酒店依山而建，从房间窗户望去，能看到皑皑雪山与美丽的阿根廷湖。

小镇有唯一一家中国人开的餐馆，大炭炉转烤着一整只羊，吱吱作响，窗户外看过去很诱人。可惜我不吃牛羊肉，同团的朋友大快朵颐，说羊肉极嫩有汁水，从没吃过这么好吃的羊肉。

参观赶早，第二天天没亮就乘车去看大冰川。冰川离小镇有百十公里。汽车沿阿根廷湖一路飞驰，另一侧有白头雪山和高大的针叶松林。天渐渐亮了，朝霞升起，一路景色变换，美不胜收。

远远地看到莫雷诺冰川了。冰川由一位名叫莫雷诺的探险家发现，由此命名。1945年阿根廷成立了国家冰川公园加以保护，1981年被列入联合国世界自然遗产。

阿根廷国土面积呈倒三角形，被太平洋与大西洋夹在中间，越往南越狭窄，到了卡拉法特，从东到西不过300公里，太平洋的暖风与大西洋的冷风在这里交汇，冷暖湿气形成绵绵雪絮，安第斯山脉雪线以上部分便终年下雪。日积月累，雪被挤压去了水分，成了雪晶，再受挤压就形成了壮丽的大冰川。莫雷诺冰川既是老冰川，属第四冰河期，有10亿年的历史；又是世界为数不多的不断生长的活冰川，有专家称它为日进30厘米的成长性冰川，成为"冰川时代"的活标本。

世界三大冰川都在阿根廷，相距不远，莫雷诺冰川规模只属于其中老三，但它是观感最好与人可以轻松接近的冰川。观看冰川有三种方式：走栈道、坐汽船、穿冰鞋登上冰川零距离接触。第三种要预约，条件十分较苛刻，如时间要充足、身体条件要好，还需年龄在65岁以下，我们团好几位都超龄了。我们这次只能走栈道和坐汽船。

走栈道我们赶了个早，只有我们十几位。冰川像一堵蓝色的巨大冰墙，直抵我们眼前。震撼！来前并未看过图片，不知莫雷诺是这样的形态。冰川被挤压穿过山谷，它的总体面积达二百多平方公里。宽5公里，长30公里，那伸出的部分叫冰舌，立在阿根廷湖里。湖面以上厚度达70多米，湖面以下据说有100米厚，每天以

30厘米的速度向前推进。它不断崩塌，又再生长，源源不断。冰墙晶莹剔透，美轮美奂。它的蓝色深浅不一，据说与光线的折射及所含气体有关。冰的颜色越蓝，说明冰的年头越久。我们眼前的冰墙少说也有万年的冰龄，呈现出漂亮的蔚蓝色。

下了一点小雨，惊喜地发现远处雪山边显现出半截彩虹。拿起手机猛拍。雪山、冰川和彩虹，真是难得一遇。

我们又登船驶向大冰川，就近再看。栈道是从上往下看，坐船须抬头仰望。大船在冰川前显得很渺小，近看冰墙其实裂开无数缝隙，像根根冰笋，或像拥有无数褶皱的巨大蓝色帷幕。靠近冰川，能听见轰隆隆的打雷声，其实是受挤压的冰川内部发生崩裂塌陷的声响。湖面上漂浮着崩塌下来的碎冰块，汽船从冰块间滑过，时时提醒我们莫雷诺大冰川是"活"的。

世界的尽头——乌斯怀亚

离开大冰川，我们飞到了世界最南端的城市：乌斯怀亚。乌斯怀亚是火地岛地区的首府。上小学时读儒勒·凡尔纳的科幻故事《海底两万里》，故事中就有火地岛的描述，充满神秘奇幻，让小学生的我神魂颠倒，也就记住了火地岛这个地名。火地岛是南美大陆最南端的岛屿，也是除南极大陆以外最南端的陆地。乌斯怀亚人口约10万，是世界最南端的城市，有人说智利的威廉姆斯港比乌斯怀亚还要往南几十公里，但它常住人口只有2500人，只能算个小镇。乌斯怀亚距离阿根廷首都布宜诺斯艾利斯有3200公里，距离南极洲却只有800公里，越过德雷克海峡，两天的路程。而从澳大利亚、新西兰乘船去南极至少需一周时间。所以乌斯怀亚成了去南极的重要起航和补给基地。

这一路不停地感慨，这些国家的空气为什么这么干净清新？！到了乌斯怀亚更为惊叹：空气干净清冽的没有任何地方可比，除了大口大口地吸气、洗肺还能做什么？抬头望去，这是个被雪山环绕着的小城。刚过完夏天，这里应该是初秋，但酒店已开了暖气，白天气温不过几度。到乌斯怀亚旅游的最好时间是12月至2月，这是当地的夏天，气温最高，日照时间也极长，晚上10点天才有点黑。我们到来已是3月中旬，天黑得早多了。

下午在小城闲逛，去看世界最南端银行、世界最南端邮局，本想寄张明信片回家，可惜是周六休息不开门。邮局门口有一拙劣的塑像：一个邮递员往邮筒里送邮件，不知是哪位民间艺人所塑，人物呆板，比例失调。

乌斯怀亚曾是阿根廷政府关押重刑犯的地方。这里有著名的囚犯博物馆。博物馆外侧墙十分吸引人。两个扛枪警察站在房顶上，注视着下方窗户，一个穿条纹囚衣的罪犯正用床单打结成绳索往下逃。博物馆正面：两个囚犯半身伸出窗口往外张望，大门口一个囚犯笑眯眯地举个小牌，欢迎大家进去参观，都是泥塑的。我们将要去参观的火地岛国家公园，就是囚犯们伐木做苦役的地方。

小城依山面海，景色十分迷人。乌斯怀亚是印第安语"观赏落日的海湾"意思。黄昏时我们刚好来到海边，可惜没见着太阳。港口停靠着许多色彩鲜艳的船只，有最大的赴南极邮轮：挪威太阳号。四五层的模样。有军舰和其他大船。天边云层翻滚，移动变化迅速，一会儿铺满天空，一会儿开出许多大窟窿，漏出里面蔚蓝的底色。海鸥岸边觅食嬉戏，小城居民散步遛狗，一派闲适。码头开了多家旅行中介，卖去南极和出海看企鹅的船票。据说到南极的票价要4000美金左右。天黑我们去吃晚餐时，看见挪威太阳号灯火通明，等吃完饭发现邮轮已开走，去南极了。

海边有庇隆夫人的塑像，想不到这么偏僻的地方还在纪念她。庇隆夫人艾薇塔出身贫寒，15岁离开家乡流落首都街头，成为一名舞女。后在一位摄影师的镜头下一举成名。一次饭局，她与当时的庇隆上校一见钟情，而后全力辅佐庇隆从政，1945年两人结婚，1946年庇隆当选为阿根廷总统，艾薇塔成为第一夫人。她深得阿根廷底层人民的爱戴，为阿根廷女性的权益和劳工教育、福利等诸多方面做出了不可磨灭的贡献。她被称为"阿根廷玫瑰"。33岁因病去世，没有了她的庇隆很快失去人民的拥护，庇隆夫人却一直活在阿根廷人民心中。记得20世纪九十年代，好莱坞拍过庇隆夫人的歌舞片，麦当娜主演。这部片子的主题曲《阿根廷别为我哭泣》一度非常红火。

小城西头唯一的一家中餐馆。大大的中文招牌：世界尽头中国餐厅。这里的特产是冷水帝王蟹，硕大无比，蟹爪拉起可达五六十厘米。餐馆加工蒸熟，一百美元一只。我大姐以前来乌斯怀亚吃过，回去后经常提起，念念不忘。这次大姐夫请客。他说来前儿子叮嘱：千万别舍不得钱，在日本要贵10倍，我们几人分吃。太好吃了。老板娘来指导，不用任何作料，肉质鲜嫩饱满有弹性，咸中带甜，口感甚好。蟹钳爪肉啃完，蟹壳里有满满的汁，泡进粥里，鲜得掉眉毛。一次独特的享受！

第二天一早坐小火车进火地岛国家公园。候车室里挂着各国国旗，也有五星红旗。国家公园原先就是监狱，二十世纪初重刑犯们在森林中砍伐树木。1910年开始有了小火车，一天两班，押送囚犯去伐木。这条铁路可是世界最南的铁路。囚犯列车到1947年终止。

现在改为观光列车。小火车车厢之间不相通，每节车厢座位两两相对，共六排。仍用蒸汽机头，大家纷纷拍照。

国家公园范围很大，是世界最南部的自然保护区，原先都是茂密的森林，囚犯们砍伐多年，几乎砍光了，只有地上还留有许多粗大的树桩，他们叫这里是"大树的坟墓"。树桩高高低低，可以看出哪些是夏天砍的，哪些是冬天砍的，以及雪的厚度。小火车往返14公里。我们坐汽车再继续前行。

国家公园内拥有原始的自然景观，雪峰、湖泊、沼泽、森林，极地风光，景色优美。最奇特的是所有的树都夸张地向北倾斜，因为乌斯怀亚位于南半球，四季不断南风，阳光永远来自北边。

从未见过马儿躺下睡觉，忽然见到草地上白黑棕好几匹马惬意地全身卧倒，好稀奇。

汽车开到最终处，一片水波粼粼的大湖出现眼前。路边标牌：3709，表示距首都布宜诺斯艾利斯的公里数。这里就是泛美公路的终端。泛美公路：世界公路之最，起至阿拉斯加，终止在这里。我在秘鲁鸟岛的文章中介绍过。赶紧站在标牌旁留影。每年都有公路爱好者在这条路上自驾。大湖两边分别为智利与阿根廷，他们分享同一个火地岛国家公园，就如巴西和阿根廷共同分享伊瓜苏大瀑布一样。

在国家公园的门口我认识了鲁冰花，一大片，红紫黄粉蓝，五彩缤纷。以前只听过香港的甄妮唱过《鲁冰花》的歌曲。

最后，分享一位不知名的阿根廷囚犯关押在乌斯怀亚写下的悲惨诗歌：

望着落日
如同乞丐悲伤的眼神

墙上的名字

灾难带来的痛苦让死亡如同行旅
我坐在这条小路等待落日带来的黑暗
如果没有希望
也不知何去
为什么我要踏出脚步
在垃圾中腐烂的我
从此失去了对命运的信任
也泥封了我的记忆
残酷的远游
穿越记忆的夜晚
不容我再有其他的选择
只能让鲜血淋在道路上

最后一站——布宜诺斯艾利斯

对足球,我一窍不通。不过到了足球之乡阿根廷还是要参观博卡足球场的。博卡足球场,也是博卡青年队训练、比赛的场所。他们的球衫是蓝黄两色。他们深受阿根廷人民的喜爱。

博卡足球场门外的体育用品商店门口站着一排足球队员塑像,他们都是谁?我只叫得出一个人:马拉多纳。博卡区是马拉多纳的出生地。

布宜诺斯艾利斯的博卡区,就在博卡足球场附近。它是布宜诺斯艾利斯的第一个港口,当年欧洲移民从这儿登陆,在这儿定居。他们一贫如洗,只能用船上的旧铁皮搭建房屋,用漆船剩下的油漆给房屋穿上鲜艳的外衣。如今成为这个区的特色，各国旅游者都来看五彩的房屋、墙上的图案、街头的雕塑。这里也是探戈舞的发源地。大小酒吧前都有一对男女在跳舞，招揽生意，邀你们进去喝一杯。

一门楼前有塑像三人，都是对阿根廷有重大贡献的人物，导游让我们猜：我叫出了前两位：老马、庇隆夫人。最后一位的答案是导游提供：探戈之父——阿斯多尔·皮亚佐拉。是他将原先的探戈音乐加入了古典的严谨和爵士音乐的即兴等要素，使之在音乐的旋律、色彩、和声、节奏、编配上都发生了革命性的变化，他还打破传统探戈的表演形式，把原先是水手与妓女调情的探戈舞改造成闻名全世界的高雅艺术。

十六世纪西班牙人乘船探险大西洋，顺着一河湾开进了南美洲阿根廷这块土地。船长看着这块土地感叹说：空气真好啊！西班牙语空气真好发音就是：布宜诺斯艾利斯，从此布宜诺斯艾利斯就成了这个国家的首都名。空气好对阿根廷来说真正名副其实。阿根廷没有重工业，支柱产业是农业与畜牧业，还有一些组装零件的加工业，绝对无污染。上帝非常眷顾这块土地，种啥都丰收。不适宜种庄稼的地方适宜养牛羊，阿根廷是世界第三大牛肉出口国。安第斯山脉阿根廷一侧还埋藏着许多矿藏，目前都未开发。

来到阿根廷才发现这是个很欧洲、很富裕的国家，号称南美的巴黎。百分之九十都是白种人。导游介绍，种种优越条件养就了阿根廷一国懒人，不思进取，安于享乐。阿根廷曾是世界最富的国家之一，但在魔幻现实中，逐渐上演着由盛到衰的"百年孤独"。

布宜诺斯艾利斯有1300万人口，而整个阿根廷不过1700万，

墙上的名字

几乎所有人都住在首都。难怪我们去过的两小城：卡拉法特和乌斯怀亚，一个1万人，一个10万人，而且冬天到了，城里三分之二的人会离开小城，去温暖的地方。布宜诺斯艾利斯目前有10万华人，开了9000家小超市，平均每10人就开一家，他们以此为生。

我们参观了圣马丁广场，也叫"五一"广场。1810年生于西班牙何塞·马丁将军来带领土生白人推翻西班牙殖民者，五月一日，革命成功，阿根廷宣布独立。马丁将军继续征战，接连推翻了智利与秘鲁的西班牙殖民政府。革命胜利后他在这三个国家不谋任何职位，只身回到自己的家乡养老。寿终正寝后，阿根廷人把他的灵柩迎回阿根廷，放入布宜诺斯艾利斯大教堂，终日有士兵守卫。大教堂门口有一盏永不熄灭的圣火，纪念这位被阿根廷人尊为神一样的圣马丁将军。此火已燃烧了六十年。阿根廷人又命名广场为圣马丁广场。 难怪我们在智利、秘鲁三个国家都参观了圣马丁广场，都是纪念这位伟大的战士。了不起！打江山坐江山，历来名正言顺，圣马丁将军却不贪恋任何权力，这才是一位高尚纯粹大写的人。

我们在布宜诺斯艾利斯住的酒店很漂亮，位于最著名的七九大道上。夜晚，从酒店窗户看楼下的七九大道，车来车往一片繁忙。大道双向8车道，共16道，加上宽宽的绿化道，共宽150米，是世界上最宽的马路。远处霓虹灯闪烁，电视塔上的人像是庇隆夫人。再远处是阿根廷独立纪念方尖碑。大道的绿化带也宽得惊人，满树的木棉红花像燃烧的火焰。

我们赶紧下楼，在马路中间的绿岛上撑开臂膀，手拉手，看看到底有多宽，结果我们七人绿岛还没到边。绿岛上都是罕见的大树，枝叶繁茂，据说都有上百年的历史。高大的棕榈树、仰视要掉了草帽的橡皮树，我们每人都在树下留影。与之相比，我们太渺小了，只比树根高一点点。绿岛上有长长的廊亭，是公共汽车站，为市民想得真周到。

拐进大超市，与中国超市相比，差不多的品牌、差不多的价格，真是世界村那。

第二天乘游船游览风景名胜区老虎洲，在仅次于亚马逊河的南美第二大河——巴拉那河上观赏两岸风光。

下午参观了阿根廷政府利用旧港口，重点打造的马德罗新港区。贯穿整座城的河流上有一座白色的女人桥，远看像一只跳着探戈的女人的高跟鞋。我们站在桥上观市容，高楼林立，现代繁华。现在这区一跃成为布宜诺斯艾利斯房价最高的区，平均5千美元一平方米。

晚上乘机返回，在机场遭遇了在世界各地从未遇到过的歧视。布宜诺斯艾利斯机场对不会讲西语、不会讲英语的乘客行李都要开箱检查。一位接一位提箱进小屋翻查，包好了的小礼品也要拆开。我们很不解，导游也很无奈，说如果不从美国转机就不会有此麻烦。看来还是美国机场对恐怖分子十二分的防范要求连累了布宜诺斯艾利斯机场。这一翻查，足足两三个小时。

晚上我们从布宜诺斯艾利斯机场准点起飞，凌晨至美国迈阿密，再转芝加哥，结果飞上海的飞机出了故障，在芝加哥机场停留7小时，到上海已半夜，只好住宿一晚，第三天乘大巴回南京。回来一路花了五十多个小时，太辛苦啦。不过再辛苦，南美之行还是值得，这21天的南美旅行让我身心愉悦，心满意足，终生难忘。再见了，南美！不对，对我来说恐怕永远不会再见了。

墙上的名字

小保姆的崎岖婚姻路

小宋到我大姐家时，十七八岁，漂漂亮亮的一个安徽小姑娘。方方的脸盘，黑亮亮的眼睛，见人笑嘻嘻的，嘴也甜，看上去就很聪明伶俐，还有初中文化。大姐一见就喜欢上了她。

大姐家的"活"挺繁重，烧饭洗衣打扫卫生还要照顾老婆婆。大姐家是地道的书香门第，大姐和大姐夫都是大学教授，大姐的婆婆是南京图书馆的老古籍专家，而那位老婆婆的爸爸是这座著名图书馆的创始人。老婆婆那时已有八十多了，因年轻时读书太多伤了眼睛，老年双眼视网膜剥离，先是看不清后来彻底失了明，白天黑夜颠倒着，后来就越来越糊涂，常常一睁眼就喊爸爸妈妈，先要去老虎灶打开水，再要叫辆黄包车出门。再不就是说谁谁来家了，例如她就说过蒋南翔来了，快请坐。蒋南翔是"文革"前的教育部部长，早死了几十年了。听了老婆婆这些话，常让人毛骨悚然。照顾老婆婆是大姐找保姆的根由，家里先后来过十多位，大都嫌老婆婆麻烦人，做不了一个月就走人了，为找个称心如意的保姆大姐没少操心。

小宋很能干，年纪轻手脚快，干事利索，家务活很快就学会并熟练了。晚上睡在老婆婆身边，一晚要起床多次，也无怨言。老婆婆也颇听她的话，家里开始有条有理起来。她还有闲暇时间，大姐就教她学电脑打字，老婆婆睡觉时她帮大姐打文稿，字打得飞快。

小宋深得大姐大姐夫的喜爱，大姐的儿子在日本留学，缺少年轻人的家庭向来容易冷清，自从来了小宋，很快就又有了生气，家里充满了欢声笑语。大姐大姐夫常常欣慰多了个女儿，小宋也"老爸""老妈"地称呼起了他们，连带着我，也被"红姨""红姨"地叫着。

时光如梭，小宋一转眼就二十三四岁了，在安徽老家已是老姑娘。姐姐开始为她的婚事操心，四处托人介绍，小宋自己也认识过几个，有邮递员、驾驶员、还有工厂工人——一见小宋，男方都愿意谈，可男方家里都死活不答应，嫌她是个小保姆，农村户口。小宋的恋爱总是热烈开始，暗淡结束。

出身无法改变，城里人的偏见也无法改变，只有小宋的职业可以改变。怕耽误了小宋的婚姻，大姐左思右想，决定另找保姆，让小宋再谋职业。

大姐家的保姆又开始走马灯似的更换起来。小宋担任着培训任务，每位新来的保姆，她都手把手地教。

大姐夫把封闭阳台布置了一下，算是小宋的单间，她吃住仍在大姐家。大姐出钱让她去电脑班学电脑制作，心想有一技之长找工作总容易些。小宋很聪明，成绩班里数一数二。

墙上的名字

大姐夫妇介绍小宋进了朋友的公司，办公室里打打杂，也算个小白领。从此小宋过起了朝九晚五的打工生活。不久，朋友的公司因家庭纠纷倒闭了，大姐夫的妹妹又介绍她去了家台湾老板开的玩具公司打工，两家公司都只开给她六七百块钱的工资，在城市里生活还是十分艰难。恋爱也不顺利。

有一年，大姐夫学校里组织教职员工秋游，大姐夫带上了小宋，有心让小宋外出看看风景。小宋勤快，大家走累了休息，她马上找抹布擦桌子给大家倒茶递水，人人都喜欢她，私底下议论：现在城里的姑娘个个娇小姐似的，哪会为别人服务？叫别人为她服务还差不多！这样的姑娘现在太稀罕了。

一位同事悄悄把大姐夫拉到一边，说自己姐姐在美国当医生，儿子是美国博士，想在国内找个对象，就怕国内的高学历女孩把他当跳板，到了美国就分手，所以想找个学历低、人勤快、会照顾人贤妻良母型的姑娘。他点名看中了小宋。

当真天上掉馅饼？和美国的博士谈恋爱，小宋想也不敢想。大姐和大姐夫却很兴奋，鼓励她。这位博士很小就跟随妈妈去了美国，中文已不太灵光，很快他写来了英文信。虽说大姐是教授英国文学的，可她的工作太忙碌，没时间帮忙小宋，只好大姐夫上阵，替她读信，替她回信，用英文。一来二去，两人通了几封信熟悉了些，开始电脑视频，用中文交谈。这时的恋爱倒也谈得像模像样。

那一阵，连带我们都替小宋高兴，觉得幸福生活正在向她招手，触手可及。知道这个故事的人谁不说小宋家祖坟上烧了高香，她的命运即将改变。谁知小宋的婚姻之路并不顺利，而是一波三折。

第二年，美国博士和她妈妈回国，博士的父亲在国内去世了，留了房产给儿子，他们回国办手续。小宋与她那美国博士男友见了面。这一见面就出现了状况，小宋哭丧着脸回了家，告诉大姐说那博士有病，不能跟他谈。

　　他有什么病？小宋说他跟电脑视频时不一样，说话颠三倒四，不是正常人。大姐大姐夫正焦虑着、担心着，博士的妈妈赶来了。

　　她一脸焦急也一脸诚恳，先道歉，说隐瞒了儿子的病史不应该。她说自己和前夫在国内都是医生，两人一同来到美国学习进修，并都想留在美国。可在美国想干自己的本行谈何容易，丈夫终究没能坚持下去，回了国。长此以往，天各一方，两人的婚姻也就解体了。儿子小小年纪跟着妈妈来到美国，环境陌生，语言不通，孩子又要强，学习压力很大。妈妈自己要打拼，关心孩子的时间自然也就少，久而久之，儿子精神出了问题，有了强迫症，学习压力大时会发病，自己也知道，但无法控制，病状是满大街快步乱走。所以常常在口袋里装张纸条，上面写明自己有病，找警察送他去医院。

　　博士妈妈还说，儿子与小宋谈了恋爱不知有多高兴，精神面貌好很多，她非常欣慰。这次发病是因为时差原因。她对小宋说，儿子的情况就是这样，我跟你交了底，请你考虑还愿不愿意跟我儿子继续交往。你若不愿再交往我也想把你带到美国去，当我的女儿也行；我还有个老妈妈要人照顾，为我工作也行。

　　看来这家人是粘上小宋了。博士妈妈离开后，小宋开始了艰难的抉择。

　　交往还是拒绝？

　　前往还是放弃去——美国？！

墙上的名字

那些天，大姐大姐夫也每每帮着小宋分析着，掂量着。

若留在国内，小宋会有何种前途？若去了美国，她又会有哪些可能——分析来分析去，对小宋这个无文凭无钱财无后台无任何优势的农村姑娘来说，去美国的机会一定大于留在国内。最重要的是小宋与那博士已交往了一年多，有了些许感情，听了他妈妈的一番话，她动了恻隐之心。

当小宋下了决心跟博士继续交往，那博士像得了大赦令，母子俩别提有多兴奋。

他们回美国后立即开始为小宋申请赴美签证。这期间，两人的视频更是热火朝天。一吃完晚饭，小宋就钻进房间坐在电脑前，博士把他的房间，家里的屋子一一传给小宋看，两人还商量着，这儿再添样什么电器，那儿再加件什么摆式。

签证办得不太顺利，一等几个月都没动静，博士等不及了，又飞回国内来催。博士也住进了大姐家，天天看着小宋笑。

终于等到广州领事馆打电话要小宋去面签，两人欢欢喜喜一同飞往广州。

小宋办的是未婚妻签证，国人有不少是借此道当跳板去美国的，所以签证官要当面问话。

一是问两人认识多久，二问见过几面，三看年龄差距有多大。结果小宋告诉签证官，未婚夫就在屋外坐着，已飞来陪她等签证多日，再看两人年龄相当，正值婚嫁之时。签证官大笔一挥就签发了。

小宋真的要去美国了。大姐大姐夫像嫁女儿一样，买来两只大箱子，又买了许多新衣服。我也找了不少女儿不再穿的衣服和包包给她，她特别高兴，说红姨给的衣服都是品牌的呢。

大姐夫悄悄塞给她一千美金，叫她收好，如若去了美国情况不好就赶快买张机票飞回来。

小宋到底是苦出身，事事处处替别人着想。博士妈妈准备小宋下飞机后先安排她在旅馆住下，再择日为他们办婚礼。小宋不想婆家多花钱，说反正要结婚了，一下飞机就去登记，然后大大方方住进了博士家。

如今小宋已去美国两年了，她现在的情况都是陆陆续续从大姐嘴里听来的。

博士的妈妈早已再婚，博士是与他八十多岁的外婆住在一起的，一个病人一个老人，这个家，上上下下都由小宋操持着。

小宋一边在教会办的慈善班里学英文，一边和老公在离家不远的超市里打工，夫妻俩恩恩爱爱，博士也一直没有发病。

小宋还告诉大姐，这次金融危机，美国政府发给每个公民每人一千美金，她虽还不是公民，但也拿到了这笔钱。对小宋来说这就是很大一笔钱了。她很开心，寄给她了安徽乡下的妈妈几百美金，其余存了起来。

噢，还有挺离奇的，博士妈妈后嫁的老公是个犹太人，很有钱。可惜他也去世了，没有孩子。而她老公的母亲还健在，她发话说，如若小宋第一个孩子是个男孩，她就送很多遗产给他继承。看来老外也重男轻女啊。小宋任重道远呐！

今年小宋就要回国探家，第一站，当然是大姐家。已退休的大姐夫正计划着自己开车从南京送她回安徽老家呢。

夜观庵桥

所有的江南古镇都是相似的。

相似的青石小街,相似的漏墙花窗,相似的石桥石阶,相似的砖雕木刻——然而这种相似也会让我们怦然心动,因为有种知根知底的亲切。

沙溪的夜晚是典型的江南之夜,尽管天气已进入深秋,拂面的风仍是温暖与润泽的,颇为缠绕。

沙溪也是典型的江南水乡古镇,据说至今已有1300年的历史,宋代苏州知府范仲淹大兴水利、开挖七浦河,古镇沙溪由此日渐兴旺。

曾经是沟通上海、崇明、苏州的主航道——七浦河与古镇老街并行,呈川字形。屋脊高耸、黑瓦铺顶的民宅枕河而建,房舍都较为陈旧,颜色黯淡。走进这个尚处在自然状态的镇子,九点不到,临街人家斑驳的门板大多上了,各个大家小户都在享受各自的天伦之乐，古镇似朴素到了简陋的地步。四下静悄悄的，唯有我们这一行人，走在青石板铺就的老街上。杂乱的脚步声敲击着青石板，在窄窄长长的老街里回响。老街左手边有不少深曲幽静的小巷，走过时我总忍不住探头聆听，是否有馄饨担、糖粥藕担的敲梆声。

只有朋友开的古董店还亮着灯等着我们光临。古镇开店卖古董，似乎再恰当不过。出门时，我手中已多了一只心仪的清末民初的粉彩盘。

陪同参观古镇的沙溪本地作家姚国红邀我们去看庵桥，说就在古董店的斜对面。

深一脚浅一脚走进条黑黑长长的巷子，两边山墙笔直，墙面苔藓斑驳。行了不多远，抬头一望，正前方一弯拱门。继续前行，出门洞，拾阶而上，原来已登上了一座高高的石拱桥，这便是庵桥。

庵桥建筑很奇特，桥身三分之一嵌入了北岸民居之中，据说是为了减轻民居对桥身的压力，起到巩固的作用。桥是单孔石拱桥，拱洞又高又弯，水中倒影连成个大大的圆圈，这样的弧度在江南石拱桥中并不多见，古时七浦河舟来楫往，这么高的桥洞，猜想较大型的船只也能通过。刚经过的拱门，居然是庵桥桥堍最具特色的桥门洞，古时装有木桥门，一到天黑便关闭大门，七浦河就成了护镇河，防盗防贼。桥门正对着骑跨山墙的过街楼，更夫住在那里。有人喊门，他居高临下仔细瞭望后才会开门放行。这是古时沙溪镇最有效的防卫设施，是为一绝。

在水乡，造桥是最大的功德。一般的桥都以"济""德"之类命名。庵桥的名很特别，是因为附近有一座长寿庵，故得此名。庵桥建于宋代，不过当时是座木桥，清康熙四十四年易石重建，光绪

墙上的名字

十年又重修，一直使用至今，是座道道地地的古桥。

天上没有月亮。

夜色中站在庵桥上看七浦河，看古镇老街的背面——临水的明清古建筑，看古镇黑暗朦胧中的轮廓，有一种惊心动魄的美丽，我豁然明白，沙溪的魅力全在此处。

流淌了上千年的七浦河水沉默和缓，不知是否因疲惫而丧失了激情，还是与人为伴、与古镇为伴多年而变得柔情温顺。我闻不到这条河水的异味，这在水质普遍污染的当今并不多见。暮色中，河水发出碎银的光泽，映衬着各式临水而筑的小楼，挂满藤蔓的白墙，饱经沧桑的青瓦，参差错落的飞檐——

枕水人家，为方便水边生活，家家建有河棚间，五六平方米，挑河而建，有吊脚楼式的，有石头实砌的，远远看去像楼阁、似水榭，轻盈灵秀。河棚下差不多皆有伸入河中的石阶，可淘米洗菜、浣衣涮物、汲水乘舟，"家家门外泊舟航"，成为沙溪独有的风景。

晕黄的灯光从小楼一扇扇敞开的木雕画格窗中射出，温暖的、家常的、市井的生活气息亦同时溢出。河上拱桥的影子，在灯光里忽明忽暗地漂浮在水面上，"小桥流水人家"，此时的庵桥是极富诗意的，此时我眼中的古镇又是富庶与安逸的。

那一扇扇雕花的长窗，就仿佛岁月的屏幕，一幕幕人生悲喜剧曾在花窗里上演过。我猜度着就近敞开的花窗里，是怎样的一户人家？父亲在灯下辅导孩子做作业，母亲在灶前为孩子准备着明天的营养午餐？我更愿意想象百年前的窗里人家，有位花一般年纪的美丽姑娘，倚窗而立，凝望着昏暗中升腾着氤氲水汽的河面，念想着每天清晨梳妆时都会遇见的小伙。小伙戴着笠，摇着橹，小船上装满了新鲜的滴着露水的菜蔬进镇叫卖。每到窗前，四目相对，小伙就会高喝："茭白、菱角——" 婉转悠长的叫卖声中，几枝白兰花颤颤飞进了窗。小伙与姑娘的心都如那七浦河水，时涨时落，柔软湿润。

坐在庵桥的石栏杆上，大伙争看我刚买的粉彩盘。夜幕下，盘中的彩绘是美丽朦胧的，亦如沙溪古镇现时的美丽朦胧。未来太仓前，根本不知沙溪古镇。沙溪就像埋在沙中的明珠，还未被大多人知晓赏识。正因为此，它才少了周边几多名镇的喧闹浮躁，少了那浓郁商业化的脂粉俗气，少了过度"开发"的变异串味，保持了古镇的淳朴天然与人性家常，为我们留下了一处可以倾听历史回声，寻找生命遗痕，重温旧梦的美丽家园。

震泽的丝棉被

二十年前,我曾拥有过两块真丝面料,是一位北京作家访问苏州后转赠的。他告诉我,是苏州盛泽出产的。这两块绸实在太漂亮了,花色雍容华贵,闪闪发光,是那种重磅面料,我拿它们做了一件衬衫、一条裙子。穿到哪儿,都有人夸。我一直穿了十多年,人胖了,衣服嫌紧了,才割舍不穿。那时它们的色泽仍那么光鲜,似永不褪色。

我记住了盛泽,却以为震泽就是盛泽,因为它们都在苏州。读音偏差,以为是方言所致。

2011年3月我第一次来到震泽,参加江苏省作家协会"壹丛书"首发式,这是省作协为从未出过书的年轻人实施的一项扶持工程。此项工程去年启动,我是这套丛书的责编之一。来到震泽才知道盛泽、震泽不是一回事,邻居而已。

苏州是全国闻名的鱼米之乡,太湖一带居民,自古以来,家家植桑养蚕，太湖之滨的震泽，蚕桑文化更是源远流长，震泽的辑里丝，明代始就名满中外。苏州、南京用来织造贡品绸缎的丝，杭州、盛泽生产出口绸缎的丝，都来自震泽著名的辑里丝。由此推断，我曾拥有的两块盛泽绸缎，一定也得益于震泽的丝。

震泽还是丝棉被之乡，"辑里牌"和"慈云牌"丝棉被早已扬名国内外市场。在我印象中，丝棉曾经是很奢侈的东西。我小时候，家里只有妈妈有件丝棉棉袄，爸爸只拥有件丝棉背心。穿个两年，丝棉就板结了，不那么暖和了，家里便请回裁缝老师傅来翻棉衣。我们孩子总会围着观看，怎样拉扯丝棉，很是新奇。许多人家一件丝棉袄要穿一辈子。我记得我刚生孩子那会儿，我婆婆就把自己的一件大襟丝棉袄改成了一件婴儿穿的棉衣，它又薄又暖和。我女儿长大了些，我舍不得扔，又把它送给了我妹妹的孩子穿。一件丝棉袄，受益几代人。

我现在盖的丝棉被，也是我拥有的第一床丝棉被，就是震泽林峰蚕丝制品厂出产的。不过现在的丝棉被工艺经过了改良，可以十年免翻，经久耐用。讲起这丝棉被的来历，还有一段故事。2006年的春天，我刚从文学期刊社调省作协联络部工作，上任刚几天，就赶上了第十七期春季青年作家读书班开学，我住进了中山植物园，和学员们同吃同住同听课同讨论，一个多星期都没回过家。其实那时的我，还非常不适应新的工作。当文学编辑20年，习惯了与全国著名作家及稿件打交道，现在要与各市县业余作者交往、谈文学、做工作真不知道从哪里开始。习惯了的思维定式和工作模式，统统要抛弃、改变和转换，确实很有压力。晚上都睡不着觉。可学员们对我非常热情，要我谈《钟山》的用稿习惯和标准，讲他们喜爱的作家们的故事，谈我对他们作品的看法。一个多星期的相处，

墙上的名字

真正是教学相长，我也非常有收获。读书班结束后，我居然收到了两床丝棉被，一床薄的，一床厚些的。是全班同学凑钱到震泽买来送给我们几位老师的，说是感谢。听说买丝绵被的主意就是震泽的学员曹建红出的，她介绍了她们家乡丝棉被的种种之好，同学们才决定买下它。真是礼重情义更重啊！我们受之有愧。因学员们都回去了，我连声谢谢都没来得及说。

这两床丝棉被我一直交替盖着，那柔软、温暖的感觉一直感动着我，学员们的关心和感激时时激励着我，我很快适应并喜爱上了现在的工作。青年作家读书班年年办，已办到了第22期。许多学员都说读书班是他们终生难忘的经历。从读书班回家乡后，很多人都出了成绩，我也感到非常欣慰。省作协"壹丛书"的作者就有好几位是各届读书班的学员，震泽的曹建红也是其中之一。

有人统计，每个人，转六道弯，就会与另一位看似相差十万八千里，十杆子打不着的人有了关联。我与震泽，根本不用转弯，就有了那么亲切的回忆和联系——震泽的丝棉被。

读你一千遍

古城扬州之瘦西湖，在人们的心目中是个何等美妙的去处。

历朝历代，它不知倾倒过多少文人骚客。他们赞叹、歌咏，那一篇篇、一首首脍炙人口、流传千古的美文与诗句，把瘦西湖风光描摹得如痴如醉、如梦如幻，给后人留下了无限的憧憬与遐想。

"故人西辞黄鹤楼，烟花三月下扬州""腰缠十万贯，骑鹤下扬州"。扬州瘦西湖的绝世魅力不光吸引文人骚客、布衣百姓，历代达官显贵，就连帝皇君王也概莫能外。隋炀帝三下扬州，清康熙、乾隆皇帝更是六次前往。

一

古城扬州可称之为我的第二故乡。"文革"结束前一年，父亲从牛棚解放，调扬州工作。我就开始了赴扬州看望父亲之旅。记得

墙上的名字

1976年我第一次来到扬州，唐山大地震刚刚发生，全国人民都处在惊恐之中，人们不敢回到屋内，吃住都在大街上。扬州大街小巷到处都是用各种材料搭起的简陋地震棚，五花八门。本就逼仄破旧的街道更是丑陋和拥挤不堪。我从江边码头坐公共汽车进城，汽车一点一点地挪。马路两旁还都是上门板的旧式店铺，人们的穿着也显得土气。衰败落后是扬州给我的第一印象。父亲住的招待所，曾是盐商的园林府邸，曲廊花窗、草亭水榭、竹林假山，还依稀看得出曾经的美丽与贵气，庭院中插空盖起的水泥房屋，便显得那么突兀杂乱和不搭调。

瘦西湖那时叫人民公园，里面还有一个小小的动物园，养了几只有气无力的猴子，园中一派萧条，见不到几个游客。

四人帮倒台，"文革"结束，改革开放。母亲把家搬来了扬州，我便把自己认作为半个扬州人，四时八节，顺理成章来扬州看望父母。这几十年来，扬州天天在变化。水清了、花艳了、路宽了、桥多了、城绿了、楼台亭阁复建了。古城扬州恢复了旧时的繁华，更调养出了今世无双的容颜！

父母家离瘦西湖不远，我也就有机会常去瘦西湖走走。无论是在最美季节的"烟花三月"，还是在"万里雪飘"的寒冬腊月；无论是在夏日清晨，观瘦西湖荷叶上滚动的露珠；还是在仲秋之夜，赏二十四桥水中的倒影，季节更替、白昼轮换，每次游湖都会有新的发现和不同的审美感受。只有一遍遍读它，不断地探其幽，觅其胜，方能领略瘦西湖的绝妙之处。

二

烟花三月的清晨,踏着青麻条石砌成的石阶,从清康熙、乾隆帝曾登临过的御码头,乘着古色古香的画舫驶向瘦西湖。

窄窄的湖道,漫溢着春天的桃花碧水,宛曲逶迤地前行。两岸远近的楼台亭阁隐现在水洗般的翠色新叶中。

临水的"冶春"茶社,是最让人发思古之幽情的地方:那是座"茅屋"茶楼。弯翘的飞檐突入湖道,半架坡面用银黄色的茅草苫顶,下面当然是古旧的板壁和花窗。花窗朝着常年飘动着氤氲水汽的湖水,依窗而坐的应是位乌髻上插着珠簪,粉脸上描着蛾眉,着绿袄红裙怀抱琵琶的绝色佳人。

如今,从洞开的花窗朝里望去,扬州百姓世俗生活的场景呈现眼前:三两围坐的布衣百姓,以老年人为多。靠窗的桌上摆放着碗盏茶具和冒着热气的蒸屉。人们吃着点心品着清茶,有一搭没一搭地谈古论今。人声、茶香与蒸饺鲜味齐从窗口飘出,那是让人欢喜的,鲜灵灵的世俗气息。扬州人崇尚"早上皮包水,晚上水包皮"。何谓皮包水?清晨泡茶馆,喝香茗吃早点,谈天论古;何谓水包皮?天黑泡澡堂,将劳累了一天汗津津的身体没在热腾腾的浴池中,岂不快哉?!相传了几百年的生活方式,彰显的是养生康体娱乐相结合的慢生活理念,时至今日,扬州人一如既往,让人羡慕不已。

画舫缓缓前行,近处是清波粼粼的水流声,远处是翠绿松涛的微响声,两岸一步一景,杂花生树中点缀着参差的楼阁,光看看各

墙上的名字

景点的匾额题名,就能体会出它们的秀美与典雅。"香影廊""绿杨城郭""问月山房""卷石洞天""西园曲水"……船行至此,水面逐渐宽阔起来,美景更是目不暇接,我还抽空观察岸边的人,观察扬州的市民。

树丛中有遛鸟的大爷,花圃前有打拳的大妈,神态举止、肤色衣着都能感觉到他们现在生活的安逸与富足。

瘦西湖的特色在于它的纤细窈窕,周边绿地也极少开阔地,园中小道大多顺坡迤逦,绕树穿藤。扬州百姓的晨练就少了南京大广场人多的气势,却有了别样的风韵。小坡亭里,两位大婶在吊嗓,"咿咿呀呀"声随和煦的春风一同拂面,她们练的是清曲?吹拉弹唱的一群人聚在水榭里中,他们似热爱京剧的票友,正切磋唱腔?太湖石叠起的假山旁,一对男女相拥,大清早就找到了谈情说爱的去处?画舫近了再瞧,却是一对半百之人。女人背对湖面,略显臃肿的身体在微微颤抖,显然她在哭泣;男人紧紧搂抱着女人,一只手轻抚着她的肩头,似在劝慰。花白的头发,写满皱纹的额头,男人的目光却那么温柔、坦然。面对我们一船人的眼睛,他没有半点局促忸怩。

画面转瞬即逝,我却久久地思忖他俩的关系。是一对结发多年的夫妻,昨晚拌嘴,清晨晨练时老妻想起还委屈,老夫怜惜地安慰她?不像。更像一对半路恋人,欲勇敢地面对生活,携手共同走完下半生。或因双方子女的反对,只能假晨练之名行幽会之实?这样的推测更合理。那男人坦荡的举止表露了他的决心。我在心里暗暗祝福他们:愿他们如同古老的瘦西湖,永远焕发青春;愿大好春日里,有情人终成眷属。

画舫到了大名鼎鼎的虹桥。此桥乍看十分普通平常,它却建于明代崇祯年间，原先是一座木构桥梁。围以红栏，故名曰红桥。后在清代乾隆年间改建为石拱桥，如同彩虹横跨湖面，从此改名为虹桥。清代诗人王士禛、剧作家孔尚任与两淮转运使卢见曾在这里主持过清代扬州历史上著名的三次诗文盛会——"红桥修禊"，参与应和者先后多达七千余人，因此编辑出版的诗集有三百余卷，还绘有《虹桥览胜图》，创造了古扬州历史上最辉煌的风雅时代。"垂杨不断接残芜，雁齿虹桥俨画图，也是销金一锅子，故应唤作瘦西湖"（清·汪沆），"红桥飞跨水当中，一字栏杆九曲红，日午画船桥下过，衣香人影太匆匆。"（清·王士禛）诗因桥而吟诵，桥由诗而扬名，虹桥盛名从此传遍天下。

时隔两百多年后的2011年秋冬，瘦西湖虹桥边又举办了修禊活动，意在承续和发扬光大古老的传统，再创扬州新时代诗文的辉煌。来自世界各地的当代诗人们又一次集聚在瘦西湖畔，翻译、唱和，为今天的瘦西湖美景留下了一批亦可流传吟诵的佳作，这是扬州文坛的一件大事、喜事。

画舫穿过虹桥，湖面豁然开朗。湖水波光粼粼，两岸桃红柳绿，瘦西湖的美妙春景此处最能体现。右边有鹭岛，岛上树林茂密，植被丰盛，只只白鹭在树丛中自由自在地翻飞、歇息；左边是瘦西湖著名景点"长堤春柳"。沿湖一道长堤，逶迤数十里。三步一桃，五步一柳。一桃一柳，相间成行。刚抽芽嫩绿色的柳枝随着微风，拂过湖面，婆娑起舞。白、粉、朱各色桃花间或其中，艳丽缤纷，色彩强烈地让人兴奋。

相传隋炀帝为方便到扬州观赏琼花，花六年时间开凿大运河，让人在河堤上遍植垂柳，扬州垂柳便又有个名字叫隋堤柳。因固堤遮阴有功，便赐垂柳随了皇帝的姓。隋炀帝杨广本人却因劳民伤财

墙上的名字

天怒人怨被弑扬州，自此，扬州与杨柳结下了不解恩怨。"万艘龙舸绿丝间，载到扬州尽不还。"（唐·皮日休）想当年，隋炀帝挥麾南下江南，活捉了醉生梦死的陈后主，结束了自东晋以来270多年南北分裂的局面，是何等的英雄气概！谁承想，这王朝之短命，沿着柳丝飘拂的河岸，很快就走到了尽头。这"长堤春柳"，推算起来已有了令人咂舌的一千三百多年历史，它们既是古城的装扮者，又是历史的见证者。

从唐代起，在诗人们歌咏扬州的诗词中，皆留下了杨柳美丽的姿影。宋、元、明三代，扬州的许多名花异卉几乎凋零殆尽，唯有顽强生存的杨柳，一代一代延续着。今日扬州，凡临水处，必有垂柳玉立。它们窈窕曼妙，风姿韵绝，往哪儿一站，哪儿就是一幅充满意境的水墨画，哪儿便有了诗情画意。

在这美得令人陶醉的长堤上，我看到了一幅更美的画面：三位老人推着一位更年长的老人在长堤上漫步。翠绿的柳丝随春风飘拂，粉白粉红的花瓣洒落在他们的肩头。轮椅上的老太太，怕有八九十岁了，银丝如雪，不良于行的腿上盖着一方薄毯。推着她的两男一女，也都有六十多岁模样。像是她的儿子和女儿女婿。戴着眼镜头秃了大半的"女婿"不时地指东点西。我虽听不见他们在说什么，想必是："妈，快看那株桃花。""妈，那树樱花也很美！"老太太随着他手指的方向频频转头，有些顾不过来了，可满脸的幸福与喜悦抑制不住，真是一幅母慈子孝出行图。柳也依依，人也依依。我的眼睛跟随了他们许久，心里暖融融的。

画舫过了小金山，便看到了瘦西湖的地标景点：五亭桥。此桥建于清乾隆二十二年，曾毁于咸丰兵火，直至1934年才修复。五亭桥创造性地将桥与亭合二为一，桥上建有五座石亭，顶为琉璃，一派金碧丹青。亭挑四角,系有金铃,风来铿然有声,好像来自天外。这里是瘦西湖最热闹的地方。湖面上游船穿梭,载着古装艺人的表演船,吹拉弹唱着与我们擦身而过,飘进耳的是欢快的《杨柳青》曲调。许多小划子停靠在湖边,等待生意。船娘们全都穿着蓝印花布袄裤,都年轻,脸上红扑扑的,保留着些许纯朴的乡土气,据说她们都来自水乡宝应。我仔细地打量她们,她们也好奇地观看我们。

我想起扬州作家洪为法曾在《扬州续梦》中这样描绘过民国时期瘦西湖上船娘的衣着:"……多是黑色的绸裤,白色的布衫。这样的装束,衬映在绿沉沉的草木中,正是湖上不易见到的忘机鸥鹭,自很赏心悦目。"旧时瘦西湖的船娘,是瘦西湖上一道说不完、赏不够的景,也是被历代文人着墨最多的一个群体。郁达夫就写下过他对扬州船娘的妩媚印象:"……船娘的姿势,也很优美。用以撑船的,是一根竹竿,使劲一撑,竹竿一弯,同时身体靠上去着力,臀部腰部的曲线和竹竿的线条配合的异常匀称,异常复杂。若当暮雨潇潇的春日,雇一容颜姣好的船娘,携酒与菜,来瘦西湖上游半日,倒也是一种赏心的乐事。"清代扬州诗人辛汉清更是写下百首《小游船诗》,描摹勾画出不少有名有姓的扬州船娘,把她们的一颦一笑,日常生活都记述了下来。扬州船娘也成为专用名词走进了历史。

坐在"熙春台"喝茶时,天空飘起了细雨。

推开"熙春台"的八扇大窗,窈窕、袅娜、妩媚的瘦西湖尽入眼帘:湖上起雾了,谜迷蒙蒙的烟雾与片片雨丝,网成一遍,宛如水天一色。细雨中的柳更翠,花更艳。莲花桥、白塔、四桥烟雨楼——全都笼罩在烟霭薄雾之中,朦胧、缥缈、空灵,极似一幅清幽淡雅的中国水墨画。我看得痴了、醉了，完全迷失在画中了。古人夸赞瘦西湖的种种美与妙，此时我方能体会。

三

今年初夏，应扬州蜀岗——瘦西湖风景名胜区管委会的邀请，我又一次游览瘦西湖。如今的瘦西湖已不是过去狭义的公园范畴，它包括了蜀岗、瘦西湖、唐子城、笔架山、绿杨村6个风景区，总面积达到33.66平方公里，是过去瘦西湖景区的五倍，其中还包括了开放式的生态公园和人文湿地景观，是江苏省唯一一家同时拥有世界文化遗产、国家级风景名胜区、国家5A级旅游景区等6个世界级、国家级称号为一身的景区，它将扬州城的半壁江山都包容进了它的湖光绿意中。

再次从御码头登画舫，初夏的瘦西湖，满眼葱绿，空气中饱含着醉人的绿叶香气。潋滟湖面，微风轻徐，雏鸭戏水，荷叶田田。一路前行，仍是看也看不够的美景。古诗云："两堤花柳皆依水，一路楼台直到山。"山，即蜀岗。中峰有大明寺、平山堂、鉴真纪念堂、栖灵塔等宗教文化名胜古迹。弃舟登岸，逐一参观。大明寺旁的栖灵塔，巍巍九级，直上云霄。塔上风铃叮咚，清远悠扬。我登塔凭栏远眺，感慨万千。

悠悠两千五百年，古城扬州不止一次被战火夷为废墟。但一次又一次，扬州都从战乱浩劫中，顽强地幸存了下来。历史上的扬州城曾屡次遭受屠城之祸。南北朝时期北魏太武帝拓跋焘率兵渡过淮河，一路大肆杀戮，扬州首当其冲。时隔九年，孝武帝兄弟阋墙，同室操戈，孝武帝不但杀了坐镇扬州的弟弟，还迁怒扬州百姓，下令屠城。扬州接连经历两次浩劫,繁富闹市变成一座荒城。著名的《芜城赋》就是诗人鲍照目睹残败破乱、荒芜不堪的扬州景象,俯仰苍茫,写下的心中感慨。没过多少年,又到了侯景之乱,叛军攻陷扬州,将全城百姓无论老幼半埋土中,集体射杀。扬州又成了一座血城、空城。到了北宋,金兵攻入扬州,烧杀掠夺。过去了四五十年,南宋词人姜夔"入其城,则四顾萧条""予怀怆然,感慨今昔",写下了流传千古的《扬州慢》,"废池乔木,犹厌言兵",可见金兵对扬州伤害有多大。清兵南下,"屠城十日"更是罪恶滔天,令人发指!到了咸丰年间,太平军三下扬州与清兵交战,亭台楼阁成焦土者十之八九。两千多年来,扬州人民走的是一条充满了荆棘与血腥的艰苦道路,他们不屈不挠,胼手胝足,筚路蓝缕,一次又一次用自己的双手重建起家园,才有了如今这座举世无双的历史文化名城。

而今美丽的扬州城,美丽的瘦西湖尽在我的眼前:左手边是5.09平方公里的扬州老城区,白墙黛瓦,高低错落的马头墙;小巷弯弯,精雕细刻的高门楼。老城区有30多座私家花园住宅,147处文物保护单位,它们是古城扬州的精华所在,不可再生的宝贵财富。右手边,是高楼林立的扬州新城,新建的大剧院、双博馆、文化艺术中心、火车站……是提供给扬州百姓功能齐全的更宜居的新住宅区。栖灵塔的脚下,被浓郁绿色怀抱的是美丽的瘦西湖景区。瘦西湖就像一粒晶莹剔透的珍珠镶嵌在一块碧绿的翡翠上。扬州的绿化覆盖率达百分之四十三,景区更是达到百分之九十以上。园林城市,名不虚传。城在园中,树比人多;园在城中,人比花红。扬州走进了它最好的时代。

"君去扬州便作家",(明·陈子龙)"人生只爱扬州住,夹岸垂柳春气熏"。(清·黄慎)古人都不舍离开扬州；今天的扬州，更适宜人居。早在2006年扬州就被联合国评定为最宜居的城市，令天下人羡慕，视扬州为第二故乡的我，自然感到无比的自豪。

我爱古城扬州，我爱瘦西湖。我更羡慕扬州人的生活，他们从容知足，传承中华美德；他们心灵手巧，发扬传统文化；他们热爱生活、热爱生命，勇敢追求幸福——扬州人、扬州景，构成了今天的扬州城。

紫金文库

兴化的美食

兴化、高邮，我老是会弄混，实在是这两座地理位置相近、风俗民情几乎一致的历史文化古城有太多太多相似的地方。

兴化、高邮都具有两千多年悠久的文化历史，地域同属苏北里下河水网地区，河渠纵横、土壤肥沃，自古以来，两地人民安居乐业，重文乐道。两地的土壤不光适合出产优质稻米，还特别适合出产文人。古时，高邮有秦少游、王念孙、王引之父子；兴化有郑板桥、施耐庵等大文人。当代：高邮诞生了汪曾祺，而兴化涌现了以毕飞宇为代表的一群中青年优秀作家。

扳起指头算算，我游历兴化、高邮的次数比到任何其他县级市都要多得多。"民以食为天"嘛，这两地吸引我的，还有那难以忘怀的美食。

兴化菜、高邮菜都风味绝佳。在我看来，高邮菜更浓油赤酱些，更讲究外观的美观、精致；而兴化菜，讲究原汁原味，更原生

墙上的名字

态些，更家常些。

每次到兴化，都会有满桌的鱼虾，"靠水吃水"嘛。每每被告知，都是野生的、绿色的。兴化鱼的品种很多，最好吃的我认为野生的菜花大昂嗤，听说每到春风和煦菜花黄的时候，就是昂嗤鱼肉最丰美的时候。汪曾祺也特别喜欢吃昂嗤鱼，他在《故乡的食物》里对昂嗤鱼的外形有详尽的描述。他还特别提及昂嗤鱼腮边的两块拇指大的蒜瓣肉，堪称至味。

昂嗤鱼熬汤特别奶白，极富营养。在兴化，我吃过昂嗤鱼豆腐汤，与我记忆中的鱼汤一样浓白鲜美。很多年前，我剖腹生下女儿，月子里吃的都被自己吸收了，据说是补了开刀时失的血，奶水一直很少，女儿处于半饥半饱状态。那会儿没有洋奶粉，只能每顿打些米糕补充，实在没什么营养。好不容易女儿半岁了，根据育儿手册，这时需要增加辅助食物了。我马上行动起来，在小菜场寻寻觅觅，每天买回两条小昂嗤鱼，只有三四寸长，用小奶锅小火炖汤。不要看只有这么小的两条，也能将汤炖得浓白，飘着鲜香。再放入剁碎的一小撮鸡毛菜，小半个馒头煮成糊，一口一口喂女儿。当然，鱼被我先挟出吃了，结果女儿和我很快都像吹了气一样胖了起来。

那时昂嗤鱼价格很平民，我口袋里也没什么银子，从女儿出生到一岁我们一直住在扬州的娘家，记得每天就花一毛钱买两条小鱼。现在昂嗤鱼变身为高档鱼了，模样也变壮实变大了，动辄十几二十几元一斤，我在家很少买了。

在兴化吃得更多的是红烧大昂嗤鱼，这种大昂嗤都在五六寸、七八寸之间长。一盘上桌，一圈推辞过后，我会毫不客气地夹起一条整鱼放入自己的盘中，慢慢品尝。昂嗤鱼煮得久了，挟起来轻轻抖抖，一条完整的鱼骨就会与鱼肉分离，那抖下来的碎鱼肉入口即化，鲜嫩味美极了。

兴化的螺蛳也令人难忘。南京人烧螺蛳，叫炒螺蛳，螺蛳倒入锅中与酱油、酒、辣椒、盐、糖一起煸炒，需炒好一会，然后放水煮熟。兴化螺蛳不放酱油，葱姜白水煮，味美极嫩，又是一绝。

兴化的文化局长刘春龙也是一位作家，是地道的兴化本地人。去年我参加过他的新作《乡村捕钓散记》研讨会，这本散文集记述了他儿时下河逮鱼摸虾的所有"渔"事，极生动有趣。他书中写到的鱼虾品种，我在兴化基本都吃过，长鱼、甲鱼、黑鱼、翘嘴白、小杂鱼、河蚌、螃蟹……，不过书中提及的捕钓方法不少已绝迹，现如今人工养殖普遍了。

今年夏天因参加兴化中学与上海少儿出版社联合举办的全国中小学生作文大赛颁奖仪式又一次来到兴化。落住的饭店早晨供应蟹黄包子。蟹黄包应该是靖江最有名，是汤包。馅是猪皮冻和蟹黄搅拌冷冻过后包，蒸熟后猪皮冻化成水，用吸管吸。现在各地都仿照靖江做起了蟹黄汤包。我在淮阴吃过，前不久在扬州富春也吃过。说实话，我每次都浅尝辄止，猪皮冻和冷冻过的蟹黄都有些腥，两腥相加，就有些难以下咽。原本对兴化的蟹黄包也没什么期待，端上来发现不是汤包，是一只硕大无比的肉包子。因还有其他吃食，就有些发怵，怕吃不下。谁知一口咬下，香味四溢，蟹黄和猪肉馅都非常新鲜，没有一丝腥气。估计猪肉是农村散养的黑猪肉，且肉馅量足汁多，嚼起来颇有弹性，异常鲜美，一桌人埋头大吃，不一会儿，所有人把大包都消灭了，连食量原本很小的上海少儿社女总编也如此，许多人还意犹未尽咂着嘴，真正齿颊留香啊。据说此蟹黄包也非常受周围百姓的追捧，这家饭店的早餐是要翻台的。此后

墙上的名字

我逢人便介绍："兴化的蟹黄包你们一定要去尝。"

兴化的阳春面也很好吃，酱油汤中撒着细小的葱花和黑胡椒粉，味道很独特。面汤里还有些许虾籽，起鲜用的。我刚陪一个台湾作家团采风江苏，全国台联的梁会长介绍苏州的酱油面和白汤面如何如何好吃，让他们一定要品尝。梁会长一定没吃过兴化的面条，我便向台湾作家们介绍起兴化的阳春面来，说到虾籽，他们都不懂，问是鱼露吗？又说，噢，是虾卵啊。其实我也不知道我们说的是不是一回事。

去年春，也是参加"兴中杯"全国中小学生作文大赛颁奖来过兴化，同行的梁晴说她爸爸爱吃兴化的阳春面，特地在店里买了一盒兴化特产：虾籽。分给我们一人一小瓶。如今这小瓶虾籽还摆在我厨房的柜子里，每每下面条时我都会撒些虾籽，家中的面条因此会吃出些许兴化面条的味道来。不亦乐乎！

紫金文库

味美河豚

小学时，家住镇江。俗话说靠山吃山，靠水吃水，靠江当然吃江鲜。如今金贵无比的"长江三鲜"中的鲥鱼、刀鲚，六十年代并不稀罕。阳春三月一到，我家饭桌上就会有刀鲚，红烧、清蒸，一直吃到清明后，鱼刺硬了才舍弃；鲥鱼块头大，菜场都是分剖着卖，家人常称四五寸宽的一块回来清蒸。鲥鱼肉细脂厚，油脂全藏在鱼鳞下。蒸烧时不刮鱼鳞，急火猛蒸，鱼鳞中的油脂渗入鱼肉，端上桌鱼透明银亮、香味扑鼻。大人再三叮嘱我们要连着鱼鳞吃，那肥嫩鲜美的滋味如今还念念在心。今春刀鲚上市，卖3800元一斤，咂舌之余，感叹刀鲚早与寻常百姓绝缘，感慨今天的孩子少了我们当年的福气。鲥鱼几近绝迹，虽然国家禁捕多年，仍无起色。如今酒席上出现的鲥鱼，都是漂洋过海美国来的。海里的称之为鲞，其滋味与长江鲥鱼实在差之千里。

"长江三鲜"的另一鲜是河豚。苏东坡写过"竹外桃花三两枝，春江水暖鸭先知。蒌蒿遍地芦芽短，正是河豚欲上时"的诗句，看来宋代人就已品尝河豚了。河豚肉虽味美，但它的血液、内脏、卵、眼睛都有剧毒，每年都有人吃河豚而亡，新中国成立后国家明令禁止食用。我小时此鱼只在传说中，没谁见过。故事传得邪乎：一人捡拾别家丢弃的鱼内脏一包，回家煮煮吃，结果全家死亡，原来是河豚内脏。故事二：主人请客吃河豚，烧好后大厨先尝，十分钟后客人们看大厨没事开始动筷，谁知吃着吃着一个个喊嘴麻、手麻，都从凳上滑溜到桌下，主人一看不好，忙从茅坑舀来大粪灌，众人大吐后才得以保命。那时被告知若吃河豚中毒仅此一法才能救活。灌粪皆因嘴馋，十分恶心，所以记忆深刻。"拼死吃河豚"就是讽刺那些贪口福不畏死亡的人们。

让人垂涎又畏惧的河豚，我80年代初才第一次见此真面目。那时的江中小岛——扬中县的书记认识我父亲，扬中四面环江，历来有嗜吃河豚的习俗，有专做河豚的大厨，懂得如何洗净无毒烹饪。那时我家已搬至扬州，书记托人车船劳顿捎来几条红烧河豚，可见当时河豚多么稀罕。爸妈让我开洋荤，忐忑中我吞吃了一条，没事，但并不觉得多鲜美，恐怕是搁了几天又是凉的，不过从此有了向人夸耀的资本。

随后多年，吃河豚的风气越来越盛，河豚身价扶摇直上，每到清明前后，部里、省里、市里一拨拨人直奔扬中、仪征几个长江边城市吃河豚，听说一顿河豚宴价值上万元。

直到九十年代末，才有机会跟随朋友在仪征真正品尝过一次河豚。白煨、红烧，各有所妙。我觉得河豚既兼鲥鱼之肥，刀鲚之鲜，又比鲥鱼肉细，比刀鲚肉嫩。实在是味美啊。

时间进入二十一世纪，随着人工养殖"控毒"河豚的成功，能烧河豚的饭店普及起来，吃河豚变得寻常了许多。秧草烧河豚，似乎是近十来年来的固定搭配，最近出版的《扬中河豚菜谱》着实让我吓了一跳，扬中居然创新出一百多道河豚鱼的烧法，让人眼花缭乱、垂涎欲滴。

今年春江水暖时，我有幸参加扬中第九届河豚节，品尝到特级河豚烹饪大师亲手制作的河豚佳肴。一道河豚涮锅令人难忘，晶莹剔透的河豚鱼片，呈浅奶黄色的河豚肝，没入沸水中"左三右四""七上八下"一番，蘸着酱油，入口即化，嫩极、鲜极，本应剧毒的河豚肝入嘴油润滑腴，简直可以跟鹅肝媲美。

珍珠的故事

我的整个青春期从没拥有过任何一件首饰，这恐怕是我们这一代人大多数姐妹的状况。那时要求艰苦朴素，革命即无产阶级化，商店没有化妆品、饰品，更没有珠宝类的商品，况且那年头吃饱饭是第一位的。有些人家还有些祖传的老东西藏着掖着，不敢公然戴出来，而我们家是什么也没有。记得"文革"结束，改革开放初期，市面上开始出现黄金首饰了，我问过我妈妈，她回答我，她和爸爸结婚时，外婆是有几个黄金戒指想给她，可她那时是新四军战士，是革命队伍里的人，早已视这些资产阶级的玩意儿如粪土，根本不屑。外婆只好把戒指给了她的儿媳，妈妈的嫂子。

我拥有的第一件首饰是串珍珠项链，如今它还躺在我抽屉的一个角落里，它呈粉红色，珠子基本是椭圆形的，不规则不整齐，珠子上有腰线有皱纹，用如今的眼光看，这些珠子实在是不能用来做项链的。那是20世纪80年代中期苏州吴县农民刚开始养殖淡水珠的产品。当时我在大型文学期刊《钟山》当编辑，编辑部主任是吴县人，有关系买来一批项链做礼品。珍珠项链当时可是稀罕物，收到项链的朋友都兴高采烈的，我也常常戴出去招摇，挺沾沾自喜。

有人说，作为珠宝，珍珠在女性中是有世界通行证的。古今中外，概莫能外。慈禧太后就是个极端的例子，她生前穷奢极侈，为了到另一个世界也能如此这般享受，用了大量的珠宝陪葬。慈禧极爱珍珠，死时头顶珍珠凤冠，中间一粒大如鸡卵。身下铺的是几层金丝穿就珍珠的锦被，身边有珍珠绣佛、珍珠袍褂，棺材空隙中还倾倒了四升珍珠，口中更是含了一粒硕大无比的夜明珠。不过她没能如愿以偿，短短的二十年后，军阀孙殿英就盗了她的墓，撬出她口中的那粒夜明珠，后不得已送给了宋美龄。

在西方，珍珠项链必是贵族家庭世袭相传的珠宝之一。大的正式的活动，夫人们常常都带着一串晶莹的珍珠项链出席。北京专卖珍珠的红桥市场，是许多来华的政要夫人们常常光顾的地方，因为中国市场的珍珠又好又便宜。撒切尔夫人、布什夫人、普京夫人等都在那儿挑选过珍珠。撒切尔夫人与邓小平见面时就佩戴着在中国购买的淡水珠项链。

据说，全世界98%的淡水珠都出自中国。江苏的渭塘与浙江的诸暨是中国主要的淡水珠之乡。苏州相城区的渭塘镇过去属于吴县，我想我当初的第一条珍珠项链极有可能就出自渭塘。

初夏的一天，我参加了江苏作家苏州相城渭塘采珠行采风活动来到渭塘。渭塘镇因长江浊流与阳澄湖清流交汇在此形成"泾渭分明"而得名，也称渭泾塘。它原只是一个普通家常的江南小镇，默默无闻。改革开放以后这里成为我国淡水珍珠养殖生产的发源地和原产地，农民养蚌育珠，技艺越来越好，产量越来越高。2005年这里又建起了宏伟的中国珍珠宝石城，成为国内第一个创办珍珠交易市场的地区。世界各国的客商纷至沓来。听介绍，人气最旺时每天有上万人进场交易，年成交珍珠八十多万公斤，这里已然成为我国极为重要的珍珠产品集散地。

碧波荡漾的珍珠湖上，船娘撑着小舟载着我们去湖中挑选珠蚌；长长的凉亭里，破蚌工用刀破开一只只珠蚌，让我们观看蚌壳中已成形的大小不一的珍珠，我们忍不住动手捡拾起来，我挑到两粒异型珠，很别致，留着纪念。秀外慧中的江南小姑娘们，有的在一堆堆珍珠中选珠，把外形圆润饱满、个头大小差不多的分拣到一起，留着串珠。有的在给珍珠打孔。据说，人工养珠只有20%可制成珠宝，上千颗珍珠才能挑出做一条项链的珠。想想，我们戴的珍珠项链得来真是不容易，有多少人为它们付出了劳动。

渭塘的珍珠宝石交易大厅很是气派，两座大楼，四五层高，许多知名品牌都进驻做生意。珍珠店铺更是比肩接踵，柜台上到处摆放着各种颜色大小不一的珍珠。我们一家家店参观着，珍珠们流溢出的光泽，层次丰富，温润变幻，映花了我的眼，真美啊，我忍不住坐下来吹价、挑选起来。

身为女人，我不能免俗，我爱珍珠，爱它们的高雅圣洁，爱它们的高贵内敛。如今的我，已拥有多串珍珠项链，有粉色的，银色的，还有黑色的。有淡水珠也有深海珠。有珠串项链也有单粒吊坠，还拥有与之相配的耳环、戒指。不同的场合、搭配不同的服饰佩戴，每次都能得到朋友们的赞赏，每次都能佩戴出好心情。

夜宿世界最高城——理塘

夜宿理塘是迫不得已的。

我们从成都出发,前往梦寐已久的号称最后的香格里拉——亚丁。亚丁位于四川西部的甘孜藏族自治州,与云南的中甸挨得很近。

旅行社派的车又旧又破,导游却告知途中要翻越7座海拔在4000米以上的大山,路况较差。正因如此,新车都不愿去。我们怀着既兴奋又忐忑的心情坐着破车上路了。

过卧龙、四姑娘山,穿双桥沟、小金县,夜宿丹巴城。第一天路程安排的宽宽松松。从平原一路西行,海拔逐渐高攀。沿途景色极为秀美,卧龙林木的茂密葱茏,四姑娘山的皑皑雪顶,小金碧草铺就蜿蜒起伏的高山草原,星星点点的牦牛、羊群,以及绝壁下的丹巴古城——这一切都美得令人叹为观止,让我们目不暇接。

第二天天蒙蒙亮我们就从丹巴出发,告知今夜投宿稻城。丹巴

墙上的名字

至稻城有400多公里之遥，十分艰巨。不停赶路，途经极富藏族特色的八美、塔公草原，中午停车在"摄影家的天堂——新都桥"吃午饭，肩挎长、短"炮筒"的业余摄影家们早就按捺不住，要去狂拍一通。导游不住地劝说：要赶路要赶路，否则到不了稻城，回来时会给时间让大家拍照的。导游还说，新都桥到稻城之间有一处县城，叫理塘。可那是世界最高的县城，海拔四千多米，你们内地来的，住不得。

离开新都桥，汽车就不断翻山，先是翻越海拔4412米的高尔寺山，然后是剪子弯山和卡子拉山，全都海拔在4500米以上。同行中有人开始出现高原反应了，痛苦万状地抱着头，准备的红景天和氧气瓶都用上了。糟糕的车况现在现眼了：破车喘着粗气，"苦吃苦吃"的，蜗牛一般，车速超不过20码。不时地，司机还须下去"整整"车。

天渐渐黑了，山路看不到头。坐了一天车的我们开始心焦。环顾四周，黑暗笼罩着穹庐，大山更阴森得怕人，路上没有其他车，看不到村庄与人家，没有丝毫亮光，似乎天地间，唯有我们这辆破车的微弱灯光。

何时能到稻城？告之还有180公里。以这样的速度，明早也到不了啊。又饥又困的我们实在忍不住了，纷纷抗议。车上临时商议，夜宿理塘，海拔高不高的，管不了那么多了。

终于，前方有了灯光，好大一片，真让人温暖啊。

看见灯光又绕了几圈山路，才到了一个中式仿古的高高牌楼前，牌楼上写着：世界第一高城——理塘。这是理塘县城的东大门。

车上电话联系好的饭店，等我们直至深夜11点半。

都说海拔这么高的地方水是煮不开的，反正这顿饭米饭不太好吃，面条更是粘牙。又冷又饿又乏的我们草草填饱肚子，便想头挨枕头，赶紧睡觉。

夜已深了，理塘已在睡梦中。我们穿过几条路灯黯淡的小街，进了一家宾馆。导游安慰我们，今晚住的是理塘最高级的宾馆，让我们好好休息。

怕吵醒睡了的客人，我们蹑手蹑脚进了房。房间是标间，但既小又简陋，被褥似乎湿漉漉的。水龙头没水，桌上有一水瓶开水。倒在茶杯里，蘸着擦了擦，就蜷缩进了被子。冷。垫的盖的都很厚，可还是冷。只得将头也缩进了被子。第二天才知道有电热毯。

我有过多次上高原的经历，去过青海、西藏，登过黄龙、海螺沟。多次住过海拔两千至三千米地方，也登过海拔5000多米的山顶，感觉都还行，所以对夜宿世界最高城没有太多的恐惧，实属轻敌啊。

封闭逼仄的空间，怕冷蒙头的行为，使原本稀薄的空气更加稀少。我并没有意识到这一危险，只觉得气闷，辗转反侧好久才昏昏睡去。

第二天一骨碌翻身起床，忘了这是在海拔四千多米的地方。动作快了，刚进卫生间就觉得天旋地转，胃中翻江倒海，张口就吐，直到苦腥的胃液都吐了出来。这时头痛得像上了紧箍咒，腿软得挪不动步：这是高原反应啊！我支撑着，扶着墙快步挪到床边，抓过救命的瓶装氧气就吸，一大口，一大口，十几口后症状才稍稍减轻些。

早餐时，看到好几位与我一样愁眉苦脸毫无食欲的同行，隔壁一桌老外倒嘻嘻哈哈，谈笑风生的。宾馆院子里停着他们的车，是从云南中甸过来的。

墙上的名字

头仍痛着。早餐后我们继续乘车，穿越理塘县城，驰向稻城。在晨曦中我还是好好观察了这座世界最高城。

理塘县城街道较宽敞，市容颇整洁，一些规划得挺整齐的美丽藏式房舍，在城中很打眼。感觉县城人较少。理塘辖区面积有14182平方公里，人口约5万余人。县城海拔是4014米，平均海拔4133米，含氧量只有平原地区的48%。

据介绍，理塘，藏语称"勒通"，"勒"意为青铜，"通"意为草坝、地势平坦，全意为平坦如铜镜似的草坝，以境内有广袤无垠的草坝得名。理塘，藏语译写语音，历史上曾汉译为：李唐、里塘等。

理塘属青藏高原亚湿润气候区，日照丰富、降水量，气候垂直变化显著，年平均气温3.1℃，1月平均气温－6.1℃，最低温度－30.6℃，7月平均气温10.2℃，最高温度24.4℃。年降水量700毫米左右，年平均日照2672小时，无霜期50天。

理塘境内有雄伟壮丽的康南第一峰格聂圣山，有广阔无垠的毛垭大草原，星罗棋布的高山湖泊，奇峰异洞的扎嘎山和含有多种对人体有益元素的帽盒山，蕴藏着丰富的森林、矿产、水力、地热、动植物等自然资源。理塘特殊的地理位置和丰富的植被构成了长江中上游第一道重要生态屏障。

理塘自古以来还是茶马互市、商贾云集的地方。国道318线和省道217线纵贯全县，东至成都，西达西藏，南到云南，北通青海，是康南经济、交通、文化、商贸中心。

远离了理塘，车下到海拔三千多米的地方行驶后，我的高原反应才渐渐消失。

从亚丁返回时我们仍停车在理塘吃午饭，又一次亲近了蓝天白云下的理塘城，这个令人恐惧又令人难忘的地方。

紫金文库

今昔窑湾

　　千年古镇窑湾，地处京杭大运河与骆马湖的交汇处，三面环水，四县交界（新沂、邳州、睢宁、宿豫），是苏北新沂市一个名不见经传的小镇。窑湾在周代是钟吾国的辖地。唐朝建镇，称隅头镇。古镇现存的格局形成于明代，完善于清末。

　　踏入窑湾古镇，仿佛时光倒置，让人不知身在何夕？镇内旧巷纵横，巷里飞檐相接，青砖小瓦，高墙矮院，错落有致。旧苑荒台，古树残碑，坍弛的深宅，间或其中。

　　推开一扇朱门，曾是旧时晋商的宅第。荒芜的园落里长满了杂草，烟熏黑了的窗格吊坠着蛛网，青苔斑驳摇摇欲坠的砖墙，颓败的气息让人疑似进入了《聊斋》故事中的场景。可粗大的圆木房梁、精致的木格花窗、残存的匾额砖雕又述说着昔日的辉煌。

　　摆着上百口大缸的酱园，竟还在生产着古镇人世代食用的"窑湾甜油",壮观,又令人感慨。

镇中心的商业街也是条古意浓浓的小街,它形成于明末清初时。挤挤挨挨的间间低矮商铺前,延伸着条长长的过廊,逛街购物的人可以在此避风挡雨,极似粤城的"骑楼",只是简陋些、破败些。摩挲着店铺铺门的古木拴,看着殷实人家大门上的颗颗铜钉,能想象出古镇当年的繁华和热闹。

窑湾镇的时云泽镇长陪着我们徜徉在古镇凹凸不平的泥道上,这条道原先铺就着整齐的青条石,1957年全被挖走修了水库。面对小街两旁座座年久失修的古建筑,时镇长如数家珍,一一介绍着古镇的今昔。

窑湾目前尚存八百余间古民居,不少建筑仍保留着昔日的风貌。窑湾的民居多为"弓"字形,一正两厢,既不似北方的四合院,又不像江南精致的民居,具有独特的本地风貌和建筑风格。

在一座旧粮仓大院,我们参观了令人叹为观止的复式木梁大屋,然而在抗战时期,这里却是日本鬼子的驻地。

路过一座两层小楼,他又述说起小镇的荣耀,这是央视某主持人的祖屋。

更有一位乡绅早年去了美国,客死他乡,他的姨太太还活着,已垂垂老矣,因怀念故乡曾寄来过窑湾昔日的旧照片。

窑湾昔日的繁华,就此在这位年轻的领导者脑海里留下了深刻的记忆。

窑湾镇,曾是大运河旁的一处水运要津、繁华码头、商业重镇。20世纪二三十年代,当漕运为主要交通方式时,人称这里"日过桅帆千杆,夜泊舟船十里",来往船只南达苏杭,北抵京津。

那时的窑湾商贾云集，店铺林立，全国有 18 个省在此地设有商会，开店经营。有 10 个国家的商人和传教士在此地建商号和教堂，经商传教。

昔日的窑湾市井繁华，茶馆当铺、妓院戏楼应有尽有。每当华灯初上，窑湾镇上空唱曲闹酒、丝竹行令声此起彼伏，一派笙歌处处的升平景象。

窑湾人至今还保留着夜生活的习惯，而不似相邻的村落，日出而起，日落而息。每日凌晨，传统的"夜猫子集"便开始了。四乡的小贩、小镇的居民顶着月光与星光，纷纷来到集市上做买卖，熙来攘往，叫卖声、讲价声不绝于耳。待到星稀云散天亮时分，赶集的人们却四下散去了。

"梆打三更满街灯，恭候宾客脚步声，四更五更买卖盛，十里能闻市潮声。"这首当地民谣就是描绘"夜猫子"集市盛况的。

窑湾人还有着良好的教养，镇上人很少吵架，古风纯朴，待人彬彬有礼。

远离大城市的现今窑湾镇，随着交通方式的变化，铁路、公路替代了水路，昔日的繁华早已不复存在。加之各类运动的折腾，这座古镇更是千疮百孔，元气大伤。放眼这破败凋敝的千年古镇，心中沉甸甸的，难道窑湾的辉煌只存在于窑湾人的记忆和复述中？

深秋夕阳下的大运河与骆马湖波光粼粼，水面上抖动着灼目的金光，成片的芦苇在微风中轻轻摇曳，发出"嚓嚓"的声响。

远处，一艘艘采沙机船上树立的钢架，似热闹繁忙的都市大工地，让我们有了重返二十一世纪的感觉。

墙上的名字

我们乘坐着快艇，走水路绕窑湾古镇一周，领略到了又一番境界。

骆马湖的水，清冽透明无污染，骆马湖的水产，品种丰富质量佳。这里盛产莲藕菱，鱼虾蟹。省政府曾授予窑湾"苏北水产第一镇"的称号。窑湾镇拥有的水面有 7.5 万亩，水产养殖就达 4 万亩，年产量 3 万吨。

窑湾镇还拥有多家水产加工冷冻企业，加工能力年产量达 3 千多吨，冻青虾、水晶河虾，冻银鱼、散烤麦穗鱼，冻煮田螺肉畅销韩国、日本与香港。

时镇长还自豪地告诉我，夏天他经常在湖中游泳，骆马湖的水质全省第一；平常食堂的早餐就是杂鱼汤，既营养又美味；吃河蟹，那只只都是野生的。

如今，窑湾古镇的修复已在规划中。参与规划修复同里、乌镇等古镇的同济大学、南京大学、东南大学的专家学者们，被邀前来献计献策。

他们经过普查调研，划出了古镇的保护区域，并对古镇文化历史的发掘、古街道的复修、道路与环境的整治都提出了建设方向。

不久的将来，"南有周庄，北有窑湾"便会名副其实。那时候，一个古老的，重又焕发青春的窑湾，我会再来重游。

紫金文库

通　途

记得我读小学时，语文课本上有介绍武汉长江大桥的课文，说它是苏联专家帮助建造的第一座长江大桥。课文介绍了它的美丽宏伟，甚至桥栏杆都由精美的铜浮雕画组成。那时我就无限地憧憬，希望能亲眼看看这座跨越长江的大桥。没想只过去几年，我的愿望便实现了。文革串联开始，学生们出门不花钱，满中国乱窜。我趁机爬上了去武汉的火车，登上了大桥，亲眼目睹了大桥的宏伟，也亲手抚摸了那嵌在桥栏杆里的铜浮雕画。

更记得1968年，南京长江大桥建造成功，锣鼓喧天举国欢庆，因为它是我们中国人自己设计建造的第一座长江大桥。通车前，学校的"造反派"全都荣幸地被派到大桥参加劳动，把红色的小有机玻璃，一块一块地粘到桥头堡迎风招展的三面红旗上。至今还记得我当时的心情：除了羡慕就是嫉妒，因为我没有这个资格。

墙上的名字

我住长江南,父母家在长江北,往返长江每年无数次。改革开放后这些年,经济快速发展,服役了三十多年的南京长江大桥早已不堪重负。汽车并排几列,蚂蚁般蠕动,堵车已是家常便饭。傍晚过桥,夜半进城,常常如此。

如今,江苏段的长江上,跨越了座座大桥。南京二桥、三桥、润扬大桥、江阴大桥、苏通大桥,在建的还有南京四桥、泰州大桥。这里恐怕是全中国大桥最密集的地段吧。

我似乎有了大桥情结,几乎参观过每座在建时的大桥,并都拍照留念。大桥通车后,更以多次往返为荣、为乐。想想吧,飞越浩瀚的江水、观赏两岸如画的风景,在黑亮平坦宽敞的桥面上风驰电掣般地驶过,那是多么惬意、多么自豪的感觉啊!

前不久一个细雨朦胧的夜晚,我住进了金陵润扬大桥酒店,它位于润扬大桥旁的江心洲上。站在酒店顶层的玻璃大厅里,远眺润扬大桥。那夜,桥灯全都打开了,大桥犹如一只展翅的火凤凰,在雨帘中飞翔。如此秀美、如此壮观。她的倩影倒映在黝黑的江面上,似又一只翻飞的姐妹鸟。我久久地凝视着,心中感慨万分。

我的父亲七十年代从镇江调任扬州工作,往返镇江、扬州都要绕道南京长江大桥,动辄一天。我去探望父亲,从镇江先坐长途汽车,到了江边改乘小轮船,过了江,再登上一辆长途汽车,颠颠簸簸,舟船劳顿,至少大半天才能到达扬州。后来镇扬之间有了汽渡,方便了不少,半天可至。可每次乘汽渡的烦乱还历历在目:汽车在渡口排着长长的队候船,船到后,人须下车,空车先上渡船。车停满后,才允许乘客登船,人只能插空站在汽车之间。汽车上下渡船,时有危险出现,曾听说过连人带车滑进江里的事故。如今,这一切都成为了历史,过个桥,半小时即可。镇江扬州方便得就如浦东到浦西,好像在同一座城市。

第二天,我们又冒雨前往苏通大桥参观。刚刚剪彩通车的苏通大桥,居然拥有四项世界冠军:最大主跨、最深基础、最高桥塔、最长拉索。它还得到了世界桥梁大会最高奖:乔治·理查德森大奖。它的建成标志着中国已经进入了世界桥梁建设的大国、强国。真了不起啊!从外国专家援助建桥一路走到今天,我们走了整整五十年。

开车从苏通大桥上缓缓驶过,蒙蒙细雨中的苏通大桥,整个轮廓浸润在江南特有的氤氲水汽中。远处,江天连为一体,分不出彼此。如果说,明媚阳光下的苏通大桥是英俊威武充满阳刚之气的帅小伙,而烟雨中的苏通大桥,就恰似一位妩媚温柔的美眉,有着妙曼婀娜的身姿,令人遐想。我们从桥南到桥北,再从桥北回到桥南,也就是从常熟到南通,再从南通回到常熟,不过几十分钟。

"一桥飞架南北,天堑变通途。"

座座大桥,好似那飞越长江的道道彩虹,终止了大江南北的千年守望,把乡村与城市、城市与城市、人与人的空间距离,拉近了、缩短了;人们出行便捷了,幸福指数增加了。苏南与苏北,经济文化同发展。

墙上的名字

台湾夏潮基金会董事长宋东文印象记

中年、寸头、北方人的身架。衣着注重细节，不乏时尚。说话言简意赅，思路敏捷，不言自威，与人有距离感。这是我初见台湾夏潮基金会董事长宋东文时的感觉。

2011年夏，台湾夏潮基金会组织的台湾作家采风团来到江苏，我全程陪同。江苏台联的曹部长告诉我，这已经是夏潮基金会资助的台湾作家团第三度访问内地，明年江苏作家采风团去台湾。一来一去，已是第四个年头。

我居住的城市南京，曾是国民政府的首都，台湾的外省人对它颇有感情。大陆开放以来，来宁做生意、定居的台湾人不少，可我几乎从没有接触过。这些年陆续介绍过来的台湾文学作品所读也很有限，对台湾人及台湾文学界都很生疏与隔膜。惴惴不安中开始了十天的江苏之旅。

我发觉宋董是个细心、有心之人，为此行作了充分的准备。所到之处，宋董能干的女手下张晓平必会送上一本小册子，夏潮基金会及此行全体作家的介绍。册子印刷精美、图文并茂，还配有作家的作品。问及，印了一百本。这是既花时间又花金钱的买卖，可极有用，我就是从上面开始认识各位台湾作家的。为各接待单位准备的礼品，也由宋董亲手挑选；一对瓷器花插，合在一起是个流线美丽的整体造型。象征、寓意？皆是，用心良苦。

在大巴上，我坐在宋董的左边，从开始礼节性的寒暄，到后来朋友似的聊天，这中间的过程不过短短几天。很庆幸，我知道有些人的心灵距离是永远拉不近的。

宋董有色彩，如同他每日必换的衬衫，同样的式样，不同的色彩，蓝、绿、粉……听说，在台湾，宋董始终被认为有"统派"色彩。闲聊中，知道了宋董的一些个人信息。陕西人，大陆老兵的后代，出生在台湾的外省人第二代，台湾受的教育。大学时代受"左倾"杂志《夏潮》的影响，思想激进，追求社会公平，接受社会主义，向往两岸统一。八十年代在大陆东莞搞电子实业，后在香港成立贸易公司。1996年完全个人出资成立夏潮基金会，以对年轻时的《夏潮》杂志致敬。以个人力量，推动两岸交流。

在苏州的两岸作家对话会上，苏州作协主席、苏州大学教授王尧对宋董说："我知道夏潮基金会，我太太是夏潮学人。"那时我才知道，夏潮基金会从2001年起，资助大陆学者到台湾作短期访问研究，现已资助了80名。座谈会当场就有大陆作家向宋董表示，也想当一回"夏潮学人"。

宋董是实业家，是经贸界人士，可他对文化、文学情有独钟，明白文化、文学滴水穿石、潜移默化的力量是无比巨大的。宋董在《两岸作家交流探索》一文中这样写道："文化是一种生活方式，一

墙上的名字

种思维方式，一种文明的呈现，对于促进互相之间的了解，文化交流能产生比较深远的效用。"他在台湾开书店专卖大陆图书、组织台湾大学生假期到内地参观，近几年又开始了台湾与内地作家的互访活动。他身体力行实践着从文化入手，立足当下，放眼未来，用自己点点滴滴的力量努力消弭两岸几十年的对立和隔膜，令人敬佩。

我很好奇，问宋董，你现在主要经营什么？资助的项目资金会无以为继吗？他告诉我，他退休了，2003年经济形势不太好，他关了香港的公司，但他个人的资产仍在运作，会有收益，基金会的支出每年控制在三百万，加上他每年的个人消费几百万，到他80岁，没有问题。

我想这么早退休一定与他生病有关，闲聊中他毫不避讳地告诉我们，他患了癌症，开了刀，又复发过。可他的外表很健康，精力也充沛。他对每项活动都兴致勃勃，看得出他是个热爱生活的人。

苏州小说家荆歌是个古董及小物件爱好者，手腕上串着、脖子上挂着、腰上别着各式各样的小玩意，玉佩、核雕、象牙雕啊等等，在苏州时我们经常交流，也拿给宋董看，逛老街时淘了个什么小物件，也喜滋滋地给宋董欣赏，坐车没事就在手中搓摩。我们还提前打招呼，明年去台湾，一定要多安排时间参观故宫博物院。

在苏州最后一天的晚上，宋董打电话说买了许多玉，要给我看。我忙叫他拿来房间，荆歌在，让他也看看。宋董居然沉甸甸地提了两大包盒子进来，摊了一床。他兴奋地搓着手，说观前街上有家玉器店要改行卖黄金，一折甩卖。他讨价还价花了四万元人民币，几乎包圆了所有，老板很不舍，说你起码要再给我一千元。宋董爽快地给了他。我和荆歌面面相觑，那一床的都是些低档玉器，翠根。多是很多，实在没有一样好东西。荆歌还悄悄告诉我，那打折的招牌他几个月前就看过，促销手段而已。不忍泼很有成就感的宋董冷水，只能说回台湾送朋友很值，便宜。荆歌在这一堆玩意里挑选出稍好些的，让宋董自己留着。那天房间有好些人，宋董手一挥说，你们一人挑一件。我挑了个黄玉的笑佛挂件，如今就摆放在我办公室的书橱里，很喜庆。

宋董以前并不喜欢这些小玩意，这趟江苏行，受我们感染，结果上了大当。不过宋董很享受这过程，第二天，他跟我们一样，脖子里吊了玉，腰里挂了块玛瑙胆，手里也搓了个核雕，他颇为得意："我也有东西玩了。"这时的宋董像大男孩般可爱。

要分别了，宋董翻出手机里的照片，给我看他在台北山里的家，一栋坐落在半山腰的大房子，周边绿色葱茏，环境很美，可远眺高楼林立的台北，一只可爱的斑点狗在等他回家。宋董邀请我们明年去做客。

墙上的名字

春风沉醉的晚上

《春风沉醉的晚上》是郁达夫先生的名作名篇,在此借用篇名。

4月6日晚,我们徜徉在台北街头,春风微醺,空气湿润,店铺一家挨着一家,霓虹灯光迷离闪烁,据说台北十户人家就有六户开店。相比白天,华灯绽放下的台北更显都市的繁华,男女老少熙来攘往,到处弥漫着市井的富足与繁盛。惬意轻松的我们混迹人群,丝毫没有陌生感。

这是到达台北的第二天,当天的公务行程终于结束,台湾夏潮基金会董事长宋东文先生陪我们逛夜市。老朋友见面格外亲切,去年夏天,他曾带领台湾作家团访问过江苏,这次江苏作家代表团赴台访问,就是应夏潮基金会的邀请。夜幕下,春风里,我们溜达着、闲聊着,他突然说带我们去一个地方,去陈映真当年的大弟子开的店里坐坐。

陈映真?台湾最坚定的左派,台湾乡土文学的代表作家,中国作协名誉副主席，九十年代定居北京，06年中风昏迷，至今还躺在北京医院的病床上。我掌握的信息也就这些，好像看过他的《夜行货车》，还是电影。

带着好奇，跟着宋董事长，穿过台北灯红酒绿的大街小巷，终于来到台湾大学对面的一个巷子，一家名叫《大红》的小饭店，这么叫可能不合适，因为老板给的名片上写着："大红人间艺文餐坊"，还有一排小字：影像与美食。我从没见过如此文艺的餐馆招牌。陈映真八十年代创办过《人间》杂志，特别关注被台湾社会忽视的弱势群体。餐厅老板一定很怀念那段已逝的岁月，特以此向陈映真，以及自己的青春与理想致敬。

空间不大，十几张小桌子而已。我们进店时，老板正和朋友喝酒。宋董事长熟门熟路，介绍了我们，老板忙不迭收起自己的桌子，拼了几张桌让我们团团坐下。老板姓钟，中年，黑黑的脸膛，戴了顶解放帽，帽檐上居然印着毛泽东头像，他笑着说自己刚去了延安。估计这是延安的旅游纪念品。老板娘是厦门人。据说前任老板娘也是大陆人，云南歌舞团跳舞的。

我好奇地四下打量，墙上有一些照片，宋董事长介绍都是陈映真年轻时和他战友的合影。真年轻啊，不知是陈映真去绿岛前还是放出来后的影像。1968年，陈映真被捕，罪名是"组织学习马列小组，宣传鲁迅和共产主义"，被送去了绿岛。就在几天后，我沿东花公路作环岛旅行时，在蔚蓝浩瀚的太平洋中见到了这个鼎鼎大名的小岛，那里也曾关押过柏杨、李敖，关押过许许多多政治犯。如今已变成风景如画的旅游景点。

我们喝着啤酒闲扯，宋董事长介绍钟先生是陈映真最得力的大弟子，钟先生却说宋董事长是那时的领袖人物。我知道，七十年代,随着保钓运动的兴起,台湾有大批青年学生,单纯、有激情,痛恨国民党政府无能,不能保卫祖国领土。他们向往祖国大陆,把自己全部的爱国理想都寄托在海峡对岸,那片对他们来说几乎是海市蜃楼的大陆。他们学马列、读毛著,向往共产主义,沉浸在浪漫的革命情绪中。他们是台湾真正的左派。不过看钟先生的年龄,应该是陈映真出狱后八十年代办刊、办出版社以及成立"中华统一联盟"时的追随者。

酒已酣,有人提议表演节目,我的一位同行夸张地为大家表演"文革"时期的歌曲——《毛泽东思想闪金光》。

宋董事长与钟老板居然会唱"红歌",他们带头唱起了《南泥湾》《花儿为什么这样红》《我的祖国》,我们应和着:

"一条大河波浪宽,

风吹稻花香两岸……"

我读过一篇文章,说陈映真绿岛的牢房里有次关进了一位大陆渔民,因打鱼过界被抓了进来。大陆渔民饭量惊人,一直吃了多日才减了下来,陈映真由此知道了大陆的真实生活。是这位渔民在牢中教会了陈映真唱《我的祖国》。宋董事长与钟老板又是如何会唱的呢?

喝着酒,唱着歌,一首又一首。歌声回荡在小小店堂上空,消失在台北温润的夜幕中。

带着些微醉意颇有些轻佻地告别老板:"我叫小红,再见大红!"

沿着台大院墙,沐浴着温暖的春风,踉跄歌行。酒不醉人,风不醉人,歌不醉人,人自醉。此时的我,在是用优美的旋律悼念自己曾迷失的青春。

紫金文库

采风高邮忆汪老

我的家乡在高邮,
风吹湖水浪悠悠。
岸上栽的是垂杨柳,
树下卧的是黑水牛。

我的家乡在高邮,
春是春来秋是秋,
八月十五连枝藕,
九月十五焖芋头。
……

2005年春天我第一次来到汪老的家乡高邮,第一次近距离接触汪老笔下那美丽的如梦如幻的街巷、景色,第一次品尝读后便齿舌生津的汪老笔下的种种美食。一切都像在梦中，一切又都是在圆梦。

在参观汪曾祺纪念馆时，竟然发现了我和张欣与汪老的合影：在海南三亚的海滩上，我和张欣一人一边挽了汪老的胳膊，都笑盈盈地望在大海。看着这张照片，打开了封存的记忆。那是在1993年初，安徽作家潘军下海经商，担任了海南南星公司总经理，他联合了全国五家文学刊物在海南共同举办第一届"南星笔会"，邀请了当年最具实力的一批中青年作家参加，记得有刘恒、韩少功、王朔、苏童、格非、方方、余华、范小青、叶兆言等，邀请唯一的老作家就汪老一人。在那个笔会上，年轻人争相与心中的偶像汪老合影。阳光、椰林、海滩、美丽的三亚和潇洒的汪老都给我们留下了美好的回忆。按潘军的意思，南星笔会要一年一届地办下去，可惜没多久他就又爬上了岸，重操旧业，爬格子去了。我和张欣都不是什么有名的公众人物。张欣是广州的实力女作家，我当时是《钟山》的一名小编辑，没有人认识我俩，所以照片的下方写着：汪曾祺与文学女青年合影。

2010年5月，我参加汪曾祺诞辰90周年纪念活动又一次来到高邮，与汪老的多次交往再次浮现在眼前。1994年，《钟山》与德国歌德学院北京分院在南京联合召开"中国城市文学国际学术研讨会"，大会邀请了汪老出席。汪老在会上对中国的城市文学发表了许多高见，他认为中国城市文学还处在萌芽阶段，但也有传承，这传承有好有坏，如明清市民小说及一些狭邪小说。他认为茅盾的《子夜》不能代表城市小说，而穆时英的《上海狐步舞》才算。他还认为城市文学必然带来文体的变化，他的《星期天》就与自己的其他小说语言风格不太一样。他的妙言妙语，受到与会者的热烈欢迎。酒席前，他兴致甚高，泼墨挥毫，寥寥数笔，一丛兰花盎然怒放，活活泼泼，他在画的左下角题了词：吴带当风，为小红正。这是他那天画的第一张画，在众多围观者的喝彩声中，他赠予了我。索画的人很多，汪老概不推辞，一一满足。画了四五张后，他又为我画了一张"兰菊图"，几枝春兰，两株秋菊，全都灿烂开放着。在花下他题了屈原《九歌·礼魂》中的句子："春兰兮秋菊，长无绝兮终古。"这两张画我一直珍贵地收藏着，只有作家朋友来访，我才拿出来共赏。

  2011年春天，作为江苏省作家协会高邮采风团的一员，我再次来到了高邮，又品尝到了汪老在《故乡的食物》里描述的种种美食。我不禁回忆起我曾在汪老家品尝过他亲自下厨做的菜。记不得是1994年还是1995年了，我和当时同是《钟山》编辑的王干一起去北京组稿，到京已是中午，王干提议去汪老家蹭饭吃。汪老是美食家和大厨的名声蜚声国内外，我早就很好奇。记得87年在海南《钟山》的笔会上，一次吃饭，我无意识地将筷子挟向了一条鱼薄薄的唇部，作家高行健对我说："我发现你吃饭的段位很高，汪曾祺九段，你可以是八段。"我哪敢与汪老比？现在有机会见识汪老的烹饪手艺，于是厚厚脸皮就去了。汪老家那时在蒲黄榆，屋子很逼仄，一家人生活在狭小的空间里，不过中午只有汪老与施师母在家。汪老见我们来了忙出去买菜，已是中午也没啥菜卖了，汪老炒了样蔬菜，用家里的存货做了一道虾米火腿肠涨鸡蛋。火腿肠切成丝，虾米斩成丁，与鸡蛋打在一起，在铁锅里倒上油，小火倒入鸡蛋，盖上锅盖慢慢煎，不要翻动，等鸡蛋饼涨高了起来，翻个个，两面金黄了就出锅了，外脆内嫩，很香很好吃。汪老告诉我们这也是高邮家乡菜。这次在高邮采风我两次吃到了这种鸡蛋饼，是香椿

墙上的名字

头涨鸡蛋,让我又一次怀念起汪老来。

在市委宣传部张部长的陪同下,我们参观了高邮近两年来的新建设。汪老小学时每年都要去春游的文游台旁建起了的新的市民广场。大树依旧,绿草茵茵,宽阔的广场,美丽的街灯与休息座,清澈的潺潺河水环绕着新的市民广场和文游台,原先低矮破旧的建筑、脏乱差的球境,在十多天内就拆除完了,因为高邮老城区的居民由衷地拥护、支持市里的规划和建设,这里成了他们休闲健身的好去处,他们是最大的受惠者。

"还记得汪老笔下的大淖吗?"张部长又领我们来到一片水面前。记得,当然记得,在汪老的笔下,高邮的大淖是何等的美丽:"淖,是一片大水。说是湖泊,似还不够,比一个池塘可要大得多,春夏水盛时,是颇为浩渺的。这是两条水道的河源。淖中央有一条狭长的沙洲。沙洲上长满茅草和芦荻。春初水暖,沙洲上冒出很多紫红色的芦芽和灰绿色的蒌蒿,很快就是一片翠绿了。夏天,茅草、芦荻都吐出雪白的丝穗,在微风中不住地点头。秋天,全都枯黄了,就被人割去,加到自己的屋顶上去了。冬天,下雪,这里总比别处先白。化雪的时候,也比别处化得慢。河水解冻了,发绿了,沙洲上的残雪还亮晶晶地堆积着。"(《大淖纪事》)眼前的大淖没有了沙洲、没有了茅草和芦荻,可有了雪白的汉白玉砌成的栏杆,有清澈宽阔的水面,在春风下荡起的层层涟漪;有桃红柳绿的河道林和大小不一的绿化灌木丛和鲜花圃,还有的就是大淖旁一户户过着小康日子的普通百姓家。

张部长告诉我们,以前外地来了客人,都要求去看看汪老笔下的大淖,可市里的同志不敢带他们去,因为几十年的变迁,这里完全变了样,垃圾填满了河道,水面就只剩下了细细的小沟……

我知道，八十年代初当时的高邮县委里曾邀请汪老回家乡观光，汪老踯躅在"龙须沟"一般的大淖边，望着因附近造纸厂排污而变成铁锈颜色的河水，怅怅然，很久很久没有开口。

在紧挨着大淖的一户人家门口，我们问一位老太太："这是你家吗？""是啊。""现在大淖改造好了，你们高兴吗？"老太太笑眯了眼，连声说："高兴、高兴，环境这样好了，还能不高兴！"二楼的窗户打开了，一对老夫妇俯身在窗口也都笑眯眯地看着我们，都是发自肺腑的喜悦。

几天的采风，发现高邮变了。变绿了，变美了，变整洁了，老百姓心里变快乐了、幸福了。

如果汪老来写现在的家乡，又会有如何的描述呢？

"我的家乡在高邮……"

墙上的名字

白茆山歌

现如今，人们欣赏艺术，很容易走极端。青睐的，不是最洋的，就是最土的。比如听歌，要么倾心阳春白雪的意大利歌剧，要么推崇土得掉渣的民谣俚曲。曾记得十年前，世界三大男高音：帕瓦罗蒂、多明戈、卡雷拉斯携手在古老的紫禁城上放歌，在中国所受到的追捧，令人咂舌。红墙黄瓦的上空缭绕着洋腔洋调，2000美金的票价仍一票难求！我曾有幸听过号称"东方夜鹰"的维族姑娘迪里拜尔唱歌，她是国内著名的美声女高音，唱的是意大利歌剧中的经典曲目，那音色如绸缎一般具有光泽，圆润、浑厚、高音松弛、优美，听了让人陶醉难忘。可原汁原味的原生态民歌也同样得到人们的喜爱，央视一连几届的"青歌大赛"，都专门设立了原生态歌曲的参赛项目。苗寨山歌、彝族情歌、马头琴伴奏的蒙古长调——那土啦啦的直嗓子吼出来的歌，竟然那么直抒胸臆、热烈、畅快，充满了鲜活的生命力，让人热血沸腾。

那些民歌还配有了各个声部，歌声有了层次，增加了音乐的广度和宽度，变得更加圆融流畅、更加优美动人。许多人，包括我，都早早守在电视机前，大饱耳福。

其实我们这辈人，所接受的音乐教育，就是那点可怜的民歌知识。过去了的那个年代，眼一睁，高音喇叭里就是《东方红》，那是陕北民歌。看电影学唱的是《刘三姐》，那是壮族山歌；《五朵金花》《阿诗玛》那是白族和彝族的山歌。粉碎"四人帮"以后，学会了唱《绣金匾》《山丹丹花开红艳艳》，也都是些陕北民歌。那时喜欢民歌，是认为民歌旋律优美抒情，较之硬邦邦的革命进行曲来，好听多啦。后来随着年龄增长，阅历广了，国内对民歌的禁锢也少了，听到的民歌就多了起来，知道了陕北的信天游，内蒙古的爬山调，甘肃、青海的花儿，晋北的小曲儿等等。这些民歌大都反映当地百姓民不聊生、不得不抛家别舍"走西口"的悲怆和悲凉，旋律缠绵高亢、荡气回肠。我非常喜欢。

总以为国内民歌，除了上面提到的北方民歌，就是南方少数民族唱的山歌。我国的少数民族都是能歌善舞的民族，他们耕种唱、狩猎唱、求偶唱、失恋唱，表达内心感受的一切都可以变成山歌唱出来。再加上身处偏隅之地，交通不便，隔着山头或山涧，拉开嗓子高歌一曲，就什么都倾诉了，不比电话和电子邮件慢，还很有意境。

从不认为山歌也会属于鱼米之乡的长江三角洲百姓。前些日子，在江南著名的富裕之乡常熟市古里镇，孤陋寡闻的我居然听到了山歌。

独唱、对唱、合唱——身穿彩色民族服装的男女民间歌手们为我们唱山歌。一看都是道道地地的常熟当地居民，一开口，歌声充

墙上的名字

满了乡野泥土味：

> 山歌勿唱忘记多，
> 大路勿走草成窝，
> 快刀勿磨生黄锈，
> 胸膛勿挺背要驼。

嘹亮本色的土嗓音，香糯的吴语方言，这是首四句头短歌。听介绍，还有三句头短歌，也有几十句、上百句的叙事长歌。

一位中年女歌手唱起了急口山歌《俏情郎》，说的是一位姑娘蹲在河边洗衣裳，抬头看见了她的情郎，她从他的鞋子往上看，什么样的袜子、袜带、什么样的绸裤，一直看到他手里拿着的描金扇子。歌词详尽细腻，很口语化，节奏急促、跳跃，活像美国黑人歌手唱的"RAP"，很有意思。

这些山歌有名字，叫白茆山歌。据传，大约在4500多年前，一支良渚文化部族从北方迁徙定居在常熟古里镇白茆塘流域，山歌就此离开了北方大山，开始在江南的水边扎根、发芽，逐步形成了现如今这般充满氤氲水气的吴地山歌。专家考证说白茆山歌的形成不会迟过《诗经》。在白茆，至今还流传着汉相张良传授山歌的故事，"张良就是唱歌郎，坐着风筝教思乡"的歌词记载了这段历史，很是传奇。听介绍，清朝初年，白茆塘边的红豆山庄隐居着钱谦益、柳如是夫妇，一位是前东林党领袖、大诗人，一位曾是秦淮八艳之一的才女。每每黄昏夕阳西下，夫妇二人泛舟河上，诗歌和唱，给白茆山歌增添了许多才子佳人的想象。不过我以为，他俩唱和的诗歌绝非此山歌也。新中国成立后，当地政府支持民间群众文艺，多次举办过隔河万人山歌对唱，那时的白茆山歌又成了声势浩大的群众运动，得到了空前的发展和壮大。

> 牵砻舂米上笼来，大砻小砻正当场。
> 东山竹头扎架子，两根银绳牵笼来。
> 九月里新稻底登仔场，石臼里舂米硬碰硬。
> 两只手舂米是细娘家，一只脚舂米是小后生。
> 忙叫细娘买包糖，蒸一笼米糕么过重阳。

民间歌手们还给我们唱了《舂米歌》《大山歌》以及男女情歌对唱等，全都带着泥土的芳香，吴地农民劳动、生活的喜悦和情趣表现得淋漓尽致。白茆山歌内容涵盖面很广，有儿歌、情歌，有劳动歌、丰收歌、节令歌，连婚丧嫁娶也会唱着歌。

为我们表演的最后一曲是最著名的合唱"三邀三环"《白茆塘上好风光》。"三邀三环"是吴地民歌中独有的山歌曲调，音域宽、多变化，男女有重有合，节奏时快时慢，还有声部，十分有感染力。据介绍，白茆歌手就是唱着这首歌参加了第六届中国艺术节，大获成功。

白茆镇富庶安逸，白茆人爱唱山歌。当地人说，爱唱山歌的人民是热爱生活、热爱和平、勤劳勇敢的人民，所以白茆镇才富庶安逸；又有人说，因为白茆镇富庶安逸，白茆人才有闲情逸致唱山歌。这似乎像绕口令，它们应该是互为因果的吧。

千百年来，山歌已融化在了白茆人民的血液中。它是江南农耕文化的源泉，是吴地古老的庆典仪式的延续。1995年开始，白茆人就把山歌唱出了省，唱到了北京，还唱出了国。国务院公布的首批

墙上的名字

国家级非物质文化遗产里就有白茆山歌的大名。

听介绍，为我们表演的民间歌手中有夫妻、有母女。看到中年人为主的歌手队伍中出现有年轻的面孔，白茆山歌后继有人，令人欣慰。

紫金文库

奇妙大棚

傍晚时分才踏进这座奇妙的连体大棚。这座塑料大棚东西长120米，南北宽40米，足足有5000平方米大。只见整座大棚被各种植物盘踞了，半空悬挂着、地面上一畦畦排列着，连大棚壁也被铺陈得满满当当。昏暗光线下，我叫不出多少植物的名称，只有常吃的番茄、黄瓜可以认得出。陪同人员随手采摘下一根短短的小黄瓜递给我，说尝尝，荷兰引进的水果黄瓜，无污染，可直接吃。我疑疑惑惑，掰了一半给同行，咬一口，清脆、多汁，的确好吃。主人在大棚过道摆了桌子招待我们：鲜艳欲滴的小西红柿、粗细长短一样的水果黄瓜、切成了块的伊丽莎白甜瓜……我逐一尝去，都味美香甜。

第二天起个大早，我又钻进了大棚。秋天的清晨已有些许寒意，而大棚里温暖如春。在天边一抹金色晨曦的照映下，大棚里亮亮堂堂，人造的薄薄雾气和潺潺流水声在棚内升腾缭绕，所有的植

墙上的名字

物都挺枝展叶，接受着"雨露"的润泽，显得生机勃勃。

大棚参观过很多，这座显然是高科技的。植物被种在各种稀奇古怪的"管子"上、"轮子"上、袋子里，它们挂着、叠着，所有的空间都被利用着。我仔细对照说明图牌，才知道它们分别叫：旋转式栽培、平面式管道水培、链条式墙体无土栽培、三角立柱式栽培、深液流水栽培、金字塔雾化栽培、基质袋培。看看这些名称也可想象这样的种植是多么的神奇。

再瞧瞧满棚奇花异果的产地，你才发现简直像在召开瓜菜世界大会。那些类似南瓜但小巧、红亮，煞是可爱的瓜，是来自南美洲的福瓜和奶油南瓜；印度的香炉瓜，天生带着三足的鼎，很像香炉，据说经常被人供奉在佛堂前，被当作吉祥物。亚洲南部的超人南瓜是巨无霸，肥厚的肉和多油的瓜子都可食用。

高高悬挂着的奇异葫芦，让我目不暇接：形态优美的印度的大酒葫芦、小亚葫芦；像穿了件迷彩服的非洲南部的天鹅葫芦；有细长脖子，葫芦头皱折着像鸟头的，叫鹤首葫芦，也是来自黑非洲。

根根悬挂着的还有特长丝瓜，怕比我还高吧，家乡在印尼；有一种像是丝瓜的兄弟叫蛇瓜，旋转超长，原生长在印度热带地区，据介绍，肉质鲜美，是理想的绿色食品。居然有一种瓜叫老鼠瓜，模样像老鼠，可绝没有老鼠的丑陋猥琐，也从印尼来。成熟时由绿转为黄、橙、最后变红，剥开果实竟然晶莹剔透红玛瑙般，可做菜做汤。

突然发现有两种瓜我都吃过，或许是早先引进的。一种印度的小濑瓜，我们好像叫濑葡萄；一种是美洲的金丝搅瓜，我们叫金瓜，蒸熟破开皮用筷子搅开，便成为亮晶晶的丝状，酱麻油一拌很好吃。

美国的鱼翅瓜、荷兰的天秀苦苣、红油阿拉斯、炎秀西兰花、日本的春秋双冠王甘蓝，这些菜别说吃过，名字也是第一次知道，真是长了见识。

番茄树你们没见过吧？大棚里居然有一棵。据介绍，成树可无限生长，果实甜如黄桃、香如菠萝。在这奇妙的大棚里，我居然还发现了以桃花岛精灵古怪的黄蓉命名的番茄，就叫"黄蓉番茄"，再看过去就是黄蓉、郭靖产生了爱情的"爱情果"——红罗曼番茄，很有意思吧？

想知道什么是当今的高端农业、生态农业、智慧农业吗？就去这座奇妙的大棚看看吧！这座大棚位于金湖县江苏省省军区的运西农副业基地。

墙上的名字

又见金山寺

下了高速,不一会儿就遥遥瞧见了镇江的地标式建筑:巍峨耸立了百年的金山寺慈寿塔。我一下激动了起来,久违了,金山寺;久违了,慈寿塔!

年幼时跟随工作调动的父母从南京来到镇江,在镇江度过了我的小学生涯。镇江北临奔腾浩瀚的万里长江,南依冈峦起伏的宁镇山脉,是一座历史悠久的山林城市。记得每年春秋两季,老师常带着去郊野远足。雄奇的金、焦、北固三山,幽深的南山招隐古寺,给我留下了难以磨灭的印象。改革开放这几十年来,我每次来镇江都是匆匆,根本没时间游玩,千年古刹金山寺和秀丽挺拔的慈寿塔,只会出现在我的梦中。

变了,眼前的一切跟记忆中有了太多的改变。道路变宽了,大门改向了,建筑增加了,大树成行鲜花遍地了。特别是天王殿后原本空旷的平台,现在拔地而起了一座大雄宝殿。门楣由赵朴初题字。大殿雕梁画栋，庄严肃穆，三座无比高大的金身未来、过去、现在佛端坐大殿正中，正俯视人间。小导游告诉说，大殿是1985年重建的，前后花了五年时间。这块童年时每次春游我们跳牛筋、做游戏的空地，原本就是大雄宝殿的地基。金山寺的大雄宝殿历史上曾七度遭受焚毁，据说每次焚毁都会招致改朝换代。最后一次是1948年，烧毁了明代建起的大雄宝殿。

金山寺初建于东晋，距今已有一千六百多年历史。寺依山而建，山因寺闻名。民间"水漫金山寺"的故事，家喻户晓。古时的金山是屹立于长江中流的一个岛屿，有"江心一朵美芙蓉"之称誉。唐代张祜曾描述为"树影中流见，钟声两岸闻"；北宋沈括赞颂它为："楼台两岸水相连，江北江南镜里天"。一直到清朝同治初年，这个"千载江心寺"才开始与南岸陆地相连，变水上风光为陆上胜境。

出大雄宝殿向山仰望，只见从山脚到山顶，殿宇楼堂层层叠叠，斗拱飞檐相衔相接，真正是"山被寺裹、塔拔山高"。山门上"江天禅寺"四个大字是清康熙皇帝登临时所题。彰显着金山寺过去的辉煌与显赫。

拾阶而上，就是著名的慈寿塔，也叫金山塔。都说名寺必有名塔，此塔建于齐梁，唐宋时变为双塔，现在的塔建于光绪二十年，仍用明代"慈寿"为名。塔为砖木结构，有七层，旋转木梯，让游客登临塔顶，凭栏远眺。

看着慈寿塔里进进出出、上上下下的游客，回忆童年时的自己，不也如此这般不亦乐乎？记得儿时伫立塔顶，只见浩浩荡荡的江水浑黄有力，一泻千里。东边是奇峰突起、惊涛拍壁的北固山与满山苍翠、犹如碧玉浮江的焦山；南面是黑压压粉墙黛瓦的民宅屋脊，北面有隔江而望隐隐在目的瓜州与扬州古城。从小就让我感受到了祖国江山的壮阔与美好。一百多年来，慈寿塔从未拒绝游人攀爬，它并未因此坍塌或损毁，反而增加了它的活力与生命力。恐怕这是全国为数不多的还可以让人攀爬的古塔。

沧海桑田，如今的金山不光与陆地相连，离江边已有了不小的距离。曾经四十里阔的长江江面，扬州至镇江须乘船两日，现在只有几十米宽。不知再过上百年，江南江北会不会连成一片？

金山寺民间传说甚多，俯拾皆是。白娘子与法海和尚斗法的故事流传最广。小时候与小伙伴流连最多的地方是后山的"白龙洞"。在这个山壁的天然溶洞里，我们能待上几小时，只要我们的身子能钻得进去的每条细缝隙，我们都努力地向前攀爬，并在黑暗中遐想白娘子为爱情不怕违反天条，调遣虾兵蟹将水漫金山寺救许仙的动人传说。

徜徉在今日的金山寺，一片祥和安乐。大雄宝殿里，众和尚们在做法事，诵经声、木鱼声、声声入耳；路过膳堂时，见排排僧人正悄没声息低头用餐。一人面前三只碗，分别装有菜、汤、饭。巡视的和尚提着木桶给众僧添饭。此情此景，1966年夏天一个夜晚的恐怖回忆在我心中悄然涌起：那一年"文革"刚刚开始，一晚，我跟随邻居姐姐不知为了什么来到金山寺。金山寺上下黑黝黝的，一片死寂。没有人影、没有声音，整个寺庙、僧房，只有零星的昏黄灯光，砸碎的菩萨、撕碎的经书，沿台阶洒落一地。僧人们都不见了，听说被关在了别处。那一晚的所见在我的脑海中一直挥之不去。

噩梦已远去，金山寺再创了昔日的鼎盛与繁荣。

离开金山寺时，我又一次默念着天王殿前的一副对联，上联是：眼前都是有缘人相亲相近怎不满心欢喜，下联是：世间尽多难耐事自作自受何妨大肚包容。佛家讲禅意与顿悟，不知怎的，这副对联让我心中有所震动，这恐怕是这次金山之旅的又一收获。

墙上的名字

约会溱湖湿地

　　船尖划破平静的水面，在蜿蜒曲折的河道中滑行。葱绿、翠绿、黛绿色的植物墙矗立在河两岸，相看不厌，情意缠绵。水路弯弯，看不见水的源头，也不知流向何方。过滩过桥，又是一个弯，如同捉迷藏。满世界的绿泅染了一湖碧水。除了湛蓝的天空与白色的云朵，四周都是绿，绿得让人心悸、让人窒息，让人如痴如醉，仿佛那就是灵魂的颜色。那时，小船上的我们是安静的。浮躁、惶恐、焦虑缓缓消失，换来天堂般的宁静与安详。草丛中，树林里，视线之外，鸟儿在唱歌，小虫们在吵闹，"咕咕""啾啾"声此起彼伏，间或还会有一两声大鸟的长啸，多么神秘、多么神奇。

　　鸟儿中一定有身穿绅士礼服的喜鹊，否则为什么这儿又叫喜鹊湖。三块碧玉般的水面，串联成一块玉佩，加之四面八方九条河的汇入，形成河网纵横，洲滩岛屿密布的湿地，方圆二十六平方公里。这儿没有丁点的污染，水质达到国家直接饮用水标准。世人称湿地为"地球之肾",它独特的生态系统,帮助地球排毒解毒。如此宝贵的溱湖湿地,离喧闹的南京不过两个多小时的车程,真像换了人间。

船娘们穿着蓝印花土布衣衫,都是黑黑壮壮的里下河劳动妇女。竹竿撑水,摇橹行舟,动作娴熟,姿态优美,还人人都有副甜美洪亮的好嗓子。一曲曲水乡小调,惊飞了多少野鸭与苍鹭;浓荫树下打盹的麋鹿,警觉地抬起头竖起耳;水中菖蒲和芦苇频频点头,笑弯了腰。

初夏的湿地,据说有一百多种植物,我认识得不多。别人指点,步道两旁半人高开着美丽黄花的茅草,是菖蒲,嫩芽时可吃,叫蒲菜。炒鸡蛋、做上汤蒲菜,我在饭店都吃过,今日才见到长在水中的样子。如今过了季节开了花,摇曳着的枝干晒干可编蒲包,真全身是宝啊。那遍及整个湿地最多是芦苇,嫩绿色细长叶片随风发出"嗦嗦"如鼓掌般的欢迎声,用它来包粽子,清香无比。因为太好吃了,每片叶子上都有三个牙痕,不知道吧?"莲叶何田田,鱼戏叶中间",大片水面的荷叶,再过两个月,就会"应日荷花别样红"了。那茨菇叶我可认识,我抢着让北方朋友认。

四年前的深秋我曾邂逅过她,那又是别样风景。如果说初夏的溱湖湿地是恣肆奔放的,深秋的她就是含蓄内敛的。苍黄的芦苇在夕阳的照耀下,有了金色的轮廓,倒映在明镜澄澈的水中。水倒像是静止的,而水中的芦苇却不停地摆动,像金色的丝缎在水里漂洗,美不胜收。鸟儿们南迁了,可叽叽喳喳的麻雀却在落了叶的枝头蹦跳欢歌,毫不畏惧湖边的寒风。暮色中的湖边村庄,袅回着缕缕炊烟。枯枝、寒鸦、风中芦苇构成了她萧索苍凉的美,让我心动。我曾悄悄告诉她,我喜欢她,我还会再来。

墙上的名字

为再见的相约，为看到不同的她，初夏的日子，我又一次来到了这里。

我惊奇她的多变，惊奇她的美丽、惊奇她的富有——波光粼粼的湖面、郁郁葱葱的树林、丰美茂盛的水草、盘旋放飞的水鸟、自由奔跑的麋鹿——五月是恋爱、繁衍的季节，湿地一派生机勃勃。据说有七十多种动物在此生活。这里是自然、纯净、幽美、和谐之地，是动植物们天堂般的栖息地，也是人们朝思暮想的休息处。红尘中滚打累了，挤轧竞争中倦了，各种废气包围够了，人们何不常到此处，消除你的浮躁，净化你的心灵？！

观山翠峰茶

坐办公室的人，上班第一件事，打开水泡茶，然后开电脑扫地抹桌子，开始一天的工作。所以茶也喝了几十年，但遗憾的是至今仍是个不懂茶的人。周作人说他自己"吃茶够不上什么品味，从量与质来说都够不上标准"。其实我也是如此。好茶也喝过些，南来北往的朋友，文人相赠，大都是茶叶这类"雅"礼，什么台湾的乌龙冻顶、武夷山上的大红袍、福建的正山小种、西湖边的龙井、太湖岸的碧螺春、黄山脚下的太平猴魁等，还有近些年爆炒的云南沱茶和普洱，都喝过，也品得出各有各的香醇与特色，但我毕竟不是个老茶客，没有嗜茶如命的习性，所以大都好茶通过我这个中转站，又进了好茶朋友的胃里。我平时喝的大都是溧阳、宜兴、镇江一带的绿茶，因为产地离得近，春茶新鲜，朋友寄赠、单位福利都是这些茶，所以每天一小撮，也喝得不亦乐乎，倘若茶叶罐不巧空了，那就喝一天白开水，还是乐乐呵呵。唯一对于家门口的名

墙上的名字

茶——雨花茶，却了解甚少，喝得也少。

春节后的一日，被朋友邀请去江浦差田村一山庄游玩。冬日里的好天气，太阳暖暖地照着，呼吸着郊外清新的空气，我们在山庄里闲逛。山庄真是处好地方，背靠植被茂盛、郁郁葱葱的南京的宝山——老山狮子岭，眼前有一池池碧波微漾的水面，四周是绵延起伏的丘陵山包。那一排排、竖成行、横成线，矮墩墩、墨绿绿的像刚修剪过的冬青丛，原来都是茶树林，满山遍野，煞是养眼。山庄原是茶场，方圆五百亩，两百亩是茶林。后搞多种经营，还种植葡萄、草莓、大棚蔬菜瓜果。另有养殖场养猪养鸡。顺便搞起了生态文化休闲农业为一体的山庄，广迎南京客。

到了山庄才知道，这里的茶是雨花茶中的精品，名为"观山翠峰茶"，它是国家认证的有机茶，曾在2009年的全国名茶评比中获一等奖，在南京雨花茶评比中获金奖。我孤陋寡闻啊。

以前我泡茶，开水一冲就喝，不少朋友规劝说这样不行，现在的茶用化肥农药，泡茶前一定要先洗茶。而"观山翠峰茶"宣传是有机茶，我感起了兴趣，拉住带领我们参观的主人问个不停。

整个山庄规模不大，也没有多少高科技，却有自己完整的一套生态循环系统，自给自足，自我消化，营运良好。主人边走边介绍：山庄养了三千头猪三万只鸡。我们放眼望去，一群群鸡在田野、茶林里撒欢、觅食，真正的"跑山鸡"啊，它们只吃虫，不吃茶叶；白猪、黑猪在圈里哼哼着躺着晒太阳；居然还看见几只山羊，咖啡色与白色相间，前蹄高高地扒在圈栏上，像站立着欢迎我们，是外国引进的品种。养殖场牲口们的粪便一点都没有污染环境，统统收集起来，做了茶林、果蔬的有机肥。山庄还建了个沼气站，开发利用多余的粪便，沼气连接到了差田村村民家，让他们免费使用；沤沼气产生的液水，再由管道通向田边地头，给葡萄、茶树滴灌，所以，"观山翠峰茶"的叶片才特别的肥厚。现在真正的有机茶已经非常稀罕了。

我们坐在茶楼里品茶，这里是山庄的最高处，可以俯视整个山庄。山庄完全采取开放式经营和管理，就连地界也没有严格的界限，和差田村你中有我，我中有你。山庄经营人就是差田村人，当年他办起了茶场，又组织村里119户农民种茶，成立了专业合作社，统一辅导、统一管理，统一经营，带动全村农民共同富裕。这"观山翠峰茶"又让我增加了一份好感。

真正的好茶，经得住沸水的考验。透明的玻璃杯里，碧绿的嫩叶上下翻滚、跳跃着，像一个个舞者。一股馥郁清香迎面扑鼻，我轻轻地呷了一口，甘苦相饴，沁入肺腑，好舒坦啊。虽然我不懂茶，但也知道这是好茶。古人说"茶须徐啜"，闻香品茗，是现代人在快节奏的社会里，偷得浮生半日闲，难得享受片刻的优雅和闲适，让自己的心灵有一份平淡和从容，宁静与和谐。我轻摇着杯中茶，嗅着弥久的醇香，从此，我的记忆里多了一款名茶——"观山翠峰茶"。

墙上的名字

高跟鞋

时间虽如那湍急的河水一泻千里，拥有第一双高跟鞋时的情景至今还记忆犹新，扳起指头算算，竟过去了悠长的三十多年。

三十多年前，我还是个挺爱臭美的小丫头，虽然那是个极"左"的年代，虽然我身处南京郊区的小煤矿，四周都是穿着黑乎乎的满是煤灰工作服的下井工人，为数不多的女工也是终日一身工作服，可我爱美的天性无论如何都要冒出头来，比如我会把衬衫有些色彩的领子偷偷翻在工作服的领口外，或悄悄把额发用发卡卷一卷，让刘海蓬松些，卷曲些，为这些小花招，我没少被领导批评。

我有一位芳邻，也是一位爱美的姑娘，1974年，她被单位抽调去为春季广交会服务，那是文革期间中国对外交往的唯一窗口，我们好羡慕她啊，能去广州见世面。把她盼回来后，她把所有的"收缴品"一一展示给我们看，其中居然有一双半高跟的浅口有带的黑皮鞋，与当时的黑布鞋很相似，只是有两寸半左右的大方跟，跟也用皮包着。这是一双试产的广交会样品,处理给了工作人员。在这之前,我们谁也没见过真正的高跟鞋,我妈妈没穿过,我同学的妈妈们也都没有穿过,我们只是在文学书本和电影中看到过。好稀罕啊,小姐妹们传看着,试穿着。一蹬上此鞋,人好像马上挺拔了起来,脖子伸长了,胸挺了,臀翘了,人的整个线条都舒展好看了起来,真是神奇,就因为脚底下抬高了几厘米?!

没过多久,这位芳邻悄悄找我,要把这双高跟鞋让给我,她实在没勇气穿出去。要知道,当时市面上还是蓝黑一片的海洋。我犹豫再三,最终爱美之心占了上风,我买下了它,拥有了自己的第一双高跟鞋。

有鞋就要穿啊,每次穿鞋出门,都要思量斟酌半天,那是要鼓足勇气才能出门的壮举。

我穿着它去了趟北京,心想首都总要比南京时尚些。那时我姐姐在北京读大学,是首届工农兵学员,就要毕业回家了,我投奔她去看一看首都的风采。在北京的大街上和胡同里,常有半大的男孩子跟在我背后怪声怪气地喊:"洗温泉""洗温泉"……当时全国影院放映的不是阿尔巴尼亚影片就是朝鲜影片,刚放映过的一部朝鲜电影里有个时髦的女特务,穿着高跟鞋,要去洗温泉。

我因不甘心在小煤矿工作,业余时间经常去省话剧团一位老师家学朗诵,想有机会报考话剧团。一次老师打电话让我去参加一个部队话剧团的考试,为了让自己的身材显得挺拔些,我就穿上了那双高跟鞋。结果当然是没有录取,老师告诉我,部队的考官老师很反感地说,怎么还穿一双高跟鞋?!这个话剧团是演"南京路上好八连"名扬全国的,一定认为我被资产阶级香风刮倒了。

第一双高跟鞋的命运是多么的不济,我再也不敢轻易穿了,只好将它束之高阁,再辗转托人到北京买黑平绒方口鞋,因为它有一寸多高的塑料跟,它们开始风靡全国。

又过去了几年,国内改革开放开始了。随着国门的逐渐打开,经济的快速发展,人们的观念大大改变了。全国大小鞋厂开足马力生产着各式各样的高跟鞋,有锥子样的细跟,有酒杯样的中跟,还有斜斜的坡跟——材料、颜色、式样应有尽有,令人眼花缭乱,目前已经过剩。现在的女人们,谁不拥有多双心仪的高跟鞋,自由地昂首挺胸地在各式舞台上奔走着,谁还会被鞋跟高不高的问题困扰?

我的女儿近来也常为高跟鞋的问题烦恼。她从小一双球鞋打天下,宽松自在。现在工作了,当了个小白领,每日要求着职业装。她的休闲着装风格经常被老板批评。面对又细又高的高跟鞋,她胆战心惊,常常穿不到几小时就要换下,找个没人的地方,搓一搓揉一揉从没被管束过的脚,好可怜哟,我们母女俩的高跟鞋经历竟如此不同!

干部班

开学第一天，真是吓一跳，全班35名男生、5名女生中找不到几张还光鲜的脸。妍媸胖瘦的脸上共有的是那几许的沧桑感。恰同学中年，年龄最大的已有三十七八，最小的也有二十四五。未婚的仅有男女各一，那男生在校期间慌不迭地挤进了已婚行列，独剩的女生熬到毕业也立即完了婚。拖儿带女的一班人，个个脸皮起皱，胡子拉茬，较之恢复高考制度后的77、78届来，年龄上绝对有过之而无不及。

1983年，各行各业从"文革"的阴影中稍稍缓过些气来，发现四化建设万万缺不得文化知识。为了让被"文革"耽误了学业的机关干部有系统学习的机会，省委组织部在南京不少高校开办了干部专修班。

省市各厅局层层推荐，集中脱产三个月补习、复习初高中课程，最后统一出卷。剔除了外语，闭卷考了两张合卷，一张文史哲、一张数理化。因为根本没读过高中，所以高中内容的数理化我全部放弃，两张卷我考了230多分（共300分），居然还是较高分。9月，我进了南京大学中文系干部专修班，脱产学习两年。据我所知，那一年南大经济系、哲学系也各开一班，南师大、南农大、南京工学院，现在的东大、省教院，包括省委党校也都设立了干部班。我们是第一届，过后又办了几届。

同学们来自全省各市县，大机关的有，最基层的也有。大都是机关里跑腿的。哲学系干部班里有位副厅级的，我们班没有，有官衔的，也不过科级、副科级的，还是跑腿的。全班39名中共党员，大伙说，我们39人帮助1人，还不能把她"帮助"进党？离校前全班终于成了"清一色"。

都是在社会上历练、摔打过多年的人，同学中当过兵的、插过队的、当过工人的，或干过多行后，才进入机关门，这番过五关斩六将来到南大学习可谓不易。个个都十分珍惜这难得的读书机会。

上起课来，底下一片"唰唰"声，到底都是公文堆里打过滚的，笔记个个记得既快又全，还很整洁美观。有同学被机关拉差或家中有事，返校后借同学的笔记本抄抄便成。考试前在笔记本上划上重点，光背笔记，不用背书就能考出好成绩。

那些年大学里校园里流行"60分万岁"的口号，干部班却反其道而行之，像攒足了劲，一个争比一个强。考试成绩90分以上占大多数，最少也在85分以上。对此，各科老师都很满意。记得有一次开卷考党史，共布置了两道题，有一道是谈谈我党制定抗日统一战线策略方针的可能性与必要性。考试从下午2时起，同学们埋头挥笔疾书，一张试卷不够写，又向老师讨一张，生怕有遗漏。大家阐述得全面了又全面，天都黑了，还无意交卷，又挑灯续战，最后，是老师忍无可忍，下令才将所有同学的卷子收回。答得最多的同学写了满满8大张纸。老师阅卷后苦着脸对我们叹曰："哪里是我考你们，是你们考我吧？！"从此老师们吸取了教训，即便开卷，也必定限定时间，任由我们天马行空地发挥，那还了得！

学生都是有阅历的成年人，老师与我们容易交流，有共同语言。上课不用像教十七八的毛孩子那样照本宣科满堂灌，有什么新见解开讲无顾虑，有什么问题可以大家探讨。例如上哲学课、文艺理论课，上党史、文学史，老师们常丢开教材，与我们讨论"史"外的"出格"话题。下课后师生们拉拉家常，互通有无也是常有的事。同学中有几位笔头颇健的，时有大块文章见诸报刊，老师常与我们共同欣赏。记得包忠文、裴显生、王继志、邹伍蓉、丁伯铨几位老师与同学们的关系特别融洽，毕业后不少同学与他们还常联系。

一转眼，毕业已十年。当年栽下的树，如今已结果。干部班的同学们现今分布在各级领导岗位上，不少已挑起了相当重的担子。当然也有我这样的"白丁"。昨日收到通知，国庆节全班同学聚会。我的心一下飞到了十年前的大学校园。

"忆往昔峥嵘岁月稠，恰同学'中年'……"当年同学间的关系与情感，在极其功利的现今社会中，显得那么质朴与单纯，不知十年后的今天，还能保持那样的纯真吗？

墙上的名字

作协的"窝"

鸟有鸟窝，鸡有鸡窝，大凡一个单位、一个人，都应该有个遮风挡雨、安身立命的地方，堂堂江苏省作家协会却一直为有个"窝"而犯愁。

江苏省作家协会设在金陵石头城。石头城背依钟山，侧畔长江，虎踞龙盘，气象万千，历来冠有王气、灵气之说。且不说这块土地历朝历代出过多少大才子、大学者，就说今天，省作协的花名册上既有陆文夫、高晓声、艾煊等国内外著名的老作家，也有苏童、叶兆言等年轻一代，后起之秀。真可谓人才济济。

如此有实力的作家协会却始终没有自己的立足之地，不能不算是遗憾。

早先，文联作协为一家，穷兮兮地借栖于一大单位的简易楼里。两单位一分为二后，作协级别跳了一级，头头们官都做大了，房子自然也该换换了。一换换到了朱元璋"广积粮、高筑墙"的中山门城墙旁，一座古色古香的大院子里。

大院名东宫，大屋顶、琉璃瓦，煞是气派，加之庭院深深，草木葱茏，鸟语花香，进得门便似入了花园，让人心旷神怡。东宫为军产，省作协每年交租金，平日里有威严的士兵站岗，煞是气派，的确不一般。可渐渐外地会员有了怨言，抱怨离市中心远，抱怨进门难。他们责难：你们到底是为会员们服务的群众团体还是个衙门啊？！这种话听多了，头儿们自然不舒畅。

再说东宫漂亮归漂亮，可很不适用。大庙似的大开间屋子，用纤维板隔出无数小间，头儿们一间、办公室一间、《雨花》编辑部分两间，《钟山》编辑部分两间，加之资料室、打字室、单身汉的宿舍，一隔再隔，大房间成了小鸡笼，光线全没啦。编辑们只得把头埋了又埋，不多日子，一个个都架上了眼镜。纤维板隔光不隔音，东头打个嗝，西头听得见。编辑部历来是个你来我往，谈天说地闹哄哄的场所，哪个房间一阵笑，所有房间都得停下手中的活。头儿们一狠心：搬家！

再搬搬到市中心，公寓式一栋楼。四五六层省作协全包了，租金当然也是更上一层楼。

公寓式的办公室有了家庭式的温暖。一个小单位一个门，关起门来是一家，十来个男女共一个卫生间方便，说方便其实真不方便。

没房的职工有那么几家，借住几间办公室，你家烧肉，他家煎鱼，香味穿过扇扇敞开的单元门，每日在作协各个办公室上空盘旋，让人不到钟点就肚中叽咕，口角流涎。

墙上的名字

南京的天，夏天热死，冬天冻煞。每间房电扇、取暖器那么一开，"啪啪"电闸乱跳，保险丝烧断。不是那个配置嘛。房东省军区的电工噘着嘴，隔三岔五楼上楼下地检修，终于弄烦了，不再理茬，大伙儿只有耐暑忍寒，干熬着。

省作协是清寡寡的单位，桌椅板凳都没钱置办，五十年代置下的桌凳使用至今，搬一次家，摇晃一次，快散了架。头儿们几年前狠狠心，买了批处理竹藤椅，人手一张。夏天坐它，冬天还坐它，寒冬腊月，零下好几度，冰赤赤的一张椅，何人的屁股敢挨上。

犹如久旱盼甘霖，穷人盼救星，会员们都盼着有个属于自己的"窝"。头儿们多年奔走，得到了上级领导的重视，于是研究、协调，协调、研究，终于把一处旧式小楼划归作协，并在作协代表大会上郑重向大家宣布。

会员们都仰着脖子笑啊，等着搬家吧，可这一等，两年过去了，仍无动静。原因自然有种种，好事必多磨嘛。大伙儿叹喟："道路是曲折的，前途是光明的。"慢慢等着吧。

外　婆

一

我一出世，外婆就与我们同住。

外婆有张白白胖胖的脸，她慈眉善目，后脑挂个光滑滑的小发鬏，拄根乌木手杖，艰难地挪动她那肥胖的身躯。恐怕是从小裹足的原因，外婆的下肢缺乏锻炼，细细的，总给人上下比例失调，有点支撑不住的感觉。

外婆的烹饪手艺很高，我小时候吃过的，至今仍难以忘怀的美味，全都出于外婆的恩赐。

端午未到，大木盆中早早就泡上了碧绿的粽箬。外婆擅长包"小脚粽子"，犹如她自己的小脚，细细巧巧，光光滑滑，不似如今

墙上的名字

的粽子，被绳线五花大绑着，惨不忍睹。

外婆用一支上宽下尖的铜针，灵巧地带着粽叶，迅速地从糯米中一穿而过，在粽子的另一端只露出一小截叶尖尖，就成了！

她包出的粽子从不松散，煮熟凉透后再吃，口感最佳：又甜又粘，极有嚼劲。

外婆还会用五彩丝线编织出一只只小网袋，装上煮熟的青皮鸭蛋，让我们系在书包上，上学、放学的路上吃。色彩缤纷的丝穗荡悠着，荡出了多少同学的口涎。

最让我开心的是我时有"蚕豆项链"挂。外婆煮上一大锅新蚕豆，放上多多的五香、八角和桂皮，煮啊煮，直煮得蚕豆粉烂烂。我用针线一粒粒串起，吹吹干就套上了脖子。想吃时拽一粒，在同学面前的那个威风呀，不亚于一个非洲部落的酋长。

八月十五，外婆指挥着保姆做家乡饼，大灶柴火正旺，"滋啦啦"，一口大铁锅贴出了许多馅儿饼。有萝卜丝肉馅的，黑芝麻糖馅的，还有马苋菜粉条馅的，只只喷香。吃不完吊上梁，用大竹篮装，使白纱布蒙，吃时再蒸一下，能从八月十五一直吃到九月半。

春节蒸馒头，外婆从她床头的"八宝盒"里小心翼翼地取出她的宝贝模子，一压一只小鸡，一压一只小鸭，捏只小白兔嵌上两粒赤豆作眼睛，歪口寿桃涂上半边红，胖宝宝梳个小分头。一根筷子、一只木梳都是她的工具，这儿一压、那儿一戳，完事了。我们姐妹几个眼巴巴在一旁瞅着，等这些人见人爱的小家伙下了笼，迅速白白胖胖起来，便毫不客气地一拥而上，大嚼起来，常撑得走不动路。

正月里做元宵，水磨的粉，细调的馅。黑芝麻加板油丁，荠菜肉末加虾米——有荤有素，有甜有咸，各取所需。

外婆拿手的家乡菜是肉圆鱼圆蹄筋烩青菜、蟹黄豆腐羹。逢年过节，来了客人，我们才能吃到，那个鲜美啊，无法形容。我们总撑得小肚儿溜圆，便去松裤带。外婆见了，忙用手杖顿着地板，一连声地呵斥阻止：

"别松，别松！舅舅家要穷的。"

姐妹几个笑话她迷信，常抹完嘴就作松裤带状，嘴里还唱道：

"噢——舅舅家穷啰——"

外婆见我们淘气，又气又好笑。

外婆还会做豆豉、做大酱、酱油，那我可不敢恭维。煮一锅黄豆，蒸许多面饼，泡在缸里发酵，弄出的那股酸味，满院满屋，除了妈妈不吭声，人人皱眉。

外婆枕边的"八宝盒"里，收藏着她的不少心肝宝贝，什么箆子、簪子呀，捻棉线的线砣呀，几块"袁大头"，一块"玉知了"啦，但也总断不了好吃的，蜜枣、蛋糕、云片糕、杂果等等，都是妈妈买给她吃的。

每当我们嘴馋了，就溜去摸两块，有时吃多了，外婆生气了，就用拐杖顿着地板骂我们：

"你们这些五（武）上不能，六（禄）上不中，七（吃）上用功的丫头们！"

妈妈便把我们叫到一边，狠狠教训我们：

"外婆辛苦了一辈子，现在年纪大了，你们再不准去吃她的零食。"

小时候，我特别喜欢看外婆梳头、看外婆洗脚。这两桩事，是

墙上的名字

外婆日常生活中的两大艰巨工程。

外婆梳头时,总坐在明晃晃的窗前,肩上披块围裙,撑好镜子,端出盆泡了好多天已黏糊糊的刨花水,再解开头上的发髻,用木梳,用篦子,不慌不忙,一下一下,一遍一遍地梳,直梳到自认为梳干净了头发,便蘸着刨花水把那稀疏的、灰白相间的长发调理得溜溜光,接下去才扎紧发根,盘上小髻,结上发网。这项工程,外婆一个星期进行一次,要花上几个钟头。

洗脚也一样。她不喜欢我们姐妹几个蹲一旁,像瞅西洋景,总把我们撵得远远的。

好奇的,一心想瞧小脚的我们,总又想方设法溜回来窥伺。

保姆帮忙端来一只高脚木盆,盛满了热气腾腾的水,外婆坐在椅子上,端着脚,一道一道解开白色的缠脚布,最后露出那双让我们屡见屡惊的畸形三寸金莲。

脚伸进烫水里时,外婆总"噢——"的一声长叹,如释重负。这双小脚要在热水中浸泡许久,热水还得不断添加,直泡到脚上的老皮发白发皱,外婆才肯让脚离开木盆。

她盘脚坐着,用小剪刀、小锉子等各种尖牙利爪的家伙剪老皮,修鸡眼。咔咔嚓嚓,不一会儿,地上便留下了一堆白花花的皮屑屑,这时,屋里总弥漫着一股说不上的怪味。

看我们姐妹恣意地踢毽子、跳牛筋,蹦跳打闹时,外婆常常叹息:

"你们这些丫头呀,不知哪世修来的福,若是过去,你们这个岁数就该缠脚了,那只有哭啰!"

陆陆续续听外婆说,她八岁上就缠了脚,痛得整天啼哭,上马桶也只能扶着墙挪步。夜里痛得受不了,趁母亲不备便悄悄松开了裹布。母亲发现后,又打又数落地重新裹扎好。说:大脚姑娘丑,将来寻不到好婆家。

三寸金莲真替外婆争得了好夫君。外祖父是个私塾先生,家有几亩薄田,自己设馆教读,生活尚且过得去。可惜这样的日子极短暂,外婆生下大舅,又怀上妈妈后,外公就因病去世了。

外婆并不重男轻女,她让唯一的儿子小小年纪就给人家当学徒,养家糊口,却让妈妈读书。每逢学堂开学,外婆便倾其所有,烧出几样稍微像样些的小菜,请亲戚们吃饭。饭后,她觍着脸拿出钱袋,请大家捐钱。你一些,他一些,供妈妈读书。

后来,妈妈又跟着当中学教师的表姐夫妇,为他们带孩子,读免费的书。

外婆是个普通的旧式妇女,但并没有把自己小时受的缠足之苦加诸于女儿之身,妈妈一双天足,读书直至师范,后抗日战争爆发,她才能够投笔从戎,参加革命。

外婆弄不懂多少革命道理,她只从一个母亲的立场出发,全力支持女儿,尊重她的选择。

二

外婆越来越老了。

困难时期刚过,她对妈妈提出来要回故乡苏北大舅家住些日子,否则老了就走不动了。谁知这一去,竟成永诀。

墙上的名字

外婆去了大舅家后一年，不小心摔了一跤，从此半身不遂。

外婆人胖，上马桶、洗澡全都是大舅一人抱，折腾一次，总累得大舅满头大汗。人说久病床前无孝子，大舅却从无怨言。儿子的孝顺，是外婆病中的极大安慰。

谁知天有不测风云，1968 年，正当壮年的大舅突然患了癌症，大舅母陪大舅去上海开刀，结果她一人凄凄惨惨戚戚地捧着骨灰盒一路哭回家中。

瘫痪在床的外婆常常捶打着床板号啕："作孽啊老天！你为什么不让我先走，让我这个白发人先送黑发人！"

青年丧夫、晚年丧子，命运多蹇的外婆受此打击后身体一日不如一日，她开始对自己的"离去"关心了。

她对舅母说，死后坚决不火葬，怕疼。

"我不在女儿家享福回这里来，就是为了睡棺材。这里不用怕连累我女儿。"

她逼着舅母找来木匠，偷偷在她屋里打棺材，自己当监工。棺材打成了，上下漆了好几遍，她才松了口气，但仍不让人抬走，要并列床前，说这样才能睡上安稳觉。

她还让舅母做殓衣，要五领三腰；要绲边的红衣绿袄，要绣花绸面鞋，说一定要打扮得漂漂亮亮才能去见外公。

三

七十年代初的一个深秋，我伴随刚出牛棚的妈妈回乡去探望外婆。

去外婆坟地的那天，天阴冷阴冷的，表哥不知从哪儿借来辆吉普车，载着妈妈和我向荒僻的乡下驶去。

坑坑洼洼的乡间小道，吉普车开了几个小时。

外婆的丧事是表哥一手操办的，为了找块坟地，让外婆有个安身之处，大表哥不知想了多少办法。那个时候土葬是要治罪的。

汽车开到一处极荒凉的地方，我们下车踩着小径在田间穿行。低凹瘠薄的土地，好像根本不能生长什么庄稼。表哥指着一块长着荒草的地方说，这儿就是外婆的坟。

我大吃一惊，怎么看，这儿也不像是个坟，因为根本没有坟包，没有石碑，只是块大小不过两平方米左右的凹地，一下雨，肯定会浸泡在水中。我不敢相信，这杯薄土下难道真躺着外婆那胖胖的身躯？这如此荒僻的角落，外婆孤零零的魂灵又怎能安息？

天阴得吓人，快下雨了。料峭的寒风挟着冰凉的湿气直往人衣服里钻，几只老鸹低低地飞旋着，时不时地叫上两声。

表哥扑通一声跪下了，他大声地嚎了几嗓，哭着说：

"奶奶，我带大姑看你来了。"

妈妈默默地伫立在那儿，很久很久，她在牛棚里受尽摧残的单薄身子似乎和坟地上瑟瑟发抖的茅草一样，已与铅一般的天空和土灰色的田野溶为了一体。

远处的田里，有一两个农人，他们搁下锄把，往这边眺望。

天更冷了，阴寒的风像刀子一样扎人脸痛。一个妇女朝这边喊：

"回去吧，别伤了身子。"

墙上的名字

不知过了多久，妈妈才开口，她对表哥说，能否将奶奶迁到土丘上去，别让她浸泡在水里。如没可能，给坟上堆些土吧，好歹也该有个坟的样子。一路上，她再也无话。

据说外婆弥留时不肯叫妈妈的名字。

她是怨妈妈不来看她，不给她送终吗？她又哪里知道妈妈已经成为"牛棚"里的囚犯了呢？

此刻我能够理解妈妈那无言、静默的悲哀，这是一种痛断肝肠，血浓于水的悲哀，这更是一种对这个世界，对自己人生命运无奈何的悲哀。

外婆——妈妈——，

愿死者安息，愿生者节哀。

回　家

美国有首著名的萨克斯管乐曲《回家》，每当我听到那悲怆忧伤的旋律，便会怅然，情不自禁地想起我那已进入高龄的父母双亲，想起我的家。我也想回家。

结婚十来年了，心底里的那个家，竟仍然是父母双亲的家。

从我记事起，父母迁居过四座城市。不论走到哪里，他们居住的屋子，便是我温暖的家。

家，永远简陋。一幢小屋，些许公家配备的粗陋家具。父母一辈子也没添置过什么贵重的家什。可这个家，充满了温馨与亲情，它敞开着大门，随时抚慰我们这些游子疲惫的身与心。它像一处宁静的港湾，是我们休憩将息的地方，是我们寻觅关爱、帮助的地方。

墙上的名字

大姐最早离家，去外地读高中，接着是我，十三岁来宁住校上初中。后几年，二姐和妹妹也陆续里离开了父母的翼翅。现在我们姐妹与父母分住在三座城市。

当学生时，每到寒暑假，心就早早飞回了家。

参加工作后，节假日、调休日、反正有几天空，便匆匆赶回家。

结婚生子后，一家三口一同走。每年春节，姐妹几家加上父母、弟弟，总共十七口人，真是个热热闹闹的大家庭。

近些年，孩子渐渐大了，功课日紧。我们呢，为名为利整日在红尘中滚打，疲于奔命。回家的次数越来越稀，而母亲的电话却越来越勤：你们什么时候回家啊？

是啊，什么时候回家？

我们总是在需要帮助的时候才回家。

记得我刚怀孕那阵，闻不得油烟味，最后吐出了胆汁，我回了家。躺在床上远离了厨房，足足半个多月真正饭来张口。

临产前我又回了家。那是个炎热的夏季，我挺着大肚子，整日坐立不安。那会儿别说冷气，全家才一台小小的台式电扇。人手一柄芭蕉扇，不停地扇。

一日摆张躺椅在通风阴凉处，谁知椅腿没撑好。我刚坐上去就一跤跌倒在地。

父亲从他房中冲出来，满脸惶急，扶我起身，板着脸埋怨我怎么这么不小心。那斥之切、爱之深的表情一直留在我的心里。

预产期早过了，肚中仍不见动静。天热身子重我不愿动弹，母亲吃过晚饭硬拉着我去散步。陪我走了整整两个小时，告诉我一定要运动，这对大人胎儿都有帮助。

我第二天就有了征兆，第三天上午顺利地产下了个7.8斤的胖宝宝。

外公外婆高兴极了，每天蹑手蹑脚抬着婴儿床，选家中最通风凉快的地方让宝宝睡觉。

在那个酷热的八月，外公给女儿起名冰。一是想与气温有些反差，心理上能给人些许凉意；二是女儿随她爸姓姜，也是个很热的姓，想用名也让姓降降温。看外公外婆如此疼爱外孙女，考虑得也颇周到，一点没犹豫我便同意了这个较一般的名字。

我们姐妹四人都是回家生的孩子，坐的月子，让母亲操尽了心。

按习俗，媳妇是不作兴在娘家生孩子的，可我们都不管那一套。女儿只有在妈妈家才能最自由最惬意，也才能得到最好的照顾。

记得大姐二姐那年夏天同时生孩子，相差不过二十多天。

那次家中有两名产妇，两个婴儿，外加我们，真是忙得鸡飞狗跳。

我们姐妹相差不了几岁，都被"文革"耽误了学业，结果结婚生子学习工作统统凑到了一起。母亲为了让我们能安心学习工作，自己省吃俭用，为我们姐妹四人几乎同时支付了四份保姆费用。大姐出国读硕士，我去上大学，母亲干脆把孩子连同保姆一块接回自

墙上的名字

己家中，全力扶持我们过了一关又一关。

那年，我因小恙住院开刀，不想让父母担心就没说。父亲从姐姐那儿得知，第二天驱车赶到病床前，责备我这么大的事都不告诉家里，并不容商量地说，出院后就回家休养。

不久，父亲又一次来宁，亲自把我从公婆家接回家去。父母精心为我布置了房间，安排营养。那一回，我恢复得好得不能再好——

许久没有回家了，因为忙。母亲的哀怨经常在耳边响起：

"四个女儿，一个不在身边。唉，现在车多人多，我一个人已经不敢上街了。"

暑假里，我抽空带孩子回家住了两日。

陪母亲逛逛街，陪父亲聊聊天。

一日，我与正在院中给花施肥的父亲聊起了那满屋满院的爬山虎，那苍翠的绿色煞是好看，都是父亲早些年植下的。因这些爬山虎，我家的小院还被绿化委员会拍过照，当作绿化的样板。可父亲却告诉我，准备砍去了。他说，秋天快到了，黄叶会随着秋风刮得满院满走道，扫都扫不及。

"我扫不动了。"

父亲叹息道。

听到这话，我不禁恻然。

岁月无情。近几年，每次回家，我都能感觉到父母的日趋衰老。父亲已近八十，我还能把他当作从前那个强壮的、家里唯一的壮劳力和无所不能的父亲吗？

母亲双眼患了白内障，看东西模模糊糊很痛苦，嚷嚷着要开刀已多日，最后还是父亲陪她去上海先开了一只眼。那会儿我们姐妹都在忙，分不开身。

父亲对我说：下一只眼，要你们姐妹去陪妈妈了。

实在惭愧，该我们做子女的责任，却还让老父亲代劳，有多大的事不能放下呢？

白驹过隙，斗转星移，父母与我们的位置，似乎是该互换一下了，到了由我们来照顾、帮助他们的时候了。

我一直有个心愿，什么时候住房条件改善了，我一定把父母接来住上一阵子，好好陪陪他们，让我尽尽孝心。

但愿实现这个愿望的时间不太长。

现在呢？现在只能有空就回家。承欢于双亲膝下，是为人子女应尽的责任与孝心。

我一定有空就回家。

墙上的名字

糖桂花

大姐分得了新房,去贺喜,白墙、紫地、新款的家具,精致的小摆设,统统欣赏了个遍,眼睛盯着的,却是冰箱上随意摆放着的一瓶糖桂花。

久违了,糖桂花。

我惊喜的走向它,小心地捧起玻璃瓶,对着和煦的阳光,凝视着琥珀般的蜜汁里浸泡着的桂花。

那一朵朵、密匝匝的小花,金黄,略略发暗,淡黄色柔嫩的花蕊仍清晰可辨,隔着玻璃,我仿佛已闻到了那令人心醉的清香——

儿时住过的宅院如今历历在目,一幢西式小平房,百十平方米的小院。

庭院虽小,栽种的树木却不少。

西院墙,有数百竿翠竹遮掩,每至月夜,竹梢风动,月影移墙。南墙根,立四五株香椿与泡桐。香椿树细细高高,每年春上,总疯窜一截;泡桐有累累硕叶,挡得了风,遮得了荫。天井里架一篷葡萄,密密的叶,宽宽的篷,是夏夜纳凉听故事的好去处。再有的,就是屋平台前一左一右门神似的两棵桂花树。

记得小时候,做毕功课,我们姐妹几个总爱在院子里捉迷藏。

"躲好了吗——"

"没有呢——"

"躲好了吗——"

"躲好了,来找吧——"

细细尖尖的呼应声,时时在花木中盘绕。

从春末到盛夏,妹妹和我,常倚在葡萄架下,盯着一挂挂、一串串又小又涩的青葡萄,吞咽口水,企盼着它们快快转红变紫。"狐狸吃不到葡萄"的寓言,因我们的相互戏谑被背得滚瓜烂熟。

秋风乍起,两棵桂花树才像真正活了过来。

虽说它们春夏秋冬四季矗立在那儿,叶子常青,可只有到了八月底、九月初,旺盛的生命力才灌注进它们的全身。

这时,桂花树变了,少了些许平日的威武雄壮,增添了无数妩媚风流。它娇慵地舒展开自己的手臂,风骚地抖动着叶片,搔首弄姿。

树干,光光滑滑;叶子,又油又绿,绿得发亮,是一种成熟的、丰腴的暗绿色,不同于春叶的嫩绿。

未几,树的四周,淡淡地逸出几缕幽香。用鼻使劲嗅才能嗅得,走近处细细瞧,能发现一枝枝树干上长出了星星点点的花骨朵,竟是淡淡的草青色。

不几天,清香满院。淡青色的小花开放了,成了金灿灿的黄,

墙上的名字

一小朵、一小朵，每朵四个瓣，几须鹅黄的蕊，根根翘立着，极精致。

桂花大概是花蕊中最纤小的一类吧。花小，茎必短。众花们簇拥着，挤挤挨挨地排着队，好似贴在树干上，像蚂蚁上树。

往后的日子，就是那浓得涸不开的桂花香，满树、满屋、满院、满巷……那香，四处流淌，沁人心脾，令人痴醉。

隔几家大门，行人就会耸着鼻子，四下寻觅：

"咦，好香的桂花呀！"

常常，几个淘气包，嗅着花香，一路探过来。

悄悄推开虚掩的院门，蹑手蹑脚，潜到树下，攀几枝桂花，然后"哄"一声，作鸟兽散，撒下了串串脚步声和笑声。

再看，树下已是一片金黄。

隔个几年，两株金桂还能花开二度，特别是上足了肥料之后。

九月底、十月初，花谢了，香散了。到了十月底，枝干上又密密地冒出了新花苞，不几天，又灿灿地亮了一树，又浓浓地香飘四处。

年年岁岁，花开花落。

林黛玉曾这样吟道："花谢花飞飞满天，红消香断有谁怜"。

我妈妈并不惜花悲秋，但她觉得暴殄天物，不能物尽其用，未免可惜，就领着我们姐妹腌制糖桂花。

每到桂花欲开未开时，铺几张草席在树下，一人轻轻地晃动树干，桂花便窸窸窣窣地洒将下来，一会儿，薄薄地铺了一席。

再瞧我们姐妹几个，乌黑的小辫上嵌满了金色的小花。我们互相打量着，嬉笑着。妈妈称我们是"桂花仙子"。

"仙子"们蹲的蹲，跪的跪，哼着歌儿，把桂花轻轻拂拢成几小堆，再小心翼翼地捧进脸盆里。

金桂随歌声微微地抖动身体，显得楚楚动人。我们再把金桂均匀地铺在一张又圆又大的红木桌上，一朵一朵地拨弄，捡去残花败叶，摘掉花尾部的绿托和茎，留下朵朵完整的花。

妈妈事先将明矾水化在清水盆中，把拣好的桂花浸在里面，洗净再用匾铺晾，最后用白糖腌起来，装进大大小小的玻璃瓶罐中，糖桂花就成功了。

妈妈说，桂花要在含苞未放时摘取，其时香未散尽；还说，用明矾浸泡，桂花才能始终金黄灿灿，无论多少天。否则很快成了咖啡色，败象、倒胃口。

有了这两条，糖桂花就能保持其色、香、味的真谛。

每年中秋前，家里的糖桂花就腌好了，多得吃不了，便成了馈赠亲友的礼品。

大家品尝着糖桂花，齐声夸赞我们姐妹。头一回看到自己的劳动产品，我们吃起来也特别香甜。

冲杯糖开水，洒点；调碗甜藕粉，挑点。过年了，外婆蒸了许多小白兔，小鱼儿，歪嘴桃，点上三两朵糖桂花，嚼起来真是喷喷香。年初一吃元宵，黑芝麻馅加板油，再拌上几勺糖桂花。一咬，"滋溜"，油流到下巴，烫嘴，赶紧猛吸，哇！又香又甜。

一年夏天，"文革"开始了。爸妈进了牛棚。

秋天，两株桂花寂寞地开了，又谢了。

墙上的名字

再以后,我们搬出了那个院落,从此与桂花无缘。

多少年过去了,又看见了糖桂花。

大姐告之这是她的一位中学同学所赠。他家住江南农村,自己亲手采摘、腌制,钉了木盒,寄了两瓶。汽车、火车,几百里地到这儿,真不容易,礼轻情义重啊。

大姐看我爱不释手,馋涎欲滴,塞给我一瓶。

啊,糖桂花,我们又重逢了。

银　娣

四时八节，溧阳的银娣总要找出一千种一万种理由，给我母亲和大姐送去各式"礼物"：亮晶晶的新轧大米、脆嫩嫩的水芹菜，一篮粒粒如蛋丸的毛栗子，两包清香扑鼻的雨前茶——

母亲和大姐呢，则慌不迭地回礼：一块衣料几本少儿读物啦，两盒糖果些许精美点心啦，你来我往，走亲戚一般，年年如此。

最早，银娣是被大姐领回来家的。那是 20 多年前的事了。

大姐在溧阳乡下插队，夏收忙完回家歇几日，长途汽车到了终点站，后排座上站起个瘦伶伶的乡下小姑娘，怯生生地问人：

"南渡到了没有？"

回答她的是哄堂人笑。

她要去的那个小镇早已过了几小时的路程了。

从未出过门、身边又无钱的小姑娘手足无措，急得呜呜直哭。

墙上的名字

大姐看看走光了人的车站，看看渐渐黑下来的天，便带她回了家。

那一晚，我们姐妹几个围着黑黝黝的小银娣，好奇地上下打量，东问西问。

小银娣一脸惶惶，埋着头，死活不吭声。

还是妈妈给解了围，安排她吃饭睡觉。第二天，大姐买了车票送走了她。

过了不多日子，又见到了银娣，她爸爸领着她登门来道谢，顺便送银娣到城里的医院看病。

银娣的爸爸是个质朴的农民，不会说什么，只是喃喃地念叨："谢谢！""谢谢！"

还说若不是碰上了好心人收留，小银娣那一晚还不知会怎样呢。

秋风起了，天气转凉了，乡下的稻子都入了仓，银娣与她的爸爸又一次来到我家。这次是送银娣住院开刀。

银娣有严重的鼻窦炎，经常头痛欲裂。据说这个手术挺麻烦，要把嘴唇翻上去，从那儿下手。

银娣的脸肿得跟笸斗似的，哼哼唧唧躺在病床上。

母亲让我们姐妹几个轮班拎只菜、提锅汤去看望她，陪她说说话，解解闷。

出院后，银娣在我家又住了一阵子，身子彻底复原了才回溧阳。

本以为这缘分到这儿就打住了。

光阴如梭，一眨眼，二十多年过去了。

这期间音讯全无，我们也搬了家。渐渐地，我们一家人都淡忘了这个溧阳小姑娘。

四年前的一天，银娣突然找上门来了。

她在电视上无意间看到了教授少儿英语的大姐，辗转打听到了大姐执教的大学，然后请大姐带路，去看望已移居在另一座城市的母亲。

如今的银娣，再不是过去那个见人就脸红的小姑娘了。人到中年的她，敦敦实实、富富态态的，满脸漫溢着幸福。说起话来仍是那么细声细气，但滔滔不绝，话里透着伶俐与精干，从她拉着我妈的手拉呱起来没个完的劲儿就看得出。

银娣不无骄傲地告诉我们，她的丈夫当上了乡长，儿子已上了小学，自己在一家乡办企业做工，收入不菲。江南小镇的富庶从她体面的穿戴上一览无余。她一家人和和美美，日子过得挺红火，我们都替她高兴。

这缘分又续上了，从此走动不断。

我想，大千世界，人海茫茫，能聚首碰面的，就是有缘。有缘分，就断不了。

这不，银娣已约好我们姐妹几个寒假里带上孩子，去溧阳她家住几天，让孩子们看看农村，让第二代再续上一段缘。

墙上的名字

灵谷深松

避开拥挤的人流，逃离嘈杂的噪声，顺着灵谷塔下一条弯弯曲曲的林中小径，我一步一步去寻找记忆深处的仙境。

到了，到了，一切依旧。鲜有人迹，鲜有喧声笑语。小溪涸了，停止了淙淙絮语。默默相对的石马，缄口无言的石龟，似乎都屏住了呼吸。微风吹过，只有那参天的松树、橡树在轻轻地吟唱。一切是那样的幽静。这儿距离灵谷塔、松风阁不过百十米，竟是另一番天地。攀着石径，跨过小桥，登临半山亭。我环视着这方小天地的一草一木，多么熟悉，多么亲切啊。

我曾就读的中学，离这儿只有十五分钟的路。

那年月，人们游兴甚少，更无人涉足这偏僻的角落。我和小伙伴们偶尔发现了它，从此，这儿便成了我们的"世外桃源"。

春天，大地复苏了。薄薄的绿毡毯顺着山势铺就。橡树林爆出了嫩嫩的新芽，整个松林被翠绿笼罩。白头翁、喜鹊、斑鸠，还有许多叫不上名字的小鸟立在枝头，对唱、轮唱、齐唱，闹个不停。欢快的溪水，细声细语，跌宕地奔出了山涧。在这方生机盎然的天地里，我们奔跑嬉戏，浑身沐浴在清新、芬芳的春风里。

卷起裤管，光着脚丫，站在清凉、有些扎人的溪水中，我们从一块大圆石跳到另一块大圆石上，在石缝里搜寻着小蟹。这自大横行的小丑八怪，多么像每天向我们训话的造反派头头！它们在水中张皇地乱窜，被我们"稳、准、狠"地揿住。每每，胜利的欢呼声随同受了惊的鸟儿一起飞上蓝天。"低等公民"的屈辱，"悔过队员"的愤懑，都被溪水冲淡了，流逝了。清澈的溪水，照见了我们似以泯灭了的童心，照见了我们应持有的尊严。它似荡涤了人间的污垢，使我们投身到大自然的怀抱中。她，并不唾弃我们这些时代的弃儿，在她的怀抱中，我们安详自得。

仲夏，酷热逼人。学校里的武斗随着高温升级。到处都是人类情感的荒漠，只有这儿是清凉的绿洲。

放眼松林，无边无际。从山麓到山顶，从近山到远山，全都被那葱葱郁郁，墨绿色的，一蓬连着一蓬的树冠密密地覆盖着，无一点杂色。那无边的绿啊，那么深，那么美，那么醉人。微风吹过，松涛滚滚，发出低低的呜咽与叹息。我们的脚下，是民国革命先烈的碧血和白骨；我们的眼前，是祖国壮美的大好河山。深深的松涛，似抚平了我们心灵的创伤，我们又投身到生活的怀抱中，去学习已不能 在课堂上学到的知识，去追求疯狂的人们所摒弃的真善美。

依靠在小桥的石栏上，我们偷偷地翻开了《牛虻》《红与黑》

墙上的名字

《卡尔·马克思的青年时代》……

深秋，点点枫叶，红的鲜亮，闪烁在暗绿色的松林中。红绿两色，相映成趣。秋风拂面，吹送来浓郁的桂花香。草丛里、灌木中，秋虫幽幽地鸣叫，像娓娓对我们诉说着什么。弯下腰去，拨开落叶与松针，我们在橡树林中捡拾橡实。手帕装不下了，就站在堆着砾石的一块平地上，和秋蝉比着歌喉，跟粉蝶赛着舞姿。歌声、笑声在这块静寂天地的上空久久地回荡，好像枫叶和松枝一样，对比如此强烈。

在这"灵谷深松"处，从春到秋，我们变了，忧郁和颓废离我们远去。我们成了几个嘻嘻哈哈、快快活活的真正"逍遥派"。

这才是我们的本来面目，几个初一年级的疯丫头。

我站在"灵谷深松"的石碑下，二十多年过去了，难道你一点也没变吗？

哦，不，前方新竖的指示牌，告诉人们这儿是前国民党政府主席、行政院院长谭延闿的墓地。难怪先前一片瓦砾，荒凉、静寂。

如今，废墟上矗立起一座崭新的四方亭，飞檐凌空，花窗奇巧，廊柱描金，庄严典雅。谭延闿的墓地也修复得庄严肃穆。

我仿佛看到这方当年我们的绿洲，正延伸着，延伸着……直到海峡的那一边，成为炎黄子孙情感交流的桥梁。

我仿佛看到前些年怀着哀伤而去的谭氏后裔们，正欣喜的奔走相告，在台湾同胞、海外人士中谈起这整修一新的墓地……

呵，"灵谷深松"，你也随着历史的步伐在变化着。

昨日的秋天我从这里离去，今天的秋日我来这里重游。

昨日，没有欢乐、没有笑语。

今天，人人脸上漾着笑。这笑，从心窝里淌出，笑得那样甜，流得那样急。

昨日的阴影，在人们心中一闪，逝去了；欣欣向荣的今天，让人心里敞亮，有盼头，可我的情感仍徘徊在那灵谷深松之间。

呵，陶冶性情的"灵谷深松"，净化灵魂的"灵谷深松"，你永远植在我的心田里，为我的生活输送着大自然无限美好的信息与生机！

墙上的名字

萍水相逢

清脆的电话铃声惊醒了我,是个陌生的声音。

是谁?在说些什么?懵懵懂懂的我握着听筒好一阵都没反应过来。

"……乌木雕,我给你带来了乌木雕。两年前在火车上,还记得吗?"

突然,记忆之门洞开,往事一下涌到眼前,我兴奋起来,大声说:

"记得,记得,太谢谢啦!你们竟还记得我……"

故事发生在两年前的深秋,我因赴津参加《小说月报》第六届"金泰杯"百花奖颁奖活动,登上了宁京特快列车。

乘夜登车,上车便睡,第二天早晨,才得以仔细观察四周的各式旅行者。

我对面铺位是一对中年男女，他们模样普通，衣着朴素。从他们的对话和举止看，是一对夫妇。

火车在广袤的田野里行进，广播里轻轻地播放着流行歌曲，我望着窗外转瞬即逝的景物，耳朵里却不停地灌进他们的谈话。他们谈孩子，谈工作，谈生活琐事……不一会儿，我便判断他们是我国外交部的驻外人员，南京人，探家后返京述职，然后再出国。

火车上的时间是漫长枯燥的，我忍不住与他们攀谈起来。听了我的猜测，他们大为惊讶，你怎么知道的？

果然，他们是我国驻非洲某国大使馆的杨二秘夫妇。

隔膜打破了，交流起来便很容易，何况同是南京人，更有许多共同的话题。

我告诉他们，我有个好友，也是外交部驻外人员，所以从他们的只言片语中，便能断定他们的身份；他们询问我的职业，旅行缘由，我一一告之。

交谈更热烈深入了。杨二秘毕业于南京大学外文系，是个文学爱好者，早年尝试过外国文学作品的翻译。谈着谈着，还发现了共同的熟人。

杨二秘夫妇给我讲非洲的风土人情、逸闻趣事，一路笑声朗朗。他们谈到非洲著名的手工艺品——乌木雕，我插嘴说见过，很别致美观。杨二秘说下次探家时给你带一尊。

融洽愉悦的交谈使时间飞逝，路途缩短，很快，我的目的地就到了。

我们互换了名片，道了别。

这本是萍水相逢，很难想象今后会有再见的可能。我也从未奢

墙上的名字

望过得到一件真正的非洲乌木雕。紧张运转的生活节奏使我很快将这段故事忘到了脑后。岂料两年后的今天，杨二秘夫妇回国探亲。他们居然没有忘记我，没有忘记当初的许诺。漂洋过海，万里迢迢，给我带回了非洲的乌木雕。我的心真的好温暖好感动。

按杨二秘电话的指引，我找到了他们的家。

路人成了朋友，相见成了重逢。交谈中，大家反反复复都说这一个词，因为有"缘"。

一黑女子怀抱一钵跪坐在地，双目炯炯有神，厚厚的嘴唇，丰满尖突的乳房，再加之酋长般的头饰，是件具有浓郁非洲风格与特色的乌木雕，如今摆在了我家博古架最醒目的地方。每逢朋友探访，他们都会被这充满异国情调的艺术品吸引；而我，便会讲述这段萍水相逢的故事。

台湾导游

妹妹从台湾旅游归来,兴奋地说了一堆所见所闻,说得最多的是这次带他们团的台湾导游。

妹妹说,大陆的导游大多较年轻活络,有点油嘴滑舌,但内涵素养明显不足。这位台湾导游人到中年,架了副金边眼镜,文质彬彬的,加之各处讲解颇有深度,给人感觉他像位学者。没几天,大家都对他有了很好的印象。

他的普通话很标准,不似电视里听惯了的"台湾国语"。大家好奇,问他,他笑笑说,自己是北方人,老家山东即墨。从小又生活在大院里,住的都是外省人,所以普通话好。众人更好奇,问你爸爸是国民党军,1949年去的台湾?在大家的一致要求下,他说起了家史。

"我爸爸不是军人,是个警察。1949年的一天,他正常去上班,被集中起来上船去了台湾,家里连声招呼都没打。本以为出差几天

墙上的名字

就能回家，结果一待就是几十年。爸爸在台北继续做警察。到台湾后国民党一直说很快就要反攻大陆，爸爸盼着与家人团聚，坚持单身过了十年，眼看回家无望，才与一位本地姑娘结了婚，生下我们兄弟姐妹几个。

"七十年代末，与爸爸一块去台湾的同乡在美国碰到了大陆家乡出去的人，谈起，说家乡的亲人还在。他把消息带回了台湾。爸爸赶忙辗转投递一信回家乡。千盼万盼，盼来了回信。回信的是留在家乡的大哥，爸爸走时他还在襁褓中。来信说，家中一切都好，爷爷、奶奶、妈妈都健在。接信后爸爸那个激动啊，几天几夜睡不着觉，眼前都是亲人的影子。他马上打了报告要求请假。那时的台湾还不允许去大陆，擅自去是通匪，要入罪的。长官问他请假理由他不说，只是说若不同意就辞职。那时候爸爸就快退休了，如能正常退休就会有一笔数目不小的退休金。爸爸的长官也是从大陆出去的，把爸爸拉到一边，要他说实话。爸爸只好把要回大陆看爹娘的事告诉了他。长官很同情他，悄悄批了假。

"八十年代初的一天，爸爸穿着西装打着领带走进村口，张家二婶李家五嫂的一堆人正在村头拉呱，好奇地围上来七嘴八舌问他找谁，这样装束的人村里人从未见过。爸爸说要找谁家，大伙马上就说你是谁谁谁吧，一口报出了爸爸的名字，可爸爸谁也不认得。大伙领着他回家，村里的一切都很陌生，哪儿也认不出来。来到自家门口，老屋破败凋敝、摇摇欲坠，大门却紧锁着。爸爸诧异：一大家人都去了哪里？这时只见一人跌跌撞撞跑来，破衣烂衫，赤着脚，满腿泥，跑到爸爸跟前双腿一跪就号啕大哭起来，说爸爸，我骗你了。这是大哥。村里人把正在田里干活的他喊回来了。

"原来爸爸的爹娘、老婆早就死了。爷爷奶奶先死的，是饿死的。然后是大哥的妈，生病死的。大哥说：爸爸，你走了那么多年，我怕你对我没有感情，要是告诉你实话，你恐怕就不会再回家了。爸爸和大哥抱头痛哭。

"爸爸在家乡一直住完假期，走时除了买返程机票的钱，把身上可以脱下、摘下、留下的统统留给了大哥。大哥大嫂一直在家乡种田，生活非常困顿。爸爸说大哥的长相实在是老啊。

"爸爸去大陆的事根本没跟我们讲，回来后也不提。直到爸爸退休了，领到了退休金，他召集我们兄弟开了个会，详详细细叙述了回大陆的整个经过。爸爸含泪对我们说：要把自己的退休金全部都寄回大陆，寄给你们的大哥，我从没养过他，亏欠他很多；而你们都是由我抚养长大的。

"我们兄弟几个都没有意见，一致同意爸爸的决定。大哥拿这笔钱在家乡开了个小店，生活才有所改善。"

听了台湾导游的故事，妹妹的眼泪夺眶而出。全团人都沉默着，大家知道，他的有些话顾忌大家从大陆来，没说得很明白。他的爷爷奶奶是困难时期饿死的，他大哥的妈妈是有病没钱治死去的。一个台属家庭的生活在极"左"年代里的艰难，现在怎么想象都不会过分。

妹妹告诉他，自己婆家也是山东人，与他是同乡。还问他自己有没去过家乡？他说去过，家乡现在比他爸爸回去时好多了。

这位台湾导游非常熟悉大陆，去参观日月潭、阿里山，他先告诉大家要有思想准备，那里比大陆的九寨沟、香格里拉差远了；在车上放音乐，他专挑邓丽君的歌放，说只要是大陆来的，谁都爱听。他还说在台湾，邓丽君的歌迷有很多很多，特别是男生。邓丽

墙上的名字

君去世时,他弟弟难过得把自己关在屋里一个星期才出来,而他曾在邓丽君的墓地独自坐过一夜。

台湾导游还说,我知道大陆有这样的说法:不到北京不知自己的官小;不到上海不知自己的钱少;不到深圳不知自己的身体不好;现在还要加上一句:不到台湾不知文化大革命还在搞。妹妹在台期间,正是台湾搞基层民选的时候。每天街头都有许多人在游行,打着标语,喊着口号。打开电视,也是某人揭发某人为拉选票弄虚作假等,各派打成一团。真有些像我们的"文革"时期。妹妹说,她们走上街头看游行,看到亲民党主席宋楚瑜也在游行队伍中,她们跑上前去自我介绍,说是从大陆来的,支持泛蓝。宋楚瑜与她们热烈握手,其他泛蓝队伍的人也跑过来与她们握手。

投票结果将揭晓的那天,导游阴着脸对他们说:对不起大家,今天我的心情很不好。大家都记得他曾说过,原先收入很好,自从民进党掌权,日子一天不如一天。如泛绿阵营再胜出,这日子就没法过了。揭晓时候一到,大家都不妨碍他去看选举结果。一会儿,他不动声色走过来,妹妹小心翼翼地问他,结果怎样?他忽然满脸阳光:泛蓝赢了!马英九当选了!

导游还告诉妹妹她们,几乎所有从大陆来台湾的,都坚决反对"台独",不愿祖国分裂,因为我们同根同宗。

结婚戒指

港台影视中常有以下镜头：男主角掏出一只精美首饰盒，小心翼翼、脉脉含情地递给女主角。女主角飞上一个媚眼，娇嗔：什么呀？男说，你打开看看。女扭捏着打开，一枚戒指的特写。"噢——"观众们便知这是场求婚戏。反之，恋人情变，夫妻反目，女主角都是气哼哼地抹下戒指狠狠向男主角掷去，宣告关系破裂。

如此老套的场面已让我们起腻。可起腻归起腻，细回想，也就是改革这十来年我们才有福看到种种如此这般的影视。从前，大伙儿只能看"阶级斗争教育片"，农民斗老财，工人抓特务而已。

如今姑娘结婚，谁不要买结婚戒指？黄金的、镶宝石的。条件更好些的，买钻戒。钻戒是全世界通用婚戒，据说因为钻石象征贞节、无瑕、忠诚、坚定、牢不可破，等等，等等。

墙上的名字

八十年代初我结婚那会儿，没有任何戒指。婆家、娘家都可划归无产阶级，没有旧货老货。

我俩工资低微，开始过小家庭生活处处紧巴巴，买不起任何奢侈品。更重要的，那时压根没有结婚戒指这一说。从小到大我都没见过戒指，更没想过有一天自己会戴上戒指。如今听起来像天方夜谭，不过短短十几年的工夫。

1985 年，我出差一小城，旅馆同屋是位福建石狮来的小姑娘，高中刚毕业，跟着做生意的父亲出门。或许她太寂寞，晚上聊起来没个完，把家中大大小小的事统统倒给我听。几个月后她又跑到南京来找我，我陪她在南京好好玩了一遭，离别时她恋恋不舍，硬要把手上的金戒指脱下送我。如此贵重的东西我如何收得？婉拒了。那时我第一次近距离地看戒指。

又几年，南京人的生活也逐渐好了起来，柜台上出现了黄金首饰，虚荣的女人们纷纷披挂起来。一时黄金抢手，居然要开后门才能买到。

我手头也有了几个活泛钱，不能免俗，盘算着给自己买枚戒指。

我大小商店进进出出，左看右挑，慎重无比，最终托了个熟人，在友谊商店用人民币买了只翡翠戒指。那本是专供老外掏外汇券的。

戒指造型古色古香，翠色挺好但不够水，戒面不凸，反面细看有两小孔，本是古人钉在帽子上的装饰，现在改作戒面算有疵，所以价格颇低，才 280 元，是柜台上最便宜的一枚。付款时，店员怀疑地反复看价牌，一副便宜让我拣去心有不甘的表情。

这枚戒指让我风光过好一阵，常有颇矜持的名女人一面与我交谈，一面用眼角余光不断去瞟它。只有女人才能相互感觉到。

近几年，珠宝店的品种应有尽有，美不胜收。致命地诱惑着女人们。我自然抵挡不住，又陆续给自己买过黄白合金的戒指、紫晶面的、蓝宝石的、品格更好些的翡翠戒，可还是舍不得买钻戒。

我常跟先生嘀咕：从古到今，从中到外，都是丈夫买戒指送太太，过去没买结婚钻戒，如今应该补一枚。

每到此时，先生便不搭腔，活活掐死了我的话头。我知道他肚中肯定在说：矫情！老夫老妻的，还补什么结婚钻戒？再说家由你当，钱归你管，要买自己去买好了。

碰到这种老公，一点情趣没有，只好自认倒霉。

我叹息；结婚戒指，看来下辈子才能得到啦。

墙上的名字

姐妹情

1971年春节前夕的一个清晨,我背了只黄军用挎包,登上了长途汽车,到溧阳县城探望大姐。

挎包里有两只大玻璃瓶。一瓶装着炒面,黄亮亮的,用油炒就,足足倒了一个人半个月的计划呢,然后拌上糖,干吃、水冲都行,既方便又耐饿;另一瓶装着豆瓣辣酱,香干丁、土豆丁、加上少许肉丁烩在一起,又辣又香,可下饭啦,还不容易坏。这两样是送给大姐的过年礼物。

我们姐妹几个上山下乡后,几年都没碰过面。相约这个春节回家团聚,偏偏大姐来信说,被作为"可教育好的子女"抽调进了县农机厂,厂里号召坚守岗位,过个革命化的春节。她绝对不敢挪窝。

弟弟年岁小,爸妈蹲牛棚,我决定在其他姐妹还未赶到家之前，代表全家探望大姐。

笑盈盈的大姐守候在县汽车站外接我。几年没见，大姐变漂亮了，插秧割稻农村的劳作在她身上并没留下什么痕迹，本来就非常白皙的肤色略略添加了些许健康色，头发还是那么乌黑，眼睛仍是那么明亮。举手投足，一颦一笑，都充满了女孩儿家的妩媚。"女大十八变"吧，大姐活脱脱地是个大姑娘了，算算，二十出头了嘛。

大姐拉着我的手，转悠他们的工厂。这是车间、那是宿舍、食堂——小小手工作坊般的工厂，被她如数家珍地介绍着，我不知不觉受到她情绪的感染，兴趣盎然地参观个遍。其实县农机厂就是一个几间旧屋子刚搭起架子的简陋小车间，只有几台车床，是城里工厂淘汰下来的旧货。大姐分在铣床前做学徒工。

大姐把我介绍给她的新同事们，几位知青和征用了土地的农民；和大姐同宿舍一位很文静很有江南女子韵味的姑娘，曾是县中的高才生。一位手呈鸡爪状的工人，居然得过麻风病，我有些害怕，可他们全都满面笑容，亲切和蔼得很。

傍晚时分，姐姐又带我去逛县城。

典型的江南小镇，青石板铺就的小街，曲曲弯弯。上门板的小店铺一家接着一家，其间杂货铺与小吃铺最多。溧阳是竹乡，杂货铺挂满了玲珑剔透的竹器：竹篮、鸡笼、竹椅、蒸馒头的蒸笼等，竹篾扎成大大小小的竹把子，刷马桶的、刷铁锅的，各式各样。小吃铺门前的案板上高高地堆着冒着热气的馒头，只只蘸着红点，很古朴。溧阳人馒头、包子统统称馒头，外表也一样，没有褶子。

墙上的名字

一条运河穿城而过,高高的石拱桥横跨运河。夕阳西下时,远处,渔帆纷归,炊烟与暮霭共升;近岸,船坞、码头泊满了装货的水泥机动船,挤挤挨挨,明灭闪烁的灯火与满天的星斗辉映,真是别有一番情韵。我和姐姐站在桥上,啃着馒头,边吃边聊,几年的话语如桥下滚滚而淌的河水,滔滔不绝……

大姐讲了许多插队时的生活:刚到乡下的一个深夜,雷雨交加,狂风大作,房梁和屋脊在风雨中咯咯有声,女知青们全从睡梦中惊醒,蜷缩在床,不知如何是好。晃动中,一条青幽幽的大蛇从梁上坠下,与她们同眠。女生们吓得吱哇乱叫,大蛇才极不情愿地缓缓遁去。屋仍摇晃,声响越来越大,女孩子们终耐不住身,纷纷跑进暴雨中。片刻,那座古庙改做的知青房,在巨响中坍塌成一堆废墟。好险哪!

大姐还告诉我,下乡后生产队始终只给三分工,干了一年多,突然发现自己一直与队里的女强劳力干一样的活。不服气了便要求同工同酬。于是,田头打起了擂台赛:比挑肥,你一担,我一担,担担堆得冒尖,最后把那个女农家挑趴下了。大姐大获全胜,终争得升为五分工。还是比男的少三分工。

我告诉大姐这几年家中的情况:爸妈单位发放的生活费仔细安排后,日子还过得去,老家请来个远房亲戚,我们叫她三姨娘,在照料才上二年级只身留守家中的弟弟。三姨娘对我们非常亲,我们现在是一家人了。这次带来的炒面和肉酱都是三姨娘的手艺。

我还告诉大姐,自从去了小煤窑,家里那套没烧毁的《聊斋志异》被我带在身边,早早晚晚躲在被窝里半生不熟地嚼。一次不慎被人发现,见是黄绢纸、线装书,便被定罪为偷看"黄书",全矿大会点名批判。

大姐告诉我,被作为"可教育好子女"进厂后,老老实实地跟着师傅学开铣床,现在的技术很不错。厂里的环境比乡下好,不用种自留地,不用自己烧饭,时间多。广播电台现在开始教英语了,她一直跟着收音机在学,把丢掉的英语又捡起来了,她准备一直学下去。

我俩聊啊聊,从城南聊到城西,从白天聊到深夜。姐妹们的体己话真是说也说不完。

第二天一早,我要回家了。大姐变戏法似的递给我一只溧阳大竹篮,篮子里竟装着一只龇牙咧嘴、满是黑鬃毛的大猪头,吓了我一大跳。

大姐说,因为过年,厂里杀了猪,本地工人每人一份肉,外地人没有。但她开口要了,别人就给了这只猪头。好歹也是肉,拎回家去给弟弟妹妹解解馋,好好过个年。

于是,1971年春节前夕的一个清晨,我提着一个装着猪头的大竹篮,与依依不舍的大姐道了别,登上长途汽车,回家去过年。

墙上的名字

总是难忘

1965年的初夏,我小学毕业,参加过升学考试后没多久,就代表镇江市参加了在宁举办的全省青少年游泳比赛。

女队友中还有我的妹妹和一位同班女生,就此三人。镇江是个游泳小市,派出的人员很少,当时全省实力最强的是南京、无锡、南通三座城市。那年参加比赛的少年运动员中的佼佼者有不少后来都成了我的队友,这是后话。

那年比赛我居然拿了儿童组蛙泳50米第一名,还破了这个项目省纪录。参加比赛取得优秀成绩的不少人接到了到体育学院参加夏季短期集训的通知,我也是其中的一位。

那时省里为培养优秀体育苗子,成立了集训队,半天学习文化,半天体育训练,一年半载后运动成绩理想就会升入省运动队当专业运动员。夏季的短期集训就是考察能否有资格入这个集训队。我的教练觉得需要征得家长的同意,就先把我带回了镇江,而不是像其他人那样比赛完直接留在南京去了体院参加集训。反正是暑假，家里也就同意了我再次赴宁。

南京体育学院位于美丽的东郊中山陵风景区，一路巨大的梧桐树冠遮住了夏日的毒辣阳光。镇江业余体校教练领着懵懵懂懂的我，来到集训队所在地"大圆圈"。这是我第一次看到这么奇特的地方。"大圆圈"是一座钢筋水泥浇灌的圆形体育场，呈灰黑颜色。中间是绿草茵茵的足球场和跑道。我们的宿舍在体育场看台台阶的下面。过了几十年后我才知道我们口中的"大圆圈"是民国著名的中央体育场，1931年建造完工。它中西合璧，规模宏大，当时享有"远东第一"的美誉。在这里曾举办过全国第五届运动会。

教练领着我在大圆圈转了一圈后，到处打听，把我领到一位胖胖的，像似怀孕了的女老师面前，拜托她关照我。教练告诉我这位老师姓李，她丈夫姓田，是从镇江调来这里工作的。刚到一个陌生的环境，我也记不住谁是谁，就投入了紧张的训练。

各种不适应，没训练几天我就病倒了，发起了高烧。昏昏沉沉的我一人躺在"大圆圈"阴暗的宿舍里，床前摆着同伴为我从食堂带回的饭菜，一口未动，我只是昏睡。不知什么时候，那位胖胖的女老师来到我的床边，她找来医生，给我量了体温，开了药，然后就带我去了她的家。我都烧糊涂了，始终不知道怎么去的她家。半夜里，我觉得滚烫的皮肤上有了阵阵凉意，睁眼一看，这位女老师正在用酒精棉球搽我的四肢，给我降温。我的头上搭着凉毛巾，隔几分钟她就给我换一次。很快，我又睡着了。

第二天早晨，烧退了。我睁开眼睛，一时竟不知身在何处。女老师为我煮了香喷喷的大米稀饭，端来了可口的酱菜和滴着油的鸭蛋。还从外面买来了西瓜。她的五六个个头挨着的孩子们，睁着疑

墙上的名字

问的眼睛盯着我这个陌生的闯入者。

那位女老师当时的家，我也没什么记忆了，好像是在"大圆圈"的西边，马术场的路边。

那时的我年幼不更事，根本不懂得怎么去感谢别人，连感谢的话也不好意思说。这位女老师叫什么也不知道。一直到我进了附中，才发现她居然是我们班的辅导员——李德华老师。

后来我与李老师有过不少交往，特别是在"文革"中，我与她都是受冲击的人。她是挨批斗的老师，我的"保皇派"的成员。后我去过她家多次，她的孩子有几个我也能叫出名来，可我不知道她是否还记得这件往事？反正现在她是不记得了，她不幸得了阿尔茨海默病。

进集训队我是迟到者，入附中我仍是迟到者。江苏省体委决定扩大集训队的规模，增加培养体育苗子的项目与人数。1965年新成立了南京体育学院附属中学，从小学五年级一直到高中三年级。每个年级都只有一个班。全校共二百余位同学，最少的高三班只有五位同学。所有学生是按运动队集中住宿、训练，只有上文化课时才根据个人的年级去各自的文化班。

我同时收到了两个学校的录取通知书，一是镇江的重点中学一中，另一个就是体院附中。记得当年，一部《女跳水队员》的电影让我着迷，当运动员，为国争光是多么美好的理想。新学期开学了，我父母仍没同意我去南京，他们认为运动员是青春行业，早早不学文化了，退役后怎么办？因而坚决不同意。我动员了我的姐妹们一起帮我，我们什么无赖手段都用上了：静坐、绝食，给爸妈扣高帽子，说他们不响应党的号召，不服从国家需要等等……爸妈头痛不已，只好派我妈赴宁了解情况。我妈去了省教育厅，了解到这所学校的性质算一所普通中学，可以正常升学、转学。更主要的是我妈去咨询了她的朋友，教育厅厅长。当时那位女厅长劝我妈说，你如果只有一个女儿，我一定叫你带着她打道回府，但是你有五个孩子，有一个学体育，换换花样，有什么不好？这话我妈听进去了，想想也对。就这样，父母答应了我的要求，同意我进南京体院附中，我和姐妹的斗争才算结束。

我父母把我连同行李送到"大圆圈"时，队友们都在操场上训练。游泳队是附中人最多的一个队。我们有五位教练：郭、薛、田、李、柯。每位教练各领几名队员。我的教练是柯美菱，柯指导是印尼归侨，她的相貌就是一副南亚人的面孔。大大的眼睛，黑黑的皮肤，挺挺的鼻梁，厚厚的嘴唇，很有特点也很美丽的一位姑娘。我不知道她有多少岁，现在推算，该是二十四五岁吧。她有一个男朋友在北京舞蹈学院上学，我想，他俩感情一定很不错，肯定经常一起交流，因为柯指导经常借用她男朋友舞蹈练功的一些动作，作为我们陆上训练的动作，说对游泳有助。柯指导的父母，以我当时的阅历是在国内很少见过的老人。他们穿着、修饰，从上到下一丝不苟，极其干净、整洁，待人的态度也极温文尔雅，实在是当时国内不多见到的人物。柯指导的家就在附中食堂的旁边，是休院分给柯指导的宿舍。不大，却很整洁、温馨，有不少装饰品很具异国风情，也是我们当初没见过的。

柯指导在那个年代，是一个积极要求进步的青年，对自己要求极严，她常常叫我们学《毛选》，可我们都是些顽劣少年，听不进耳。她对我们的要求也挺严格，我们每人家里给的零用钱，不管是一元还是二元，她都替我们收起来，买个牙膏啦什么的，她一一登记，从不让我们乱用。

墙上的名字

每天早晨起床铃一响,她就站在了操场上;冬天,天可还没亮呢。我最怕出早操,常常是跑操场十圈的任务,4000米呐,我跑不动,柯指导就陪我一起跑,后几圈,完全是她用手推着我的背前进的。

入学没多久,就发生了一件最让我难忘,也最让我丢脸的事。那时吃饭八人一桌,柯指导与我们一起吃。一天,我夹到一块鸭肉,放进了嘴里,突然感觉不对,是块鸭皮,还有毛,我赶快吐了出来,吐在了桌上。柯指导没说一句话,从容地用筷子捡起来,塞进了自己的嘴巴,咽了下去。全桌的同学都看到了。我呆住了,窘极了,脸红到了脖子,那顿饭不知是怎么吃完的。我知道柯指导是在以身作则,用自己的行动教育我们要有劳动人民的感情,不要浪费粮食。过后她并没有批评我,也没再提过半句,可我却再也忘不了这件事,它刻骨铭心地记在了我的心里,让我惭愧,也让我再也没犯过一次同样的错误。

学习、训练的日子过得飞快,我的运动成绩也提高得飞快,身体、个头也长得飞快。记得那一年的冬天,我突然有了女孩子都会有的初潮。隐约还记得离家时妈妈对我的上课,可真面临了,还是手足无措,不知如何是好。我只好硬着头皮去找柯指导,她大姐姐一般,告诉我该这般那般,还专门召开了全队会,给大家上了一堂生理卫生课。柯指导告诉大家,这是段特殊的生理时期,不能受凉,不能沾冷水,同学们要互相帮助。会后,我这边刚吃完饭,碗马上就被同学抢去洗了,我那边刚脱下脏衣服,也立即被同学抢去洗了,一点冷水也不让我碰。一时间,我成了特殊人物,现在想起来,还忍俊不禁。

我十分怀念柯指导,她与我们相处的点点滴滴,时常会浮上我的心头。我对她在"文革"中的记忆是零。估计我那时是保皇派被造反派同学管制,自顾不暇;她是不是参加了造反派也不清楚,反正不是学校里的风头人物、激进人物,属于默默无闻的那种。我不知道她是哪一年去了北京与她的爱人团聚,只听说她后来在北京的什刹海业余体校当教练,现已退休,去了美国。我不知道她是否会像我们想她一样偶尔会想起我们,我只能遥祝柯指导在大洋彼岸有个幸福的晚年。

总是难忘。

"大圆圈"的生活虽然短暂,它却是我离开父母、融入集体、踏入社会的第一步,是我们以后为人做事的起点。所以难忘。

墙上的名字

同学周爱华

惊悉周爱华同学过世，我的脑海里不断回映我与她几十年的交往经历，想把它写出来，一方面是让同学们了解可能你们并不十分了解的同学周爱华，一方面以寄托我的哀思与悼念。

周爱华一直与我们有着空间距离。七十年代初她去了遥远的青海，那里曾是流放囚犯的地方，可她为了追寻爱情，义无反顾。八十年代末，（我并不知道她去国的具体年份）又追随丈夫漂洋过海到了大洋彼岸——美国。空间的距离使我们产生了陌生感，这不奇怪。我特地翻查了1988年我们同学第一次聚会的照片，想看看她那次有否去参加。可惜当时照片冲洗得不好，早已模糊一片，几十位同学与老师，我连自己都没找到。

我与周爱华的交往是断断续续的，是非常松散的，可在同学中，应该算是接触最多的人之一。回顾她的一生，许多地方是获知她的信息再加上了我的想象才能串联起来，不尽准确。

一

我们在体院附中读书只有短短的一年。周爱华学田径,项目是铅球。我是游泳队的。她高二,我初一,我们的学习和训练生活从未交叉过,在校读书时的一年中我俩只是见过,连话也没说过。

1966年"文革"开始,附中放了暑假。我的父母成了走资派,不断地被批斗。父亲不放心我们姐妹待在家中,就与老家的亲戚联系,把我们送到老家乡下去与农民同吃同住同劳动。我姐姐与妹妹先行去了。我坚持暑假也要下水训练,否则运动成绩退步。爸爸让步,同意半个月后再去。

当我被送到苏北盐城建湖县草埝公社某某大队某某生产队时,我沮丧极了。虽说是老家,可我从未去过,也不认识任何人。姐姐与妹妹前两天被舅舅家的孩子接去阜宁县城了,我觉得极孤独,一切都格格不入。一日,我正和亲戚们在地里劳动,突然一位个子高挑,时髦(至少在当时的农民与我的眼中)的女孩从田埂远处飘飘逸逸走过来,穷极无聊的我注视着她,村民们也在议论她,走到面前我才发现,她竟是我的同学周爱华。我高兴极了,一下子跳起来,拉住她说了许多话,当时的兴奋现在还记得。

周爱华的奶奶就住在这个庄上。才发现她与我是地地道道的老乡,一个公社一个生产队。我跟着她去了她奶奶家。我才知道,周爱华的父亲在盐城工作,她平时住在盐城,这次是来看望奶奶的。这是我与周爱华的第一次接触。

返校后,我跟她接触反而很少,虽说我与她都曾是"保皇派"

的成员。那时她可能觉得与我的年龄相差较大，不屑于与我交往。不过有过两次共同照相的经历，我们曾出现在同几张照片上。

二

六十年代末，许世友在南京郊区建起了小煤窑，号称："一定要扭转北煤南运""平时挖煤，战时当坑道"。体院附中的同学在"文革"中既不上文化课，又不训练不了，蹉跎了几年后，统统都被下放到小煤窑工作。我与周爱华分在官塘煤矿。我那时刚17岁，先学干电工，每天背个电工包，只会换个保险丝，晃荡了一阵子后又被分配到矿灯房，没干多久又去了金丝岗的修理所。周爱华在修理所干车工。

那时的周爱华一定在恋爱，常常往城里跑。谈恋爱在当时好像见不得人一样，保着密，像地下工作者。后来我才知道，她认识了现在的老公王先生。王先生是南京大学数学系68届的大学生，上海人。

再后来，王先生被分配到了青海西宁，周爱华要跟着去，她很快办好了调动手续，临走才告诉我。我不知道她是怎么想的，青海，那么遥远的地方，海拔高，气候恶劣，历朝历代都是流放囚犯的地方。看来还是爱情的力量大。后来有同事告诉我她怀孕了，所以匆匆调走，因为在那个年代未婚先孕是很重的罪名，这一说法我没和周爱华核对过，不知是真是假。

70年代初，周爱华就从我们身边消失了。

三

　　周爱华一走就是许多年，音信全无。再见面时我才知道那段岁月她过得非常不容易。

　　周爱华生了两个孩子，一个儿子，一个女儿。内地人因不适应青海的高海拔，孩子生在那儿不容易存活，所以都必须回内地生孩子。两个孩子她都是回盐城生的，满月后再回西宁。当时交通非常不便，路途又遥远，可以想象，大着肚子的周爱华和怀抱婴儿的周爱华一路车船劳顿的不便与痛苦。在西宁的日子极为艰苦，没有大米，缺乏蔬菜。

　　好不容易熬到四人帮倒台，高校恢复了高考制度，她先生考回了南京大学数学系，读研究生。周爱华变成一人带两个孩子困守西宁。

　　接下来就是如何把自己和孩子们弄回江苏。她想尽了一切办法，动用了所有关系，只把自己办回了盐城。夫妻仍分居两地。周爱华还是一人带两个孩子。

　　继续努力。她再找关系，再跑路子，终于调回了南京。我只知道她曾在南京电影机械厂工作过。

　　王先生很努力，也很出色，他再接再厉，考取了美国的数学博士学位，去了地球的那一边。周爱华又变回一人带两个孩子，是上了中学的孩子。

　　一年又一年，王先生在美国站住了脚跟，留在了美国康尼狄克

墙上的名字

州州立大学数学系任教，终于把周爱华及两个孩子办去了美国，开始了一家人的美国梦。

从四人帮倒台到"六四"这十多年，是中国社会变化最快的阶段，人们社会角色的转变也大都在那些年。我们这些过来人都还记得，为改变身份、改变命运所做的努力。知青终于回城了，工人可以上大学了……再加之年龄到了，结婚生孩子，大家都忙得自顾不暇，所以我跟周爱华基本没有联系。

岁月如梭，又十年。这十年一定是他们一家人在异国他乡打拼的十年，不容易啊。

一天我突然接到一个陌生人的电话，自称是周爱华的先生，他回宁参加南京大学校庆活动，周爱华委托他来看看我。我不知道他是如何打听到我的电话的。

我们在约好的酒店见面，那是我第一次见到周爱华的先生。中等个儿的中年人，或用脑过度，已谢了大半个顶，架副眼镜，很像个大学教授，不过脚上蹬了双雪白的耐克运动鞋，很打眼，后知这是美国式打扮。我们像老朋友一样聊了一个下午。周爱华这些年来的大体情况大都是那次获知的。我也把自己的经历、同学们的情况一一告诉给了王先生，请他转告周爱华。怀旧、念旧是老之将至或已至的表现，特别是在异乡的人。可以想象周爱华对家乡与同学们的思念。

关系接上了，就有了更多的联系。周爱华回国一般待在上海，那是她婆家；或去盐城，那里有自己父亲。又一年，她回国了，打电话给我，刚好陆金陵从印尼回国，我拉上陆开车去上海见她。大早出发，晚上返宁。

周爱华还是那样，没什么变化。人看上去很年轻，也没胖，短发，眼睛仍睁得大大的，像总在吃惊。

她告诉我，她的工作是在美国赌场发牌，18美元一小时。因亚洲人好赌，所以赌场愿意招些亚洲人工作。我还跟她开玩笑，因看多了港片，都知道赌场发牌要手很快。以我们那时的工资看，一小时18美元是很高的。

再后来，2004年她回国，打电话给我，记得我那时正在广东茂名的海边参加一个活动，我站在沙滩上跟她聊了很久，等我回江苏她已经飞回美国了。

2004年体院附中同学在无锡的大聚会，我也通过电话告诉了她，她问了很多同学的情况，听我说起一位跳水队的男生也去了美国，在加州，工作不是太稳定，她马上要了他的电话，说让这位男同学去她那儿。后来听说他们通了话。

周爱华一家应该说是实现了他们的美国梦。先生被学校聘为终身教授、博士生导师。一双儿女学业有成，儿子回上海开了公司，自主创业，女儿在纽约一家银行工作。周爱华曾在电话里告诉我她家盖了大房子，有很大的花园，在美国应该是独立别墅那种，喜悦、自豪、满足之情溢于言表。我衷心地替她高兴，辛苦了一辈子，终于可以享享福了。谁知天妒爱华，让她的年华在62岁上戛然而止，她走得那样突然，走得那样匆忙，让家人，也让她自己没有丁点思想准备。

人都说老来伴，老来做伴。周爱华这一走，让王先生痛不欲生。这几个月来，我想，他一定反反复复回想周爱华这一辈子，对他、对这个家庭的付出。王先生给我打电话时哽咽了，他说，周爱华比他小两岁，但是运动员出身，平时一直精精干干，风风火火，自己一直认为她身体好，会比自己长寿。我询问他，平时她没有症

墙上的名字

状吗？王先生说有时不太舒服，总以为是肠胃不适，一年做一次体检，也没发现过肿瘤。等肿瘤破裂大出血才进的医院。医院也有失误，没有想到会这么快，短短十多个小时，人就走了。王先生还说他本想再工作几年，多带点学生，主要是考虑周爱华，毕竟她的退休金少，福利较差。现在周爱华走了，他也不想工作了。他说，一个人待在大房子里，走到哪儿看着都凄凉，看见周爱华去年栽下的像蒜瓣一样的郁金香，如今开满了花园，心真是痛啊！尽管现如今美国经济不景气，房价低迷，他还是决定卖掉与周爱华一砖一瓦辛辛苦苦建造起来的的大房子，搬到纽约去和女儿靠近。

我不知道如何安慰王先生，这种时候我总显得特别地笨拙，只会反复让他节哀，我告诉他，周爱华离去的消息我会告诉同学们，我们同学中已有十多位先后离开了我们。

去天堂的同学队伍中又多了一位。不知远在异国他乡的周爱华同学，在天堂会寂寞吗？

喜欢阅读

童时的夏夜，我和四邻的小伙伴常挤坐在前院天井的一隅，顶着满天星斗，背依宽蓬密叶的葡萄藤架，乘着微微的凉风，聚精会神地听已是初中生的姐姐讲故事。

一个个美妙动人的故事，为我们这些童稚的孩子打开了一扇扇令人心往神驰的外部世界的窗户，让我们如痴如醉。

姐姐的故事都来自她刚刚读完的中外小说。记得有《简·爱》、《红与黑》、茨威格的《象棋的故事》、儒勒·凡尔纳的《海底两万里》、马克·吐温的《汤姆利亚历险记》以及福尔摩斯侦探故事等等。

这当是我的文学启蒙。待长大后自己再读这些书时，就像重逢了老友，非常亲切。

初识几个字了，我便迫不及待地自己去寻找读物。姐姐的、同学的、图书馆的，各式各样的读物，只要能抓到手，埋头就读。

墙上的名字

　　小学三年级起，我开始阅读长篇小说。不识的字就跳过去，囫囵吞枣，似懂非懂，中外、新旧小说一锅烩。就在那个时候我读到了《苦菜花》《迎春花》《青春之歌》《卓娅和舒拉的故事》等。

　　隔壁小伙伴家是幢旧式洋房，三层是阁楼，贴了封条十多年。里面堆放着原房主离开大陆后留下的私人物品。年代久远，有关部门也忘了。

　　"文革"开始后，学校停学，外面的派仗打得火热。无所事事、闲得无聊的我们擅自推开了那扇门，呀，真像发现了阿里巴巴四十大盗的宝藏洞，我们竟看见了满满一阁楼的藏书。那个兴奋啊，我们整日猫在灰垢里寻觅，从成堆的书中挑出文学书籍。那些纸张黄脆，竖版印刷，繁体字的书，让我们望而生畏。几度胆怯，几度迟疑，但强烈的"阅读饥渴"使我们坚持啃了下去。多少天的废寝忘食，昏天黑地，那次我真读到了不少书。记得有《士敏土》《毁灭》《约翰·克里斯多夫》，及多本充满了诡秘氛围的外国神秘小说等。可惜好景不长，一天，母亲发现我在阅读一本留有许多空白的《二刻拍案惊奇》。惊奇了，也拍案了，追问书从哪里来。以她认为，这是本绝对少儿不宜的读物。

　　一个电话，有关部门把小阁楼中的书统统运走了。

　　从此这批书下落不明。估计最终化成了纸浆。

　　我和当年的小伙伴至今还时常心痛地怀念它们。

　　我们要不是读得那么忘形，若再隐蔽些，小心些，说不定这批书现在就成了我们的私人藏书。

　　寻找读物的过程更加曲折艰辛。

　　我曾陪同男生爬过学校封闭的图书馆，偷过书；我曾狂喜地发现过一个街头借书摊，有许多难得一见的禁书。一天读完一本，就去换。三两本书读完，便不见了书摊的踪影。几番打听，原来被查抄了。

到了"文革"后期，七十年代初，阅读完全转入地下。

伙伴们悄悄传递的是手抄书，限时限刻，轮流传读。

说实话，那时传到我手上的手抄本，都是些文字粗糙、情节荒诞的低劣小说。但聊胜于无。

那时我已进入在南京郊区的小煤窑工作，因悄悄把家藏仅存的线装书《聊斋志异》带去躲在被子里翻看，被人发现。结果全矿大会点名批评，罪名是看"黄书"。

七十年代末，中国的当代文学进入了"新时期"的第一个高潮阶段，我与全国人民一样，亢奋地阅读了大量的"伤痕文学"作品。

那时的我，只是在拼命填补多年的阅读亏空以及密切关注着中国社会、政治的变更，而不是在关注中国文学本身。

时光进入了八十年代中期，我干起了编辑工作。

我喜爱这份职业，因为这是份靠阅读来谋生的职业，因为我喜欢阅读。我曾多次不无夸耀地对同样喜欢阅读的朋友说："你们谁能和我比工作？我的工作是读小说！"

因这份工作，十多年间，我与国内活跃于文坛的老中青三代作家都建立了广泛的联系；因这份工作，我率先读到过多少令我心灵颤动的好作品；因为这份工作，我收到过不少充满激情的读者来信，

墙上的名字

如今回想，内心颇多温情与庆幸。

年复一年的伏案阅读，让人眼花颈酸腰痛，许多人厌倦了，更何况这是份为他人做嫁衣的工作，它毕竟是寂寞与清贫的。

这许多年来，不少编辑同仁离开了原先的工作岗位。有的当了专业作家，大部头的作品不断地出，四处讲学，周游世界。我替他们高兴，因为他们的才华与智慧终于有了用武之地，他们对中国当代文学的贡献，是要远远超过他们当编辑的。

有的成了商海的弄潮儿，拳打脚踢，显现英雄本色。我也替他们高兴。他们的聪慧与经验在变幻莫测的商场上屡战屡胜，取得了令人仰慕的成功。

我想，他们都在如今的时代找到了各自的位置。

而我，心态平和，深知，一个人在一生中能干着自己喜爱的职业，这是一种幸运与福分。

从喜欢阅读到以阅读为生，这就是我的幸运与福分。我会珍惜这份幸运，会惜福。

车厢里的歌声

汽车在富庶的浙江大地上疾驶。一天，从杭州到绍兴，然后再赶赴千岛湖。路遥车颠人乏，车厢里闷闷的，人们不是打盹就是望着窗外发呆。出席全国纯文学期刊主编社长会议的近五十家代表，分坐在几辆大小客车上，我上的是一辆中型面包车。

"参观李叔同纪念馆和沈园时，我好想唱歌。"

坐在前座的北京一家大型文学期刊的副主编老常打破了沉默，与我攀谈。

我诧异地打量这位老大不小，胡子拉茬的"半老头"，想唱歌？是不是矫情了些？出于礼貌与无聊，我回应：

"唱吧，唱给我们听听。"

"长亭外，

古道边，

墙上的名字

芳草碧连天。

晚风拂柳笛声残，

夕阳山外山……"

老常一放声，哇，那真是金石之声，全车人为之一振，都屏声静气地听着抒情委婉的离别之曲——《送别》。

"天之涯，

地之角，

知交半零落。

一瓠浊酒尽余欢，

今宵别梦寒……"

弘一大师的词婉曲深致，涵咏有味。他为之精心选配的英国民歌的曲调，旋律那样优美，熨帖，很完美地表达了"离别"的惆怅意境。而老常的歌声又很准确地诠释了此歌。

车厢里响起了热烈的掌声。唱得太棒了！

老常大方地作了自我介绍。原来他从小爱唱歌，受过很好的训练。考大学时，曾想报考声乐专业，因父母的反对，才弃乐从文。

他还告诉我们，去年他参加了北京出版系统卡拉 OK 比赛，得了冠军。

漫长沉闷的车旅中，有一位会唱歌的同行人，焉知不是福分？

老常在我们的要求下，一支支歌地唱给我们听：

"红酥手，

黄藤酒，

满园春色宫墙柳……"

这是《钗头凤》。

"北国风光,

千里冰封,

万里雪飘……"

这是毛主席诗词《沁园春.雪》。

"深夜花园里四处静悄悄,

只有风儿在轻轻唱……"

这是前苏联歌曲《莫斯科郊外的夜晚》。

歌声活跃了车厢,调动了所有乘车人的"歌唱细胞"。天津一家刊物的主编动情地唱起了他在内蒙古插队时学的蒙古族民歌;山西的一位主编唱起了令大家捧腹的诙谐山西民歌。

老常自豪地说,你们点歌吧,点什么我就会唱什么。

大家七嘴八舌,调动储存,大都点的是五六十年代的流行歌曲、电影插曲、"文革"歌曲和京剧样板戏。

碰到会唱的歌,全车人一同放声。

歌声、笑声在车厢里回荡,要知道,这是个以中年人为主的团体。

老常腹中的歌多得不可计数,谁也难不倒他。

他把语录歌唱了一首又一首,样板戏韵味十足,连过门都一并唱来。他居然还唱了首"文革"前期臭名昭著的血统论名歌:

"龙生龙,

凤生凤,

老鼠生儿打地洞。

老子英雄儿好汉;

墙上的名字

老子混蛋儿反动"。

我是第一次完整地听到这首歌。

还有那首蛮横无理，从头到尾只有一个好字的歌：

"无产阶级文化大革命就是好，

就是好，

就是好……"

随行的二三十岁的会议工作人员都很惊讶、兴奋，觉得不可思议，怎么会有这么多稀奇古怪的歌？那个年代一定很好玩。立即有人对他们进行了教育：好玩？！从这些歌词中就能知道那个年代是多么的无序、恐怖与荒诞。这就是"文革"，是让国家和人民付出沉重代价的不堪回首的年月。

车厢里的歌唱了一路。

一切都因歌声而在变化：时间流逝飞快，人人精神振奋。人们通过歌声交流，彼此间融洽、亲密……

生　活

少年时代，特别喜欢格言警句。几大本红塑料壳的簿子抄了满满登登，有自己从书中摘录的，有同学相互转抄的。我至今记得有一首普希金的诗《假如生活欺骗了你》，诗云：

假如生活欺骗了你，
不要悲伤，不要心急！
相信吧，快乐的日子将会来临。

心儿永远向往着未来，
现在却常遇忧郁，
一切都是瞬息，一切都将会过去
而那过去了的，就会成为亲切的怀念。

墙上的名字

小小年纪的我，常常老气横秋地用这首诗自勉，自认为已掌握了生活的真谛，现在想来很是可笑。

二十多年磕磕绊绊走了过来，既有洒满阳光的日子，也有阴霾密布的时光。俗话说："不如意事常八九"，每每碰到难以排解的不愉快，我仍会情绪低落，沮丧郁闷，觉得生活亏待了自己，甚至有"曾经沧海"的消沉。其实，这些不愉快，只不过是工作中碰到了挫折；同事、朋友间由分歧产生了隔阂；夫妻间因琐事发生龃龉，这类问题，世界上每个角落，每时每刻不知要发生多少。

愉快也罢，不愉快也罢，日子反正要过。随着时光流逝，有那么一天，自己突然发现，那些郁结在心的阴影统统不见了，如隔年久远塞进衣兜里的樟脑丸。是时间，时间化解了它，医治了它。这使我又想起了普希金的那首关于生活的诗。

第一次受到较严重的挫折，那年我才十五岁。"文革"中当了"保皇派"，造反派掌权后被严加看管，真可谓不可乱说乱动。时不时学校大喇叭里就响起了令人胆战的"勒令"声，让我们立即跑步到某地集中，排着队在众人面前低头罚站听训话，受尽了屈辱。

我记得训话的小头目常挂在口边的一句话：

"你们这些造粪机器，长江又没有盖子，为什么不跳下去淹死算了？！"

一贯心高气傲的我自尊心受挫很重，那些日子几乎过不去。

二十多年过去了，当时的愤懑、怨恼全云散了，烟飞了。

如今回想起来，竟成为一场场的闹剧与滑稽戏，除了荒诞可笑没有别的。

前些日，我接到一个电话，口音陌生，说：

知道我是谁吗？我是你小学同学，姓×。

我拿着电话苦苦思索。

忽然，一个名字及一个形象浮出脑海。

噢，知道了，你是×××，我笑着答。

我俩在电话两端叽叽喳喳了几十分钟。

这是我小时候居住在另一座城市中的一位同桌。记得桌上永远划着三八线，他的胳膊、我的胳膊一超线，都会立即被对方狠狠地捣回去。他有个地位显赫的司令员爸爸，但自己个头偏矮，性格木讷，常被司令员部下的儿子们捉弄。

一次，不知哪个促狭鬼在他的椅子背后写下了"我爱×××"，×××指我，淘气的男生起着哄，围着他又笑又蹦。他欲辩无语，欲哭无泪，把张脸涨得像个大关公。我当时又生气又尴尬，像受到了侮辱。此后我俩的男女界线撇得更清。橡皮、小刀再不借用，像陌生人。

小学毕业后我来到南京上中学，过了不少年他也来到省城。

人海茫茫，我俩从未碰过面。几十年过去了，他偶尔从电话簿上看见我的名字，不知是不是，拨拨看，居然一下对上了话。

小学时的情景就像电影中的蒙太奇，一幕幕从眼前闪过，如今真成了亲切的怀念。

生活，犹如美酒，经过时间的沉淀，才变醇了，变香了。拂去了时间的尘埃，再次捧到人们面前，会令人惊喜，让人眷恋。

一个静谧的夜晚，我端坐在电视机前，观赏美国旧影片《音乐

墙上的名字

之声》。

优美的画面，动人的歌声又一次深深地吸引了我。特别是玛利亚的一段歌使我感触多多。她开导孩子们说：

"要是什么惹了我，让我不痛快，我就去想美好的东西。"

"什么是美好的东西？"

孩子们天真地问。

"水仙花，绿色草原，满田的星星，雨后的玫瑰，小猫的胡须。"

玛利亚接着唱道：

> 锃亮的铜壶，
> 暖和的手套，
> 包扎的礼物，
> 这些是我喜爱的东西。
> 白色的小马，
> 每当狗乱咬，
> 蜜蜂乱蜇人，
> 我心里不痛快，
> 我想起我喜爱的东西，
> 我就觉得好受多了。

是啊，这世界上原本就有许许多多美好的事物：
那严冬的阳光，初春的煦风，酷夏的绿荫，金秋的硕果……
多想想它们，心情定会开朗，明媚，充满了幸福感。

松脆的苹果酥,
门铃、车铃、小牛排加面条。
月夜里飞翔的野鹅,
这些是我喜爱的东西。
穿着蓝绸绲边白衣服的小姑娘,
落在我鼻子和睫毛上的小雪花
白茫茫的冬天变成了春天,
这些是我喜爱的东西。

心中有块垒就想开心的事,玛利亚似乎在提倡一种"洋Q精神"。其实这不失为一种健康的生活态度和生活方式,对修身养性,对生理、心理均有百益而无一害。

许多女人情绪低落时借助逛商场来解忧,就是同一道理。

富丽堂皇的店堂,琳琅满目的商品,加之面带微笑,彬彬有礼的售货小姐。看看就够赏心悦目的了,更别说挑件心仪已久的小摆设回家装点房间;买套漂亮的时装打扮自己。或者,根本不必花钱,在开架的时装柜前挑两套自己中意的,镜子前穿试、欣赏欣赏,然后物归原主,也不失为一种好方法。一溜店逛下来,保管心情由阴转多云再转晴,我就经常这样实践。

这比男人们"何以解忧,唯有杜康"要来的科学。

生活不可能一帆风顺。有坎坷,有波折,不用怕。向往美好,向往幸福。

相信吧,那不愉快的瞬间很快就会过去,快乐的日子即将来临。

随 喜

小时候，每每遇到乞丐，师长们就教导说：他们是懒汉，不能对他们滥施同情，否则便助长了他们好逸恶劳、不劳而获的坏习惯。当然，那时候我还不具备布施的能力，但这样的教诲深植脑际。

六十年代初，因天灾人祸，饥饿的阴影笼罩了整个华夏大地，城里的孩子却所知甚少。

我家来了农村的远房亲戚。看上去有60多岁，实际上才40出头的一位大婶。

几日后，妈妈让我领她到不远的公园转转。大婶毫无游玩的兴致，她拉着我的手坐在公园的凳子上，不断念叨：几世才能修得当城里人的命哇。她说，孩子，我们乡下苦啊，吃胡萝卜、吃萝卜缨子，吃得浑身浮肿。实在没得吃了，就吃观音土，吃得拉不出屎来,活活胀死许多人啊。

大婶说得泪水涟涟。我惊骇地穷问不舍,为什么吃萝卜缨?为什么不吃饭?什么叫观音土?

那次我才知道,不是每个人劳动了,就能有饭吃。

我女儿似乎比我更有同情、怜悯之心,或许因为她们的生活安逸幸福,而不似我们这一代人,因见多了苦难,而逐渐用冷漠替代了慈悲。

记得女儿四五岁时,一日携她逛商场,街口坐着个行乞的残疾人,我匆匆走过,熟视无睹。女儿却硬拉我回头,她两眼泪汪汪地,恳求我给钱,我极不情愿地拉开了自己的钱包。

去冬,春节将至,我随着疯狂购物的人流,穿梭在市中心大小商场采买年货。走过人行天桥时,只见一位老人,跪在桥的一侧,不停地向路人磕头。刺骨的西北风吹动着他满头的白发,一顶破旧的毡帽放在膝前,里面有些零星毛票。一边是兴高采烈、捧着大包小包满载而归的人们,一边是寒风中苦苦行乞的老人。我的心猛地抽搐了,第一次,我有了布施的冲动。

我拉开挎包,小心地多放了些钱在老人的破毡帽里。老人低垂的眼大约看到了帽中的钱,他抬头望了我一眼,混浊的眼里漾出些许暖色的光点,他喃喃地说:谢谢,谢谢。将头又深深地叩了下去。

我逃也似的下了天桥,忽然有了一种如释重负的感觉,一种小小的轻松与喜悦的感觉,一种温暖的感觉。它们不来自于我的"得",而来自于我的"失"。真是奇妙。

就在那时,我刚开始读一些有关佛经的书。佛经里把布施、供

墙上的名字

养称为"随喜",是说,如若众生因人们布施而生发一些温暖欢快之情,那布施不论多少便有了动人的质地,因为众生的喜悦便是我们的喜悦。

随喜,说得真对。在这个世界上,人与人之间如若没有温暖与关爱,只有自私与冷漠,哪还有什么喜悦与欢快?

当前,我们的国家还不富裕,山里的娃娃无钱读书,偏僻的乡村地方病肆虐,鳏寡孤独尚需赡养,"希望工程""慈善基金"都需要我们慷慨解囊。

今天帮助了别人,其实也等于帮助了我们自己。人这一世,谁能保证永远没病没灾、无祸无难,永不需别人与社会予以援手?

随喜,说得真好。我们布施,那一点微薄的钱,对困难者或许解决不了什么根本问题,但送上的那片爱心与点点暖意,能给他们带来愉悦与温暖,更重要的,它也能给我们自己带来同样的愉悦与温暖。它能使我们的心更加善良柔软,更加澄澈透明。

付出,即是获得。

我牢记着,并实践着。

紫金文库

虚心请教

有条古训为："君子远庖厨"。遗憾，如今的老百姓，就其经济条件，一日三餐，大都远不了"庖厨"。我也自然，称不上君子，只是个妇人，只好日日在厅堂与厨房间穿梭。

少小离家，住校住单位，公共食堂一路吃过来，那时倒一直"远庖厨"。记得与公婆第一次见面，我妈不无担心地说：我这个女儿啊，家务事，厨房里的活儿一概不会。婆婆笑眯眯地一拍胸，甭担心，我儿子通通都会。有了这样的后盾，我还怕什么？结婚、生子、搬离婆家独立过小日子，女人该做的，我都一一勇敢地实践过来，倒也顺顺当当。

岁月如梭，先生的身子越来越重，勤快和时间成了反比，正在天天逝去。不知从何时起，采购、烧饭、洗衣、打扫卫生……所有的家务活儿统统堆积到我的头上。我时有怨言，先生却大言不惭地宣布，他把我培养出来了，自己可以光荣地退居二线了。

墙上的名字

怨言归怨言，家务活还得干，不看僧面看佛面嘛，看到女儿天天背着沉重无比的大书包，蹬着自行车，穿越半个南京城去上学，放学后夜夜挑灯续战，眼儿熬得通红，脸儿瘦得溜尖，我这个做妈的心里就发紧。我现在能帮上女儿忙的，恐怕只有给她增加营养这一项了。

翻来覆去，我只会烧几样简单粗糙的家常菜，别说女儿，连我自己也厌烦。怎么办？只好虚心请教。

逛书店时，浏览过文学类书、中学生学习辅导书，新添一个项目，去生活类书柜台，挑几本教烧菜的书。如今我的书架上，赫然摆着《家常鱼菜》《四季火锅》《中西面点》的小册子，可惜，到今天我也没能照本宣科烧出一盘好菜来。"花生油 × 两，料酒、米醋 × 钱，白糖、菱粉 × 克，味精、胡椒粉 × 分……"诸多数字与计量，让人发怵，每每还未操家伙，便自动败下阵来。

晚报上的《食街》栏目，也是必看的，可看来看去，上席的菜多，家常的、便于操作的菜少。前两天才看到一道取名为什么"蟠龙"的菜，需青蛇一条、黄鳝两条，我辈哪敢动手？

倒是牢记着"三人行，必有我师"的圣人教诲，平日上班，稍有余暇，便态度十分诚恳、语气极为委婉地向周围男女同胞们讨教：近日家中常吃什么菜呀？如何烹饪的呀？能否教我两招？不少同志倒也诲人不倦，丝毫没有考虑什么专利问题，倾箱倒箧，一一传授，从市场选购到配料火候，我回家如法炮制，稍有偏差，第二天继续"不耻下问"。真是获益匪浅。

虚心请教，现学现卖，这招颇灵，女儿说好，先生点头，看来我是要继续操练下去了。如若有一天碰到你，一开口便讨教"菜诀"，请不要见怪哟。

成长的烦恼

借用了一部美国肥皂剧的片名,因为觉得用在此处挺贴切。记得播放此片时,女儿集集不落,看着,笑着,还发着感慨:"啧啧,看看人家老爸老妈是怎么当的!"不言而喻,在女儿心目中,我们这对父母在教育子女上远远比不上那对美国夫妇。

国情不一样。为适应应试教育,中国的孩子从上幼儿园起就被套上了唐僧的紧箍咒,丝毫松懈不得,否则到了关键时刻,就有家长"好看"的啦。

女儿已上高中,还有两年,就到了达摩克斯利剑高悬头顶的时刻。看看孩子目前的学习状态和成绩,前途难卜。狠狠心,把她送到了苏北的一所县中借读,要的就是学校军营似的管理、紧张的学习环境和氛围。私下心里想,女儿经过这两年苦读,就算考不上大学,两年磨炼对将来的她,定是份宝贵的生活经验。

打点好女儿的行装送她去学校,陌生、艰苦的环境让女儿傻了

墙上的名字

眼，我陪住两晚，等女儿情绪稳定了才返宁。从此再也没有安稳的日子，女儿几乎每晚一个电话。

"妈妈，我晒在外面的衣服被风刮走了，到处找不到。"

"妈妈，代我买把刷子，洗牛仔裤把手洗破了。"

"妈妈，枕头下皮夹里少了一百元。"

"妈妈，今天我受批评了，说我打扫卫生地扫得不干净。"

"妈妈，食堂的饭菜我实在吃不下去。"

我明白，女儿在面对她的第一关——生活关。从小到大，养尊处优的孩子只需顾及学习，一并生活琐事全都有家长承包了，如今自理生活，竟如此地笨拙与力不从心。

"妈妈，我热水瓶的热水老被同学用掉，又不给我再打上。"

"妈妈，今天去洗澡，宿舍停水，一个同学顺便洗了件小内衣，被管浴室的老师骂了一顿，我看不过去，帮她吵了起来，被通报给班主任了。"

"妈妈，我今天又被点名了，因晚自习后在校园里读外语、唱歌。"

独生子女进入集体生活，如何将自以为是的个体和谐地融入集体中去，如何融洽地与同学相处，是女儿，也是许多独生子女都要面对的一关。很难啊，没有些磕磕碰碰，没有些挫折与打击，是过不去的。记得前不久看到有报道说，一女大学生因无法适应校园生活，竟自动弃学返家。

面对一天一只紧急求援的长途电话，我像只灭火器，这儿那儿都需要揿几下。在电话里，我告诉女儿简单的生活小常识，复杂的与人相处的大道理，以及要有面对问题自己解决的勇气。我还不断地与她的班主任通气，及时了解情况。两个月下来，真是精疲力竭。

近来，电话日稀了，我颇欣慰。我知道，前两关，女儿百分之七、八十通过了。她面对的，还有最重要的难关——学习关。老师的口音，学习的进度，周考、旬考、月考乃至期中考、期末考，层层考试像多座大山压在女儿头上，做家长的，这时只能鼓励她：别人受得了，你也一定能挺住。

每到夜晚，我都会竖起耳朵，既矛盾又焦急地等着电话，女儿又遇到什么问题了，需要我与她一同解决？

"小家碧玉"两岁记

两年前,女儿瞒着我,托她大伯父从外地带来一只小猫咪。从此每逢有人敲门,它总先闪一旁窥视。若是生人,转头就溜,慌乱中不忘用爪死命扒开壁橱门,藏身进去。任你千呼万唤,生人不走,决不出来。我姐戏谑:"真是个小家碧玉,见不得人。"

养猫似一阵风,二姐、妹妹家各养一只。

二姐家是只狸花大公猫。有张极凶悍的脸,虎虎有生气。

妹妹家的猫名:"细咪",玲珑纤小,妩媚可爱。大大的眼睛,一圈黑黑的眼眶,极似姑娘们纹的眼线。

我家的"小家碧玉",女儿对它的相貌作过多番仔细研究,说它不会笑,不漂亮。我看它也是中等姿色。

猫咪毛色以白为主,间夹黑斑,脸也是白的,眼睛上方有两块黑,最不妙的是鼻子与嘴之间也有块小黑斑,像"媒婆"的黑痣,从此又有了个外号：媒婆。

女儿养猫三日新，以后再不过问。

采购、煮喂、洗澡、揩身、打扫粪便都由我一人承当。

猫咪也只视我为主人，人前人后跟着。我进哪屋，它进哪屋，我伏案看书写作，它不是蹲在椅子边痴痴地瞧，就是跳到我腿上打盹，连睡觉也要挤在我身边。

猫咪对房门外的一切又好奇又胆怯。

几次忘了关门，它溜了出去，顺着楼梯，东逛逛，西瞧瞧，单元的房门都一样，等听到楼梯上有动静，它习惯地闪进右边房门。

当它发现面对一个完全陌生的环境，那个慌呀；屋子的主人猛然看见一只硕猫窜进屋来，同样是一阵惊慌。两厢惊慌，屋里便一阵鸡飞狗跳，人喊猫叫。

我听见后赶紧下楼，在人家屋里的床下或沙发后将它拖出来抱回家去。

有一次，它慌得竟从窗户跳出去，从四楼跌到二楼的后阳台上。一个多小时后我才发现它不在家，出门寻找，看它蜷缩一团，口鼻淌血，瑟瑟发抖，真是可怜又可气。

关起门来，猫咪现在一点也不怯。

它整日吃了睡，睡了吃，再不就是拖着肥墩墩的屁股在屋里大摇大摆地散步。

每日清晨六点半，它便扯着嗓子"喵儿，喵儿"地开叫，催我们喂它，像个闹钟，女儿不再担心迟到。

碰上星期天，全家人想睡个懒觉，被它搅得不得安宁。若下决心头埋被中，死活不理。猫咪叫累了，就出新招，猛窜上床，踹你一脚，然后开溜，吓你一大跳。再不理它，还有更绝的。家中三人，它分别对待：先生人高嗓粗，它不敢得罪；我是主人，讨好还来不及；唯一可欺的，只剩下女儿。猫咪见叫不动我们，会冷不防抬起爪子，抽我女儿一嘴巴，当然爪子是缩在肉掌里的。

过了年，猫咪就三岁了。

一连几夜，它烦躁不安，还怪里怪气地叫着，闹得我们彻夜难眠。我把安眠药碾碎搅拌在猫食中喂它，仍不管用。

一天夜里，它对着房门发出"呜呜"的鼻息声。我诧异，开门察看，只见一只大黑公猫蹲立门前，两眼炯炯有神，也发出"呼呼"的低鸣声。

我大惊失色，赶紧关上房门。

这是对面一栋楼里的猫，大概从窗台上见过我家猫咪的倩影，居然摸准楼洞、楼层，找上门来了。

我颇为得意地对先生说："家有小女初长成，酒好不怕巷子深。"话是这么说，可我家这位"小家碧玉"出门便不认得回家，我又怎能放心让它出去恋爱，结婚？

想到此，头就痛。

打喷嚏的咪咪

过了年,咪咪就五岁了。据说,猫的平均寿命只有 5~6 年。以此推断,我家的咪咪已进入了暮年。对于它的衰老,我爱莫能助。

咪咪刚进家门时,胆小、怯生,眸子里一派惶惶之色,且乖巧倚人,我便以这些显而易见的女性特征判定了它的性别,戏谑它为"小家碧玉",还曾撰文为记。

直至一日,咪咪倚躺在暖融融的阳光下,旁若无人地翘起一条腿,暴露了它的"秘密",我才恍然大悟:咪咪是位公子!

作为主人,我待咪咪似有失"猫道",时至今日,咪咪还是一位"童男子"。

如今住宅区高楼林立,咪咪从小胆小笨拙,出门便不识归路。几回溜下楼去,再找不到家门,都是我一路寻找,千呼万唤,才将又惊又怕、龟缩在某一阴暗角落中的咪咪抱回。

墙上的名字

有朋友说，如今的宠物，越娇惯越没出息。他养的纯种小狗，主人换了件衣裳便不认识了。与此狗相比，我家咪咪还略胜一筹。

对于门户，我把得很紧。判定咪咪是小姐时，生怕它出门恋爱，怀孕归来，每年生出许多小咪咪来让我无法伺候。

记得咪咪初长成时，忽几日骚动不安，"喵儿""喵儿"的怪叫，搅得全家彻夜难眠。昏头涨脑的我把安眠药碾碎拌进它的饭里，然后千祈万盼，望它入眠。

哪知丝毫不起作用，咪咪依旧癫狂，全家人被迫与它同甘共苦不眠了几日。

一年又一年，咪咪始终守身如玉。

每到恋爱季节，全家人豁出去陪它熬几个夜晚也就平安渡过了。今年开春，一夜，咪咪又思春了，它心神不定，怪模怪样地上蹿下跳。我们打熬不过，渐渐入梦，不再管它。迷糊中听它狂躁了一宿，天快亮时，没了声响。以为折腾累了，它定去睡了。

起床后，我上班下班，一天没听到咪咪的声音；床肚、桌下、柜中，家里所有旮旮旯旯的地方找了一遍，不见咪咪的身影。

我赶紧下楼，前院后院唤它。

家家电视机正开得轰响，什么回声也听不见，无奈，只得等夜深人静后再下楼寻唤。

夜静了，一楼前院里终于有了咪咪微弱的回应，隔着花墙，依稀看见一团白色的影子，在寒风中蜷缩于墙角。

情急中，我硬着头皮，把一楼一对小夫妇从被窝中请出，开了院门，才把咪咪解救回家。

咪咪浑身哆嗦，口鼻流血，门牙断了半截。我大惊，咪咪不是溜下楼的，竟是从五楼阳台上栽下去的。

　　事后猜测，烦躁中，咪咪是想从这唯一的出口——阳台去会女朋友，自己跳下去的？抑或失足跌下去的？不得而知。

　　人称"猫有九命"，是说猫命大，皮实。

　　大难不死的咪咪，却从此落下了病根。"啊欠""啊欠"，喷嚏不断，且涕泪俱下。我因此又多了一项服务项目：常揪张纸巾替咪咪揩鼻涕。

　　我家的咪咪，成了一只独一无二会打喷嚏的猫。

生　命

咪咪去了。

苦苦挣扎了 15 天，咪咪终于咽下了最后一口气。

如能熬过岁末，咪咪就 6 岁了。

从两个多月大被女儿抱进家门，咪咪一年年长成只肥胖憨实的大猫，足有十来斤重。我每日用洁净的饭食喂它，教它如厕，给它洗澡洁身，爱抚它。渐渐，咪咪就如同我的另一个孩子。

在这个世界上，咪咪最依恋我。

这一次，我束手无策。

咪咪不进食了。开始我并不在意，或许是胃口不佳，我特地去菜场买来新鲜小鱼，可咪咪仍不理睬，只是不断地跳上浴缸凑近水龙头喝水。

那几日工作忙，五天了我才抽出时间，抱咪咪去郊区小动物诊所求医。

医生量了体温,说它发烧。听说它大便呈褐色,就给它灌了肠,结果随灌肠水滑出了大团凝结的血块。医生诊断为内出血。但不知是肠是胃。对动物的诊治,总是粗糙与简陋的。医生给咪咪打了抗生素和止血针。这些当然只能治表,出血的伤口未愈合,打针也无济。

仔细回想,我曾喂过咪咪不少它特爱吃的五香鸡爪。定是它狼吞虎咽,尖尖的指甲一并滑入它的肠胃,积少成多,现在兴风作浪了。

我真后悔啊,这五香鸡爪!

许多天来,咪咪粒米不沾,全靠原本的脂肪在消耗、支撑。它一日瘦似一日,渐渐形销骨立,双腿打晃,几乎跳不上浴缸去喝水。我强行把食物塞进它的嘴里,它坚决吐出来,拒绝下咽。一定是哪儿在痛。

第10天,第11天,咪咪越来越孱弱。白天毫无生气地静卧在它的窝里,夜晚,它摇摇晃晃,挣扎着,一如往常,伏在我的身边,依我而眠。摸着瘦骨嶙峋的咪咪,我心痛如刀割。我开始用吸管把牛奶、米汤滴进它的嘴里。往往,半个小时,才能滴上几小口。

第13天清晨,我发现咪咪直挺挺地倒卧在卫生间的地上,身边有两大滩浓浓的鲜血。我慌了神,简直不敢相信血是从一只如此瘦削的猫咪身体里流出来的,它哪来的这么多血?

咪咪还有呼吸,只是嘴唇、眼睑白得怕人。我抱起咪咪,不敢面对它黯淡、求助的目光。它相信我,依赖我,指望我,我却手足无措,不知如何救它。

家人劝我不要再喂它牛奶,说这是在延续它的痛苦。

墙上的名字

我痴痴地望着咪咪,这只给我们带来过多少快乐,多少柔情的猫咪。内心苦苦挣扎了一天,我下了决心。不愿让它再痛苦,不想让它耗尽而亡。我要结束咪咪的生命,这是我现在唯一能够帮助它的。

我碾碎了10粒安眠药,溶于牛奶,流着泪给咪咪灌下去。咪咪无力挣扎,由我摆布。

夜深了,我辗转反侧:药力发着了吗?咪咪怎样了?几番下床去看望,咪咪竟大睁着无神的眼睛,呆呆地望着我,让我心慌。

直至第二天中午,咪咪才呼呼大睡,呼吸沉稳均匀。我甚至怀疑安眠药对咪咪不起作用,睡上一觉它还会醒来。

第15天清晨,咪咪的呼吸开始杂乱急促。我喂它清水时,发现它遗尿了。它几乎不会下咽,瞳仁正一点一点上翻。我明白,生命正一丝丝离咪咪远去。

上午10时,我听见爪挠纸箱的声音,就两下。忙去看,咪咪正大张着嘴巴,艰难地吐出了最后一口气。

这是我要的结果,又是让我无比悲伤的结果。短短的15天,一条活泼泼的生命消失了。然而,这又是漫长难捱的15天,一条弱小的生命顽强艰难地挣扎过。生命如此脆弱,又如此坚韧,它让人敬畏。

我把咪咪葬在了花坛下深深的泥土里,四周有冬青为伴。

我谢绝了许多好心的人,他们要再送我小动物,帮助我结束对咪咪的思念。我不愿再经历这种生离死别、令人心碎的苦痛,有一次,足够了。

悲乎，马儿

一日打开电视机，正介绍国产新片《悲情布鲁克》，节目配有镜头剪辑，只见一望无际的大草原和荒凉瘦瘠的戈壁滩，彪悍的骑士们风驰电掣般地追逐着，突然眼前出现一块断壁悬崖，骏马收不住脚，嘶鸣着，坠下崖去。骑手呢，自然身手不凡，在马已腾空之际，滚下马身，保全了性命。这时长镜头对准了正作自由落体的马儿，下摇、下摇；观众的心自然提起、提起，差点儿从嘴里蹦出。导演要的就是这个效果。长达数分钟的坠落后，马儿终于砸向地面，那痛苦的撞击之声无法同期录音，导演一定感到很遗憾。

荧屏上又出现蒙古族女导演介绍该片的拍摄花絮，她说这是此片中难度最大的镜头，也是被同行、专家和影评界众口一词夸赞不已的镜头，为此她们付出了许多辛劳。例如那匹极通人性的良种马，拍摄前被带到现场就有了预感，每每离悬崖还有几米远便拼死抵足，仰首哀鸣，不肯向前。导演无法，只得令人用布蒙上马儿的

墙上的名字

眼睛，硬拽着走。这时马儿落泪了，掉下的是大粒大粒晶莹的泪珠。真正开拍时，马是一半被人驱赶，一半被人合力才推下崖去。马儿葬身崖底不到半小时，原本初夏时节晴空万里的天突然变了，居然纷纷扬扬飘起了雪花，千朵、万朵雪花遮盖了崖底，掩埋了马尸……雪下得突然，四周一遍洁白与肃穆，让人的心情也沉重起来，拍摄只得暂停……

这不是我的杜撰和演绎，全是女导演讲述的故事，当然，她还讲了其他很多，我却再也无法听进去，我被这组镜头强烈地震撼了，为马儿的如此死去，我感到吃惊，感到愤怒！

元代剧作家关汉卿写过一个脍炙人口流传至今的故事——《窦娥冤》。平民妇女窦娥蒙冤被斩首，临刑前她发下"无头愿"，死后定要血飞白练，六月落雪。结果一一兑现，是老天在为她鸣冤。这是文学作品中的场景。可在今天，在现实生活中，难道也会六月飞雪，上苍为屈死的马儿哀悼、鸣不平？

几千年来，马被人驯养，为人服务，忠心耿耿；可人呢？如今为一部电影的票房，或许只是为获得几声所谓的赞扬，就让马付出生命的代价，这公平吗？在这个世界上，生活着150万种生物，人和马都是其中的一种，是什么决定了人对另一种生物（或曰动物）有着生杀大权？或许这就是弱肉强食、适者生存，就是优胜劣汰，物种进化的道理？在这个道理下，如今，森林被砍伐，土地在沙化，河流被污染，动植物遭灭绝。将来的地球，将会变得如何的荒凉呢？

紫金文库

月夜歌声

　　每个人都会有一段非常想唱歌的时期，喉咙管发痒，就是想唱，想引吭高歌，把心中积蓄的莫名的爱、恨、惆怅和骚动——统统转化为歌声释放出去，不知你们有没有经历过这个阶段？反正我有，小胖也有。
　　那是在"文革"后期，造反歌、语录歌唱得发了腻。
　　学校突然被整锅端到市郊的一个小山凹里，挖起了"战备煤"。四周大山套小山，公路甚远，闭塞荒凉。
　　两排面对面相距不过七八米的房子，串门困难，目测方便。
　　大房间、上下铺。白天大门洞开，所有房间一目了然。
　　诸多房中的一间便是女工宿舍。
　　寥寥女工陷入了男人们的汪洋大海，溜进窜出，抬手举足，都觉无数异性目光从四面八方戳来，让人心惊胆战。我们说话悄悄，走路匆匆。久而久之，一个个变得偷偷摸摸，鬼鬼祟祟。

墙上的名字

白天上班,晚上除了学习开会,便是枯坐。

我想唱歌,想扯开大嗓门无顾忌地唱。但没有地方。

小胖爱唱歌更甚于我。

她有一副花腔女高音的亮嗓子,一开口,歌声便如清澈跌宕的小溪欢快流淌,让人羡慕。

小胖是我的同学兼好友,掌管着煤矿的喉舌。一间七八平方米的小屋是矿广播站兼寝室。远离矿宿舍区,每晚,这儿便成了我俩的"蜗牛壳"。

少了甚多贼兮兮的眼睛和耳朵,我们可以放肆地胡说八道。互换着每天的鸡零狗碎,受气的,好笑的,一股脑儿倒出。不过总是受气的事多。牢骚发完了,有时我们就学矿工说粗口,学出了格,便扮着鬼脸,揉着肚皮,笑倒在床上。

那时我们才十六七岁,最能疯能闹。

现役军人、宣传股长常隐身人一般,在我俩忘形的时候,突然显现。对我们这两个可教育好子女进行严而肃的再教育。并不厌其烦苦口婆心地以身作则,大讲自己如何从地主家庭子女脱胎换骨,成了如今这副模样。毫不怜悯我们一个接一个的呵欠。

对他,我们防不胜防。

憋闷狠了,就想唱,想放声唱。

一天,我和小胖踏着月影,顺着山间小道去寻觅一个可以放声唱歌的地方。

那晚的月儿特别亮，几丝不怀好意的阴云几度蹭近它，被冰清玉洁、清澈如洗的月光始终拒绝着，便自惭形秽地蜷缩到了一旁。绵延的山包，茂密的松树林，长没膝盖的茅草，一切被洁白月光抚摸过的地方，发出莹莹的幽光。而背阴处的反差就格外强烈，山凹、树林、草堆愈加黑暗、幽深，不可测，似蛰伏着无数鬼魅和阴谋。

我和小胖手拉手，小心翼翼地摸索前进。掌心沁出了汗，黏糊糊的仍不敢松。

四周静极，只有微风吹过，茅草发出"沙啦、沙啦"的响声。一些不知名的秋虫在声嘶力竭、怪里怪气的呐喊。

突然，"哗啦"一声，不知何物从我们脚前窜过，潜入没膝的茅草中。我和小胖惊叫起来，手攥得更紧，跌跌撞撞地狂奔，直至气喘吁吁。

我们不得不经常地蹲下来，仔细辨认着弯弯曲曲细如裤腰带的小道，它是村民们上山打草、采菌子留下的。因为怕蛇，我们丝毫不敢偏离被人踩出来已被认定是道的道。

"唱个歌吧。"

小胖颤着嗓子说，

"不行，再走远些。"

回首望去，高高的井架，像中世纪的城堡，黑黝黝极鬼气地矗立着。旋转的飞轮在月色中仍隐约可见，我们离人类还太近。

山径越走越细，茅草举着锋利的锯齿与我们双腿不断纠缠。

拳打脚踢，我们重重地从吱吱呀呀的茅草身躯上踏过，穿着塑料凉鞋的脚杆上留下了道道血痕。"裤腰带"断了。我们面前出现了一把童话世界中的巨大魔椅，它沐浴在银白色的月光中，通体发

墙上的名字

出幽蓝色的神奇光彩。愣了,我们谁也没有来过此地。

"快来!就在这儿唱。"

我扯了小胖一把,急吼吼地跃进山凹。

瞧!陡峭的山脊像椅背,弯弯的斜坡是椅把,柔软的草地是椅垫。

我嚷:这是魔椅!小胖摇头:这是音乐台。是啊,多像中山陵的音乐台。

仍手牵着手,踮着脚尖,迈着碎步,我俩走到"台"中央,微笑着向冥冥中的全体生灵们虔诚地鞠了躬。

"音乐会现在开始————"

合唱,独唱,重唱,轮唱,久违了的歌,一支接一支。

从洪湖水唱到一条大河,从好阿姨到分果果。唱得最多的,是与夜空有关的歌。抬头仰望着闪闪烁烁的繁星和清清朗朗的皓月,口中自然流淌出:

"月亮在白莲花般的云朵里穿行……"

"天上布满星,月儿亮晶晶……"

"月儿弯弯照九州……"

我们唱啊唱,唱得忘了时间,忘了世界,忘了一切。心中的忧郁和烦恼统统化去了,只感到,心境从没有过的安宁和纯净。

第二天,发现众多似笑非笑,躲躲闪闪的目光,怎么啦?

"要倒霉啦,你们昨晚唱黄歌,全矿都听见了。"

一位女同学悄悄咬了我的耳朵。没想到,夜深人静,歌声会飘至很远很远。

在劫难逃,除听宣传股长一遍又一遍地训话,我与小胖做了书面检讨才过了关。

还是想唱歌。只有远行。学乖了，走十多里地，再翻一个小山头，躲到大山宽阔厚实的肩臂后去唱，谁也听不见。

那天我俩唱的第一支歌是"红军不怕远征难……"

有月亮的夜晚，我们都去唱。

如今的小胖，以唱歌为生。她在一大军区文工团担任独唱演员已有多年了。专业的训练、岁月的磨砺，使她的歌声更加甜美、激越、有力度。我与唱歌无缘。当然，如今想唱，可以堂而皇之地去歌厅卡拉OK一番。

墙上的名字

焚　鼠

那一年的冬天特别冷，雪有一尺多厚。我们十几个女生分得了一间大屋。天寒，无处去，便早早吃了晚饭，钻进了被筒。这是下乡学农的第一夜。

新鲜、兴奋在女孩子们的叽叽喳喳后，也累了，沉默便随着夜色和寒冷一同冻结了大屋。房梁堆满尘土，屋顶油黑一片，珠帘般的灰垢吊悬着，粘粘挂挂，长长短短，随风抖簌。与此对应的是房檐下伸出的根根冰凌，晶莹剔透，爽洁无比，给人无尽遐想……

"啊——"小萍突然狂叫起来．十几双惊骇的眼睛盯着她手指的方向。

一只鼠，一只老鼠从床底探出尖尖的脑壳，窥伺着，像贼。乌溜溜的豆眼正对着我们来回旋转。十多双眼睛与它对视，它一点儿不怯，摆了摆脑壳，兀自大摇大摆地拖着条极长的尾巴逛了出来。是只灰褐色肉滚滚的老鼠，皮色油光闪亮，足有七八寸长，尾巴倒有一尺,像小猪尾巴。极瘆怪。

它"嗖"地窜到屋中央的一张凳上,回首发出"啾啾"细叫声,接着,一只,一只,又一只,共有二十来只,全都肉墩墩的,全都拖着条极长的尾巴。

这么多肥硕的老鼠,真是见所未见,闻所未闻。

屋里静极,大家吓傻了。

鼠们首尾相接,一只跟着一只在屋中央摆开了场子。几只爬到凳上,又跳到桌上,接着一骨碌翻身,玩杂耍样地沿着桌腿滑回地面。然后绕桌一周,又凳面至桌面,如此这般地反复着。另一些则围着桌子打转转,速滑一般,一圈一圈又一圈,像群巫婆,着灰衣,坐扫把,疯魔似的作法,令人胆战心惊。时不时地,有一两只肥鼠会突然止步,下巴不恭地翘起,豆眼里尽是不屑,对我们点到为止,继续着它们的示威游行。不一会儿,便觉满眼尽是粗肥的灰褐色鼠尾,它们时而像根棍子直挺挺地斜搁在地上,时而像根小旗杆高高地竖在空中,摇啊摇,晃啊晃。

一阵恶心,"嗨—",我忍不住大喝一声。静寂了很久的屋子一下炸开了锅,丽丽、小萍几个全都歇斯底里,大喊大叫起来。鼠们这才受了惊吓,纷纷窜回床底,像陷入了地洞,无影无踪了。

不敢睡觉,有人说这是间库房,有人说屋后是片荒坟地,老鼠定吃了死人肉才这般肥硕。没隔多久,老鼠们再度显现。仍围着桌子上下奔忙。

夜深了,恐惧终于敌不过瞌睡,我们一个接一个,连头带尾滑进了被筒,连根辫梢也不敢露出。

头在被中,耳边仍传来阵阵窸窣声,鼠们的巉巉利齿仿佛在

墙上的名字

黑暗中闪着森森的亮色。突然,腿那儿一沉,一个活物沉甸甸地压着,尔后一颠一颠,往上移来。是老鼠?我寒毛直竖,想喊,想爬起身来狂奔,把这脏东西甩掉。却没动,根本不敢动,喘息也给吓憋住了。肥鼠仍在爬行。腿、腹、胸。像一只软软的重球,一路滚上来。隔着厚厚的棉被,仍依稀感觉到它利爪的挠抓。蹭到我的头部,不动了,是小憩片刻?它们几乎蹲着,一会儿,又直立起身子,仅用两后腿支撑着,踩来踩去,换着脚,不知是跳舞还是干吗,有过了一阵,它竟在我的额头上跺了跺脚,开溜了。

平安无事了,我长长地舒了口气,抽紧了的连针头也扎不进去的肌肉这才松弛下来,"咚咚咚咚……",自脚向头,又一只肥鼠狂奔了过来,全身像被小鼓槌密密地有节奏地敲打了一遍,好像它是演奏流行曲的乐鼓手。接着,又有第三只、第四只……我们的床是沿墙一溜,硕鼠们把这当作锻炼身体的百米跑道了。

天亮了,妖魔们隐去。揉着惺忪的睡眼,我们向男生们诉说夜间的惨状。隔壁男生的遭遇与我们一般。

夜夜如此。姑娘们红润的脸渐渐失去了血色,失去了笑容。因为有了我们,老鼠们一天天肥硕、猖獗;因为有了老鼠,我们多了许多烦恼和纠纷。

肥皂盒被啃了,塑料包、塑料鞋被啃了,衣服口袋通了,只因里面放了一粒糖块或几粒药片。鼠们饿疯了似的,逮到什么啃什么。每晚,我们都在一片咀嚼声和霍霍磨牙声中睡去。

丽丽少了五元钱,王燕少了双尼龙袜,你猜疑我,我猜疑她,搅得多日不宁。一日,从鼠洞里扒出。五元钱已撕成碎条,而尼龙袜却叠得方方正正。一只作垫,一只当被,六只未睁眼的小老鼠偎伏着它们正酣然大睡。

天天挨日子。老鼠们又加紧了攻势，与当年抗日一样，开展了地道战。地面上的出口与时光成正比，窟窿全都通往地底那个巨大的四通八达的鼠总司令部。洞大得吓人，能把脚陷进去，在屋内行走，竟玩起了"格房子"。见我们好欺，鼠们长膘长也胆，光天化日之下竟也敢出洞抢食。

至今，我仍清晰地记得贾青青那张泛着绿光、惊吓过度的脸。

贾青青是个北蛮子、假小子，几年造反更锻造出一副铁姑娘的心肠。对老鼠们的日夜骚扰，她常义愤填膺，赐以国骂。一日，忍无可忍的她，终于抬起无产阶级的铁脚，向一只招摇过市的老鼠踏去。岂料硕鼠"唧唧"一叫，调转头就钻进了她的裤管，顺腿往上一窜。她"啊"一声短促的呐喊，极瘆人地张着嘴再也发不出声来，只见她举起拳头，对着自己的大腿根狠狠一拳。"扑通"，一只肥鼠七窍流血掉了出来，抽搐一阵，不动了。

贾青青怔怔地好一会儿，嘴角乱颤，又说不出什么，眼神散散的，像看不见东西。我们大叫大喊，她听而不闻。我摇她、晃她，掐她的人中、虎口，全无反应。

突然，她也"扑通"一声仰躺下去，两眼上翻，口吐白沫，口中"哦、哦"地似哭似诉，后脑勺一次一次撞击地面，浑身抽搐。

吓坏了的我们赶忙叫来了医生。贾青青从此留下了病根。

"蓄之既久，其发必速。"姑娘们同仇敌忾，奋起抗争了。

一天傍晚，我替王燕打来晚饭，用饭盆扣好，去参加政治学习。待回屋，桌上已是一片狼藉。饭盆倾倒，十几只鼠团团围住，

墙上的名字

又刨又蹬，大嚼大嗾，见我们到，才噘嘴抖身恋恋不舍地退出战场。

又气又恨，我们动了杀心。把剩饭一古脑倒桌上，用根筷子支起只脸盆，再栓上根绳，绳的一头捏我手里，大家全缩回自己的床上，静候着鼠们的再次光临。

鬼精，这些家伙，只围着饭菜兜圈子，可谁也不踏入危险区，只用爪子拨拉些饭粒吞下。近处的没了，拼着命伸爪子去够远处的，可身子就是不挪。还时不时瞅我们，百倍警惕。

大眼对着小眼，我同样警惕百倍，绳子都捏出了水，

"哼，看谁斗得过谁！"

五分钟，十分钟……一只鼠终于抵御不了诱惑，一步一停地靠近了饭堆。

"叭"，脸盆扣倒，鼠们一哄而散。

扣到了没有？女生没人敢掀盆，男生们自告奋勇来料理后事。

王卫平将脸盆在桌上像推磨似的转，只见一只黑爪不时地出现在盆边，挠来挠去。哈，我们逮到了一只。小男子汉们用老虎钳夹住那只小黑爪，把肥鼠拎出了脸盆。他们在鼠身上浇了些松节油，划了根火柴，便把它交给了雪地。

晶莹的，毛茸茸的雪地上，一只浑身着火的黑家伙在团团乱转，分外地刺目。它狂窜着，顺着墙角在屋前的一块空地上一圈一圈地打转。不一会儿，火灭了，升起了淡黑色的烟，四下里飘着焦糊肉的臭味，我甚至听见它身上脂肪烧出的"吱吱"声。

"点天灯啦！"

"纸船明烛照天烧！"

欢呼声在雪地里蹦蹦跳跳。鼠还在跑，一圈一圈，一步一步，

速度缓减了下来,突然,它不动了。过去瞧瞧,已成了块焦炭。连忙掉头,我不忍再看。品尝了报复的快意之后,留存心间的只有一丝惆怅。杀戮毕竟是残忍的。

当夜,仍恐怖。死一只鼠太微不足道。我们依然只能将头深深地缩在被筒里,继续忍受着肥鼠们的压迫和戏弄,哀叹人类力量的微薄与渺小。

墙上的名字

过 年

"小孩巴过年"这话一点没错,少小时候,谁不眼巴巴地盼着有吃有玩有新衣穿的"年"快些到呢?

腊月二十,大人们就开始忙年了。杀鸡宰鹅,腌鱼腌肉,厨房里飘着肉香,砧板整天奏着交响曲,剁了肉又剁鱼,做成丸子,滚油里一氽,一海碗一海碗装上,留着过年吃。小脸盆、大钵子盛满了包子馅,萝卜丝的、马齿苋的,豆沙的,端到食堂请大师傅加工,变成一只只香喷喷的大包子。舂糯米粉是件艰巨工程,糯米泡上一夜,拎到舂坊去。一窝小石臼,一根木桩子,两人踩水车似的伏在桩子上,脚一踏一松,木柱子一提一落,"嘭""嘭",把泡酥的糯米捣碎了,然后舂了筛,筛了舂,一遍又一遍。年前舂坊的生意特别忙,常常早上排到中午,中午又到天黑,这任务总落到放了寒假的我们这些孩子身上,想到年初一大早就能吃上粉粉糯糯的大元宵,又甜又香,万般无奈也就忍了。

年三十,七碗八碟摆上桌,一年中最丰盛的一顿。我们堂而皇之地与大人平起平坐。坐高椅上高桌,拣最爱吃的猛下箸。

吃罢年夜饭,大人并不叫守夜,早早打发我们去睡觉,其实睡不着,听着院外噼啪的爆竹声,惦着妈妈夜半的犒赏——每人一包杂果点心。一觉醒来,懵懂中又记起,手便在枕边乱摸,碰着了才又踏实睡去。

年初一一睁眼,保姆、外婆边替我们换新衣,扎小辫,边千叮咛万嘱咐:今儿个忌口,不吉利的话万万说不得。于是姐妹几人排着队在父母房门前高声唱喝:"爸——爸——妈——妈——新——年——好——祝——身——体——健——康!"爸爸妈妈满面堆笑忙不迭得回:"你们好,你们新年好,祝学习进步天天向上。"一年中也就这一次,有来有往,好不开心。

拜年的来了,"恭喜恭喜",你来他往,络绎不绝。妈妈在客厅里早早备好了几色果盘,瓜子糖块,谁来都喊:"请,请,请。"客人们异口同声:"吃,吃,吃。"其实都象征性地动动嘴。我们匿身隔壁窥视,自己的一份,早去了爪哇国,只等妈妈转身送客,闪身进屋,拈几块开溜。妈妈总纳闷:没见客人吃,这盘子怎么又见底了?

下午仍拜年,我们闲着无事,抢着跟外婆淘气:"外婆,说个故事给你听,从前有个财迷的土财主,大儿子起名元宝,二儿子起名高升。过年了,老财主叫了声:元宝——,仆人答:出去了;高升——二儿子正下楼,答:下来了。老财主一气,翻了白眼。"外婆又好气又好笑,奈何不得。

"年"年年过,童年无忧无虑的热闹年怕是不会再有了,那些鲜活的片段场景却永远镌刻在我的脑海中。

墙上的名字

四岁那年,我的冰凌花

随父亲从南方迁至南京,那年秋天我四岁。

新家安在江苏路小河边的一幢小小巧巧的二层木质楼房中。

油漆斑驳的一弯木楼梯,盘旋着从二楼通向绿色茵茵的草坪。小河终日流水汩汩,四周菜地一畦畦,金黄色的菜花随着秋风起伏,片片粉蝶上下翻飞,很有点田园风光的味道。

转眼就到了冬天。门外的小河长出了一层亮壳,房檐倒挂下山羊角样的小冰凌柱,根根晶莹剔透。窗玻璃上盛开着一片冰凌花,块块有图案,朵朵不同样。

"嘿!这朵好美,一个、两个、三个……一共六个瓣。"

"这朵是我的!"

"这朵是我的!"

每天清晨,我和姐姐揉着惺忪的眼,光着脚丫子就扒着窗户看冰花,太新奇了。

冰凌花一朵一朵，洁白透明，莹彻无瑕。仔细瞧，一朵冰花，含无数块结晶，每个面都折射出熠熠的光，亮人眼。

看得迷了，痴了，就伸出小手去抚摸，噢，冰花开在窗外。

玻璃上的寒气缕缕沁入手心，呵口气，搓搓手，再用指去描：花瓣、花蕊、花骨朵……渐渐地，有棱有角的冰花变圆润了、模糊了；再一会儿，一朵瓣融了，又一朵。这时，冰花哭了，一小粒一小粒亮晶晶的泪珠顺着玻璃缓缓地滑落下来。

终于，冰花消失了。

想第二天拥有更多的冰花，入夜，我和姐姐把大杯小碗统统搜罗来，灌大半清水，一溜溜摆满窗台。悄悄许下愿，合上眼做个好梦。一觉醒来，骨碌翻下床，就去看种下的花。啊哈，真神奇啊，冬的世界。杯中、碗中冰花怒放，一朵挨一朵，一串联一串，像从瞬息万变的万花筒中看到的图案，让人眼花缭乱。

大寒天的无聊，在于困守户中。我和姐姐的世界，是窗户上的冰花与窗户外的风景。一个窗口一幅画，透过冰凌花看到的画。

小河两岸的蒹葭被冰箍住了腰身，血脉不畅，看上去营养不良，枯黄干涩，只残留下少许绿色，在北风中晃来摆去；路旁的法国梧桐光秃秃的，又单薄又寒酸，立在严寒中瑟瑟发抖；下雪了，树杈处戴上了顶顶白帽子，枝干镶上一圈银边，顿时雍容华贵起来；菜田、草地覆盖了厚厚的棉被，白茫茫一片，强光穿过窗棂隙缝处胀人眼痛；一位老奶奶，佝偻着身子，挎着一只与身体不相称的大竹篮，天天清早踏过小木桥，在楼前转悠：

"油条——"

墙上的名字

"油条——",
吆喝声悠悠扬扬。她也嵌入画中。

她又黑又瘦,一张脸皱成核桃壳。着件大襟灰袄,围条粗布围裙,头上的方巾像天蓬朝外冲出老远一截,遮住了额头深深的纹路,像个狼外婆。每天,她弯腰揭开竹篮上蒙着的白笼布,递上几根油条。或是天寒,或是出锅时间已久,油条与奶奶伸出的手一样干巴、揪缩。一起身,钢镚儿就在奶奶的围裙口袋里蹦达,叮叮咚咚响。

透过玻璃看去,一朵朵洁白美丽的冰凌花缀在卖油条奶奶的脸上,头上,身上。她那黑皴干皱的面孔,方巾下滑落的稀疏银发,笑口中的零星黑洞都似罩上了一层朦胧的、柔和的、滋润的光泽。离去前,她都要跟我和姐姐打招呼,嘴里嘟嘟哝哝,不知说些什么,混浊眼睛里微漾的笑意,似噙走了窗上的一朵冰凌花。

一天,早餐桌上没有油条,"油条、油条"的叫卖声也一直没有出现。直到中午,老阿姨从外面回来,告诉我们,卖油条的奶奶死了,死在公共厕所里,就在小河边。

人们发现她躺在茅坑旁的水门汀地上。大竹篮倒了,油条滚落一地,人早已僵硬。估计她清早出门卖油条,去了趟厕所,地面有水,结了冰,滑了一跤,就没能再站起来。

老阿姨说她是个孤老太婆,没有亲人,全靠自己卖油条糊口。老阿姨叹道:还不知谁来给她收尸、送终哪。我和姐姐瞪圆了眼睛,死亡,对于那时的我们来说,既遥远又陌生。摇晃着老阿姨的衣下摆,央求她带我们去那个厕所看看,她死活不松口,说

"晦气"。

抬眼朝我的冰凌花望去，正午的阳光正沐浴着它们，花儿蔫了，萎了，一朵一朵坠落在地。玻璃上蜿蜒流出了小溪，一道道，曲曲弯弯，滴滴答答。

冰凌花天天开，天天败。
窗外的风景日日有，日日变。
可卖油条的奶奶再也不会入画，再也不能入画。
几许黯然，几许惆怅，留在了我四岁时的记忆中。

墙上的名字

我的大款朋友

认识小方时，小方已是个大款。小方夫妇从广东飞来，下榻金陵饭店，我的妯娌与他们是相识多年的朋友，约了我一块去看他们。大家谈天说地，颇为投机。并不觉这对款爷夫妇有炫耀夸富的劣性，以后便你来我往，常有接触。

小方夫妇的开销用度，按我这个工薪族的眼光，自然是极尽奢侈之能事。小方爱玩车，私家车六七辆，什么林肯、沃尔沃、奔驰500、奔驰600……换着开。小方收藏手表，世界十大名表都集齐了，什么百达翡丽、江诗丹顿、萧邦、伯爵……这些车和表的知识当然都是小方陆续灌输，原本我一窍不通。每每知晓一辆车、一块表的惊人价格，总让我目瞪口呆。几十万元一只表戴在手腕上不知是何滋味？真有此必要？小方太太对先生的兴趣颇有微词，小方则理直气壮地反驳：玩车玩表总比玩女人好。太太哑然。说来也是，小方除了这两大嗜好，不抽烟不喝酒不赌博不花心，这在南方腰包丰盈的大款中并不多见，算得上正派青年模范丈夫。

小方的事业正蒸蒸日上。他主要经营房地产，边盖边叫卖的楼有若干幢。目前他还雄心勃勃的投资办工厂、办教育。小方到底有多少钱，遇人不懂规矩地追问时，他总笑笑，不作回答。有朋友将他的动产不动产加起来毛估估，总有好几千万。但小方不满足，为追逐利润仍天南海北到处飞。他向我夸口，这辈子定要挣足一亿美元，我讥笑他，一亿人民币就不简单啦，"咱们走着瞧"，这是他给我的回话。私底下我常嘀咕：现今中国社会的"资产阶级"就是小方这些人吗？部分国家经济就是由他们来支撑的吗？

小方的成功发迹史其实就是南方经济腾飞史的缩影。政策好是关键，让许多如小方一样的有为青年有了用武之地。小方没有祖荫，没有外援，中学没毕业，16岁进厂当工人。广东开放搞活后，他跃跃欲试，先当了个体出租车司机，积攒了几万元后便做买卖，狮子滚雪球一般，十来年后有了今天的规模。小方人很聪明，头脑清晰，生意场上他进退自如，不卑不亢的表现，真让人看不出他只有中学文化，刚30出头的年轻人。小方的后天努力是显而易见的。有大学学历的太太说小方是自己调教出来的，这只是说笑。赞赏之余，想想港台大老板大富翁中，学徒、见习生出身，靠自己打拼获得事业成功的比比皆是，便也释然。

小方常与我聊些心里话，他说，别看我今天有些钱了，可十多年前我的梦想，只是巴望有朝一日，能住上一套带卫生间有抽水马桶的住房。他说，你别笑话，你们那时的理想肯定比我的高远得多，我把这定为我的终身奋斗目标。在什么山唱什么歌嘛，我能理解，我说。没想到的是，短短十来年，小方在多个城市都拥有自己舒适的住宅，卫生设备更是齐全先进，甚至还专门从国外订购了家

墙上的名字

庭桑拿设备。

今生不要孩子是小方夫妇的既定方针。我常笑话他们绝了后。小方却说：中国有句老话，富不过三代。纵观历史，的确如此。第一代艰苦奋斗；第二代坐享其成，好吃懒做；第三代腐化堕落直至败家。我如要孩子，就得好好教养他，子不教父之过。我现在根本没有时间，如只是留些钱给他只会害了他。将来我的钱随便捐给哪儿都行。想不到小方还有如此境界。

小方与一帮同样不准备要孩子的"同志"们成立了个"青草俱乐部"，他们自嘲：都是绝了后的，将来无人扫墓，坟包上定长满了青草。俱乐部的门楣已请大名鼎鼎的启功先生写就，只等房舍竣工开张。我们这些已有了"后"的，只能一边看热闹。小方说，想参加可以，孩子公用。

小方的人生热热闹闹，夫妻俩喜交友，每每有朋自远方来，钞票花得也不亦乐乎。小方说，做生意靠朋友，钱是朋友带着挣的，也就大伙一块儿花。我有两年未去南边，他们夫妇便打电话不断地请，说，朋友是要经常走动的，不走动就会生疏——这就是小方，我的"大款"朋友，一个新生代的生意人。

穿红着绿

买第一件红衣服的过程至今记忆犹新。那天与妹妹逛街，看中一件开襟毛衣，价格便宜，质量不错，但颜色只大红一种。想买又踌躇，这颜色我能穿吗？

记忆中，除去听凭妈妈装扮的年代，有了工资后自己置装，蓝与灰是主要基调，那是个令人窒息的年代嘛。有次和母亲外出，父亲跟在身后，回家告诉说，从背后看，根本分不出是母女。确实，那时的我，刚十八九，却穿上蓝色棉衣罩衫，下着藏青长裤，黑色大头鞋，脖子上再围一条烟灰色围巾，与母亲的服饰毫无二致。等市面逐渐鲜亮起来，自己已过了二十五，望三十上奔了，便觉得自己老了。

妹妹见我犹豫，再三给我打气：怕什么，江姐能穿你不能穿？是啊，江姐穿一袭丹士林蓝旗袍，外罩一件大红开襟毛衣，手抚短发，眼望远方，昂首挺胸，从容就义。这形象可是通过银幕与舞台永远在了我们这一代人的脑海中。顿时来了点阿Q精神：不错，革

墙上的名字

命先辈穿得，我也穿得，况且江姐年龄比我大。嘻嘻哈哈中买下了平生第一件红衫。

有了一，便逃不过二三。居然有同事说发现我特爱穿红。这些年，我穿过红T恤、红绸衬衣、红连衣裙、红风衣、红棉中褛……不光红的，还有各色鲜艳的衣装。岁数是一年年增长，衣着倒一天天鲜亮。

前不久，我看中了一条桃红底黑小点的灯芯绒高腰萝卜裤，想买又有些顾虑。红衫穿过，红裤可是开天辟地第一回，须有些勇气。记得我一位女友，七十年代后期被外交部公派赴法留学，两年后回国探亲，对我描述了巴黎着装的种种，对自己的灰大衣、灰西服套装厌恶透顶，说法国人称他（她）们是灰老鼠。她还对我说要去做一条粉红色的长裤。当时这话，惊世骇俗，我不啻像遇见了外星人。她瞧着我惊得合不拢的嘴，忙补充一句：出国再穿。时隔十多年，居然我也想尝尝穿红裤的滋味，便自己说服自己：凡事都有第一遭，若不抓紧，这辈子恐再没机会。一咬牙买了下来。

招摇了多天，没人对此表示异议，倒有几个小伙子认为此裤不错，恐怕同事们对我的穿红着绿早已习惯。家居苏州的女作家赵玫一日来机关，她是第一个惊讶之人："啊呀，你穿红裤子！"随后又端详片刻说，"其实不错，你可以穿。你穿什么都挺好。"听到这话，当然不免沾沾自喜，回过头来，我倒是挺认真地开导她说：你也可以穿。能穿什么颜色，什么款式的服装，其实全在自己。脑子里没了禁锢，就什么都可以穿了。

如今的大街上，人人穿得体面漂亮，姑娘媳妇不必说，连男同胞也披红挂绿，那满眼的姹紫嫣红，哪像是在万木萧瑟的严冬？退回十年，能想象有今天吗？！

紫金文库

吃的记忆

记得小时候，外婆常操着浓郁的苏北家乡话戏谑我们："你们这些丫头呀，五（武）上不能，六（禄）上不中，七（吃）上用功！"

那是个饥馑的年代，肚中少食，加之馋虫天生长在小姑娘肚中，所以我们整天脑瓜子里只有一件事——吃。

清晨，背着书包，踏着蜿蜒的青石板小道上学去时，最令我垂涎的便是小伙伴裤兜里的美味。

小伙伴老家在山东，爷爷奶奶惦记着饥肠辘辘的孙女儿，每年都寄来些花生米、熟地瓜干。花生米一粒粒硕大无比，嚼一粒便满口喷香。

那地瓜干的滋味至今令人难忘。金黄、透明、弯翘如一叶小舟。看着，就让人口舌生津，啃时，须牙齿与拳头摒劲，相持数秒，或者更长，方能拽下一小截。在舌尖齿槽中慢慢翻动，然后细

墙上的名字

细地咽下那糯糯的香甜。唉，真是美味无比。一小块地瓜干能让我们从家吃到校门口。慢慢走，半小时的路。

并不白吃小伙伴的美食，我也常从衣兜里掏出自己的零食进行交换：一两块喂鸡的小豆饼，几粒名叫"酵母片"的药丸。后者是一种助消化的药，味略酸带甜，是从妈妈的药瓶中偷偷倒出来的。它成了零食，颇有些饮鸩止渴的意味。

刚入学堂，下午常常无课，作业远没现在小学生那样繁重。我和小伙伴便自由地驰骋在"吃"的世界中。

我们像李时珍那样遍尝百草。从花吃到果，从果吃到茎。

美人蕉、炮仗红，摘下花一朵，吹喇叭似的插入口中，吸吸看，嘿，根部有蜜，沁甜！翠绿肥嫩的酸酸草，灰灰菜，青丝丝，酸兮兮，又是别样风味。不信可嚼嚼看。

金灿灿的油菜花，随风摇曳着它们颀长的腰肢和颈脖。拗断一截，掐花剥皮即入口，脆生生，清凉凉；

未成熟的麦子，摘一麦穗，一粒粒去壳抛入口中，使劲嚼。浓浓的麦汁带着麦腥味流入喉管，嚼到最后，麦粒成了一块面筋，夹在拇指与食指间把玩，可吃可玩；

最甜的要数棉桃了，得刚结果呈青色的才行，成了褐色的里面就是棉花了。一次在同学的再三推荐下，我鼓足勇气才将这硕大的家伙纳入口中，满满一嘴，艰难地转动着嚼。涩味过后便是清香，很持久。那一次，我足足嚼了一下午，成了渣渣还舍不得吐去。真是罪过。

男生们胆大花样多，什么火烤蚂蚱、烟熏知了，偶尔也让我们尝尝。他们吃荤，我们吃素。我以为素比荤好吃。

如今我的女儿也是小学生了，比那时的我还高出几个年级。我买回家的零食，她常挑剔：这太硬，咬不动；那太甜，不爱吃。每每气得我忍不住要对她进行"忆苦思甜"：想当年你妈妈我……

望着她大惑不解的神态，又怕她说出"没饭吃为何不吃肉"之类的蠢话。无奈，只能时常发些九斤老太式的感叹。

墙上的名字

桃园守望

1966年夏季,山雨欲来,学校放了暑假,将蠢蠢欲动的革命小将遣散回各地,我回到了父母居住的小城。

文革在北京已进入煽风点火、层层发动阶段。小城尚平静,但浓烈的政治火药味已让小城的学生们血液沸腾,心跳加速。

邻居中几个和我差不多大的女孩儿提出"要走与工农相结合的道路",主动与郊区园艺场联系,利用暑假去义务劳动。我妹妹也在其中。

身为小城"父母官"的父亲,对即将降临到自己头上的"革命",缺乏足够的想象力,对女儿的倡议倒是热心支持。他要求我一同去。

那天,烈日当空,父亲推着自行车亲自送我。极不情愿的我撅着嘴跟在他身后。

通往市郊的公路上板车、卡车川流不息,透过呛人的黄尘、喧杂的噪声，父亲一路耐心地对我说了许多话，归纳起来就一句：希望我今后多多自觉磨炼。这是从小到大的第一回。父亲总是忙，平日里对我姐妹的过问都只是寥寥数语。

妹妹和小伙伴们住在园艺场的一间仓库里。窗户被钉死，半屋堆着杂物，两人钻一顶蚊帐。

夏夜，暑气熏蒸，蚊虫肆虐，难以入眠。园艺场没有浴室，一天臭汗下来，只能从半里路外的食堂端些热水揩身。三餐在食堂排队，难有荤腥。我常抱怨，妹妹和小伙伴们却笑口常开，歌声不断。

她们神采飞扬地说：

"我们就是来找苦吃的。"

这就是我们那个时代的年轻人。那年妹妹十三，我十四。

园艺场分配我们去看守桃园。

桃园坐落在一片山坳里。只只成熟在即的水蜜桃被报纸袋套着，沉甸甸地压在枝头。

四周翠山环绕，空寂清幽，唯有小鸟的啁啾声，山泉的叮咚声与三两放牛娃的吆喝声，很有点武陵桃源的味道。

活儿轻，我们常坐在草地上，谈理想、谈抱负、谈各自喜爱的书籍，其乐融融。没有丝毫灾难迫在眉睫的预兆，更没有想到这个暑假我们竟就此告别了课堂，在漫长的"运动"中蹉跎了青春，直到十几年后才重新拾起课本。

渐渐，我习惯并喜爱上了这"晨兴理荒秽，带月荷锄归"的劳动生活。

墙上的名字

一天夜晚,一位小伙伴被草丛里的毒蛇咬了,腿迅速紫黑粗大起来,送进医院她已昏迷。这成了我们"革命行动"中最悲壮的一笔。

小伙伴被救活了,毒蛇的毒液却残留在了她的血液中,从此她有了癫痫,几年后,她在苏北军垦农场为此失去了年轻的生命。

不少知青作家写过许多青春无悔,革命无悔的文章,而我对那段生活以及小伙伴为此付出的生命代价,始终没有作过任何是非与价值的评判。

那是一段历史,是今天的年轻人恐怕已无法理解的复杂历史。我想,它决不能以简单的对或错,值或不值来下定论。

二十多年,道路崎岖,人情冷暖,人疲惫,心更疲惫,但守望桃园的情境却像一副清凉剂时时慰藉着我的心灵:依着桃树干,叼着青草梗,嗅着桃果香,望着远山近水,内心里一片澄静与满足。现代人忙忙碌碌,悾悾惶惶,终日竞逐于名利场中,还有多少人能体会这东篱采菊的田园之乐呢?

大锅饭

二十多年前出校门被分配到煤矿当工人。煤矿全名：南京煤矿建设工程团。清一色的部队建制，支部建在连上。连长、指导员由刚出"熔炉"的转业干部担任。营长、教导员以上的大多是"一颗红星头上戴，革命红旗挂两旁"的现役军人。

十多万工人乱哄哄涌到"江南煤田"，吃住皆成问题，那时强调"先生产后生活""学习大庆干打垒"，便因陋就简，住芦席棚、简易房，吃大锅饭，过军营一般的生活。

起初并不吃大锅饭，食堂管理混乱，伙食价高质次。有一回还让工人们吃了老鼠粥。一大锅粥卖完了，才发现一只硕鼠被煮得皮开肉绽躺在锅底。当场呕声一片，工人们差一点儿狠揍那炊事员。不久，工人中有民谣传唱煤矿"十大怪"，其中两则便是唱炊事员的。一怪：炊事员长得比猪快；一怪：香肠当作裤腰带。都是讽刺炊事员多吃多占的。

墙上的名字

部队首长下令改吃大锅饭,和真正的战士一样,每人每月工资扣除12元作伙食费。从此大家安心,饭菜管饱,官兵一样。

其实吃起来并不安心。快到开饭时,人们不断看表看天看日头,等不及吹哨打钟响广播。便敲着饭盆饭盒,兴高采烈,早早排队候着等开饭。生怕去迟了,饭尽菜光,委屈了自家肚皮。

大锅饭,一人只轮到盛一次,无论你飞快吞也罢,咽也罢,顷刻之间再去添,桶里、盆里必已干干净净。为免除惶急情绪,没几日,大伙的盛饭容器全改号了。改最大的一号。男壮工们甚至用上了小面盆。

起先略有荤腥,一荤一素。没几日,改一菜:雪里蕻炒豆腐干,顿顿一贯制。告之伙食费统统买了粮。每月每人45斤的供应粮仍不够吃。说来也怪,大锅饭就是香,日日咸菜就米饭,从没人觉得单调、腻味。来了客人,也狠狠揿上一大饭盒招待,大嚼之后也都觉得开胃很香。难得有桶蛋花汤,工人们便围着汤桶,提着勺排着队,口中念念有词:"顺边插底,轻拿快提,中间还须停一停。"据说这口诀是无数次实践中总结出来的,放之四海而皆准的真理,唯有一丝不苟地按此口诀操作,才能从清寡寡的汤中捞出些货真价实的内容。

大锅饭吃了月余,工人们都像发了酵,一个赛似一个长肉。脸圆了,肚凸了,胃口更大了。到后来,每人每顿没有一斤米无论如何不够吃。再后来,伙食房告急,严重超支,难以为继。首长只好下令,再改回吃食堂。

呜呼,短命的大锅饭。

现如今还有大锅饭,体制上的,分配上的,虽说量少味差,不少人仍食之如饴,趋之若鹜。怪哉!

匮乏与过剩

漫长而又炎热的夏季降临了，饮料大战正如火如荼，电视、报刊、街头巷尾的霓虹灯广告牌、外加横幅大标语，无处不在告诉你今年该喝什么。

喝什么？雪碧可乐果茶粒粒橙椰奶刺梨汁仙桃汁苹果汁野葡萄汁哈密瓜汁蔬菜汁矿泉水……让人眼花缭乱，难下决断。女儿"卟"一声拉开易拉罐口，那么随意，那么漫不经心，每每喝不上两三口，嫌不合口味便弃之一旁。这时我总会生发出许多感慨。

记得我的童年时代，家里有一只大大的紫砂茶壶，外婆每天早早地往里灌满凉白开，等我们口渴时享用，那是最消暑解渴的饮品。

放学后我常去业余体校训练。训练完的营养餐偶尔会是一小瓶一角几分钱的橘子汽水，这无疑是玉露琼浆了。

墙上的名字

我一小口一小口地抿,舍不得一下喝光。甜津津的汽水要让它慢慢滑入口腔,流进肠胃。喝完后还要静静地等待那特有的打嗝享受:一股气从腹腔缓缓升起,然后直冲口鼻,带着辛辣的橘香。嘿,又奇特又惬意。

平时,下午训练热得口干舌燥,只能瞒着教练偷偷凑近水龙头匆忙灌几口自来水。后几年常下乡支农,收麦子割稻子,喝过农家煮的山茶汤、焦米茶,还喝过小溪、小沟里的清流水,都别有一番滋味。

七十年代,我在煤矿当工人。"文革"多年,国家经济被拖到崩溃的边缘,国贫民穷,到处都是物资极度匮乏的景象。煤矿方圆十多里地,只有一间十平方米左右的小店堂,这是我们一逛再逛的场所。

灰暗破旧的柜台上,摆着寥寥无几落满灰尘的商品,除了酒没有任何饮品。一次我看见一位农村大爷,用几只鸡蛋换了瓶二两五的劣质白酒,谁知小酒瓶从洗烂了的大褂口袋中漏了出去,摔碎在公路上,老人急白了脸,急忙匍匐到地,就着柏油路吮吸起来,看了真让人心酸。

煤矿卫生队的医生们在夏天常用药用小苏打、果酸加色素自制汽水,口味寡淡,还有股药味,但毕竟聊胜于无。

我动脑筋自制过"酸梅汤":倒上些醋,放点糖,用开水冲化,凉透便成了。还真挺好喝。我极力向同事们推荐,结果,一口"酸梅汤"就一口辣萝卜条,竟成了她们常用的"下午茶"。

市面上刚有可乐、雪碧那阵,易拉罐是稀罕物,自己舍不得买，每有饭局，总千方百计省下一两罐带回家给女儿品尝。女儿也当宝贝儿似的，空罐子都舍不得扔。

　　不知从什么时候起，饮料竟大大地过剩起来。这几年，改革初见了成效，百姓腰包鼓了不少。商家们便绞尽脑汁，想方设法大赚其钱。层出不穷的新饮品摆满了大小商店层层柜台，饮料开始一箱一箱地进入寻常百姓家，大伙跟着广告，尝了这种尝那种，可饮品还是过剩。媒介曾报道，过期的，成箱成箱被销毁，快到期的，竟被送往福利院。

　　可能是因为我这样的人多了。我像原地兜了个圈，开始拒绝任何饮料，无糖、无色素、无热量、无任何添加剂的凉白开，对于营养和脂肪均有些过剩的我来说，才是最佳选择。

　　还是喝凉白开好！这也算是一种返璞归真吧。

墙上的名字

哦，香椿

偶听同事说起昨日餐桌菜肴——香椿头炒鸡蛋，瞧她津津有味、余香未尽的样子，极羡慕的我咽下了满满一嘴口水。

从不去菜场，与先生有界线严格的分工：他主外，我主内。这回破了例，勾起肚中的馋虫了嘛。在家门口的小菜场细细地寻觅，连旮旮旯旯都搜寻到了，就是未见香椿头。

记得小时候，家中院子里西墙根竖着两棵高高大大的香椿，不知何人栽，不知多少岁。每到开春，爸爸总要采摘下一些极为细嫩的芽头。吃法嘛，不外两种：把香椿头切得极细，然后与鸡蛋拌在一起，锅里放上多多的油，用文火把鸡蛋香椿炒熟；再一种就是先用滚水把香椿头一烫，然后切碎挤干，盐、味精、麻油一拌即可。爸爸多数吃后一种。

从小耳濡目染，再加之舌尖品尝，那味儿怪怪的香椿头，对我们姐妹几个小馋猫来说，便从闻不惯到吃得香了。

爸爸极有君子风度。他只用根细细的竹竿，绑上铅丝钩，亲自动手够摘嫩芽，每次只摘下七八个头，从不多摘。

他不让我们动手。怕我们粗手重脚折断了树枝，伤了树。

那么一点香椿头到了盘中，真正成了一小撮。我们还算懂规矩，不大敢伸筷子。

守着两棵大香椿树吃不上香椿头，我们姐妹几个大有些愤愤不平。

许是爸爸的爱护，两棵香椿便疯长起来，每年一两丈地往上蹿。没几年，几个毛丫头只能望树兴叹了。

大概是感激父亲对它们的关怀，抑或是怜悯我们的嘴馋，两棵大树显了灵，竟像竹笋那样，在左右隔壁的土里冒出了不少新枝。

爸爸小心翼翼地移了几株到前院阳光充足的地方。小树长得也快：与我们一般高、超出一个头，然后又和我举起的胳膊等齐。总之，那个时候，采摘香椿头是非常非常便利的了，只要爸爸出差，我们便把嫩芽一网打尽，大饱口福。

初中离开了家，到南京住校。春天回不去，香椿头也吃不着了。

一次逛街，发现南北货商店里竟有腌制的香椿头，阔叶粗茎，大约有六七寸长，已不能算是头了。

这能吃吗？试试看吧。我称了些，回起就泡饭，竟也嚼得动，还有些许香椿的香味，也算解了一回馋。

回想在家中我们只摘采最嫩的尖儿，实在太奢侈了。慌不迭将

墙上的名字

这个信息传递给妈妈,让她和阿姨春天把爸爸食用过尖儿的"下脚料"采摘下来,腌好,等我回去享用。

从此,我家香椿头的利用向其深度和广度迈进了一步。

为了香椿头,没少跟别人吵架。

曾在一个小山沟待了不少年。每年春风一吹,满山的槐花开了,白白灿灿的一片,可就是没有一株香椿。北方出身的同事便海吹起用槐花烙饼、做汤的鲜美。

老听别人吹,便有些不甘心,加之对久违了的香椿头的垂涎,便不知不觉吹起香椿头来。只可惜应和者甚寡。

一同事撇着嘴说:

"臭瘪子味。"

"香得很!"

"臭瘪子味!"

"就是香得很!"

写着香椿,又觉清香满口。

文章就此打住,明日早起再赴菜场,了却今年相思债。

吃在花果山

谁都知道连云港花果山是美猴王孙大圣的故乡，那儿会有什么好吃的呢？至多不过有些酸涩的毛桃而已。其实不然，待我在花果山走过一遭后，才知道原先的想法大错特错了。

汽车顺着新修的盘山道绕行，放眼望去，花果山的植被极为茂盛，遍山树木，郁郁葱葱，触目皆绿，很是养眼。一路看过去，花果山真是一座有花有果的宝山啊：山上有国内最著名的竹中珍品金镶玉竹。天然的嫩黄色的竹竿上，每节凹进一抹碧绿条。层层错落相间，像手工绘出一般，颜色却永不脱落。邮电部曾发行过一套《竹子》的特种邮票，第二枚就是此竹。花果山还有古奇虬曲的"高龄"青松与翠柏，树龄都达千年。有红色的赤松林，有女贞树、油桐、茶树、杉木、木槲等树种。光果树就有：板栗、苹果、山楂、甜梨、山桃、蟠桃、杏子、柿子、樱桃、葡萄，还有稀有的古银杏树。

墙上的名字

顺着山径漫步，看了水帘洞又看三元宫，时值金秋，漫山遍野，撞进眼帘最多的是高大森绿的板栗树，串串带刺的栗子包远远近近地挂在树上；黄灿灿熟透了的柿子颤巍巍地吊悬在枝头，红彤彤的山楂果，与绿叶相间，分外耀眼。看着这些果实，不禁羡慕起猴头孙悟空来，它能一个跟头翻上枝头采摘品尝。

在半山幽静的禅院歇脚，热情的主人端来山茶和山果让我们品尝。茶，是长在花果山高海拔处的云雾茶，香浓、清醇。许是走累了，渴了，又太好喝了，我喝了一杯又一杯，像牛饮。果有葡萄、花红与青桃。葡萄甘甜汁多，花红青翠香甜，那最不上相的青桃，外观远比不上无锡白里透红的水蜜桃那般诱人，可一口下去，却清香满嘴，汁多肉嫩，全都是地地道道没上过农药的"绿色食品"，味道就是不一样。难怪美猴王浑身有通天本领，原来从小垫底的营养就是它们。

山中的餐厅，供应的是土生土长，就地取材的"山珍"。大家兴趣大增，看着一道道的美味端上来：蕨菜、金针、地皮、木耳、松菇……扑鼻的香味让我们馋涎欲滴，食指大动。

人说花果山是个好玩的去处，我说花果山也是个好吃的地界。玩在花果山，吃也在花果山。在改革开放二十年的今天，人们的生活水平大幅度提高后，谁不希望生活的质量也能不断地提升，能吃上健康、营养、美味，无污染的纯天然绿色食品呢？！

广东的吃

一次去广东,某单位请吃早茶,竟定在春寒凛冽的清晨七时,说迟了没座位。

我碰到过这样的尴尬,略去迟了些,店堂里便人满为患。

聊天的,谈生意的,全家老小一起出动,大人笑孩子闹的,要点心需添茶的,闹哄哄,像要把屋顶掀了盖。后到的人纷纷采取"盯桌盯人"战术,瞅准哪桌空盘子多,便"紧迫"过去,一人背后贴一人,候着开第二桌。真是站的人焦躁,吃的人窘迫。

夜幕降临,华灯初上,大小饭店更是火爆。红男绿女,川流不息。从七八点直吃到午夜,晚餐连着夜宵。

街边稍稍简陋些的小酒家,墙外立着只只炭炉,炉火正红,咕嘟咕嘟冒着热气的陶罐,向空气中散发着令人垂涎的香味,招徕着过往行人,这是广东人最讲究的"煲"。店门旁常竖只大桶,不少响尾蛇毫不关心自己的处境，盘着身体在桶里睡大觉；不断充着氧的玻璃水缸里，大龙虾张牙舞爪，石斑鱼贼眉鼠眼，饕餮之徒们指到哪，刀手便杀向哪，令我们这些"北佬"大开眼界也大开胃口。

粤菜着实丰富，天上飞的，水中游的，地下爬的，无不能入菜。

近年来，吃的品种更向其广度与深度进军。据报载：广东某市开发新品种，吃蝙蝠、癞蛤蟆、蚯蚓、蚂蚁……吃者甚众，皆交口称赞。

我在广东尝过孔雀肉、猫肉、果子狸……一次饭桌上有盆蒸鸡蛋，极似吃惯了的家常菜，谁知鸡蛋下深埋无数条"虫尸"，百节百爪，纤毫毕现，令人毛骨悚然。我拒绝入口，广东朋友则大快朵颐，咀嚼中偷闲告诉叫"沙虫"，稻田里的一种虫，高蛋白。不敢领教。

一次某大款做东，席中有拳头大小的鲍鱼，告之此菜价值两万余元，平均每人一只，约两千元。瞅着那黑不溜秋的家伙，我使劲用刀切，用牙咬，不知是否烹饪功夫不到，竟如同嚼块橡皮。弃之可惜，咽之无味。两千多元一味菜！我边吃边冒小家子气：天哪！真是浪费，还不如买礼品送我。

傣寨飞出金孔雀

在西双版纳州的景洪市，傣族女作家帕罕领我们去参观傣寨。远远看去，那是座大寨子，黑压压的瓦脊一道挨着一道，高高低低的飞檐像一群凌空展翅的燕子，很是壮观。

走到眼前才发现，这只不过是个不超过二十户人家的寨子。寨中心有座宏伟的寺庙，庙后是僧人住的傣楼，四周才是百姓的住家。一座紧挨着一座的傣楼占地还是太奢侈了。在内地，一座傣楼的面积足可盖一座点式楼，外加一个小小院落。

那傣楼并不是印象中的竹楼，而是用木柱或砖砌成柱撑起的木楼。大大的屋顶伏趴着，上面覆盖着小小的圆瓦，梁、檩、椽都取用木材，与汉族的大屋顶很相似，只是较简陋与粗糙。傣楼下层圈着猪，拴着狗，透着风；小木梯拾阶而上，便是宽敞的阳台与住房。

傣楼里几乎见不到男人与年轻姑娘，只有老年妇女和孩子。我们轻声询问：能让我们参观参观吗？谁都笑容可掬，用勉强听得懂的汉话说：请、请看。

经济状况是有差别的。富些的人家有组合家具、自行车，甚至有摩托车、煤气罐。贫穷的人家，还在用火盆，几块砖架着锅。

有一家与众不同，板壁最显眼处挂着两只相框，里面各夹着四五张彩照。一位甜美的小姑娘单人或与他人在不同的地方留影。我问嚼着槟榔的大婶，这是谁？她微笑着，很自豪地说，她女儿，跳孔雀舞的，在文工团。都说傣族姑娘美丽非凡，我不由地多看了几眼，的确。

正逢我国最大的橡胶农场——景洪农场50周年场庆，省城昆明来了歌舞团，慰问战斗在割胶第一线的职工们。我们以客人的身份被请去同乐。大幕打开了，报幕员通报：舞蹈"雀之灵"，由梅花奖得主、国家一级演员、省优秀青年舞蹈家表演。

只见茂密葳蕤的大榕树下，一只通灵的小孔雀，透过朦胧熹微的晨光，正随着天籁般的笛声婆娑起舞。她那婀娜的身姿，修长的玉臂，灵活的肩、腕，会说话的明眸……一切的一切，是那样的曼妙、绰约、恍如天人。我不错眼地看着这只小孔雀，舞得实在太美了！

天亮了，太阳出来了，一束金色的追光打在了小孔雀的脸上，啊呀，这不就是傣家竹楼照片上的那位小姑娘吗？正是她！

版纳——这块美丽的土地，出过刀美兰、出过杨丽萍，如今又出了这只美丽的小孔雀。

在景洪市城东的孔雀酒楼，我们边品尝傣家饭菜，边欣赏傣族姑娘的歌舞。帕罕告诉我，这些姑娘都是寨子里普通的农家姑娘，没受过什么训练。可她们都清一色的窈窕娟秀，能歌善舞。那孔雀舞的一招一式，同样的婀娜翩跹，有专业水准。惊叹赞美之余，不由又让人想起了那已见不到年轻人的傣家寨子。

　　这里是孔雀的故乡，膏腴葱翠的土地养育了多少美丽的小孔雀。她们下了竹楼，出了村寨，去市里、州里，去昆明、北京，去了全国各地。我们的近邻江阴市的傣家饭店里，就有一群这样的小孔雀。是改革的时代，为她们提供了如此多的机会；是改革的时代，让我们有幸欣赏到众多孔雀的舞姿。

墙上的名字

解　签

　　煦春的茅山，游人如织。山顶的道观，更是人山人海。几道殿被挤得水泄不通，拜神的香火点燃后竟轮不着插进香炉里，只好委屈地沿墙堆着，高高的像座火山。两个小道士尽职尽守地握着橡皮水管，不停地朝香火上喷水，以防失火。形成的滚滚浓烟染黑了小半天空，不明就里的人准能吓上一大跳。

　　道观中殿又称三茅殿，塑有东汉元帝时人茅盈、茅固、茅衷三兄弟的像。后殿供奉的是茅氏三兄弟的父母双亲的塑像。道教中历来有：一人得道，鸡犬升天之说，遑论三位得道者的父母大人呢？后殿中挤满了人，都是在求签。

　　只见一蓬竹签插在一只竹筒中，交十元钱，可从中任取一支，并不需要摇晃。大概这样能够提高效率，抽出的签上标有数字，守候一旁的道士按号头从众多木格中取出一纸。纸上印有文字若干，若要解签，再交上五元钱，给张票去殿的另一头排队。

解签的道士已上了些年纪，大约五十大几了，微胖，富态，他高高地坐在一张木柜后，像升堂判事的县太爷。求解签的人们依次在柜前列队。人不少，倒也井然有序。周围的人都说，观里就这位道士解签解得最好。我立脚旁听，不一会儿便忍俊不禁，这位道士还真是位幽默识趣之人啊。

只见胖道士问一奶油小生："一签一问，问什么？"

小生张口结舌，不知问什么好。

胖道士一摆手：

"快想！下一位。"

后排一位小姑娘挤过小生递上签，大大方方地说：

"问婚姻。"

胖道士接过签端详了一会儿，回答：

"今年能结婚。下一位。"

这么快？我为姑娘不平，花了十五元钱，也该多说几句呀。谁知姑娘倒不介意，高高兴兴地走了。歪立在一旁的奶油小生仍在吭吭哧哧，还是不知问什么好，陪同一块来的人插嘴：

"他问事业。"

胖道士白了他一眼：

"要自己问。"

小生得救似的跟着说：

"问事业。"

胖道士缓缓地晃着头答：

"做事呀，要有计划性，你要根据国家的方针政策制订出自己的计划，踏踏实实，从小事做起，一步一步去实现自己的计划。你嘛，能干好的。太久远的事不要去考虑。前不久，一位省里领导来我这里，我也是这样对他说的，国家也不过订个五年计划嘛，太远的事等于瞎操心，白费劲。"

这番大道理。出自一个头系发髻，身着道袍的道士口中，总让人觉得滑稽想笑。轮到了一位老农，他开口：

"问命运。"

胖道士抢白他一句：

"这么大年纪，也学小青年，问什么命运？你打算再活一辈子？怎么没问婚姻呢，还打算讨小老婆？"

人群中爆发出一阵哄堂大笑，胖道士朝旁听的我们撇撇嘴：

"你们看，头发都白了，还问什么命运。"

"命运"二字，胖道士是尖着嗓子说出的。大家又一阵笑。胖道士对老农说：

"你该问问健康，没病没灾，儿女孝顺才是福。"

老农赤红着脸，蚊子哼地挤出了一句：

"就问健康。"

道士拿着签看着说：

"最近三两年没有大病。小病要去看，和子女莫作气，好好过日子，你还有不少年的福好享呢。"

又挤上来一对年轻农民夫妇，问命中有无子。道士看了他们一眼，对着签左看右看，告诉说：

"签上没说你们有没有儿子，不过孩子倒是会有的。要计划生育哟。家去要孝顺公婆，抢着干家务。"

这是对媳妇说的，接着又对儿子说：

"地里的活要多干些。"

听着听着，胖道士的每一句解答，都变成了劝善，什么"不义之财不要取""邻里同事要和气""上孝父母下爱弟妹"……

突然，胖道士停了口，他拉开柜子的抽屉，只见满满一抽屉的解签票，他向四周的人拱拱手，说：

"各位稍候勿躁，讲了一下午，憋死我了，容我去解个手。"

说完一溜烟走人。人群中又传出阵阵哄笑。看来，后殿解签处，是茅山道观中最有趣，最值得一观的风景。

墙上的名字

失窃记

会看手相的朋友说我命中无财,似乎是管钱财的手纹缺了口,钱从那儿漏掉了。得知这个判断颇为不甘,但这些年来发生在我身上的"故事",不由不让人又信了几分。

大大咧咧、马马虎虎加之不会骑自行车的我,每日在公共汽车上站桩,给贼提供了极好的操作机会。

不知有多少次,打开挎包找钱夹,里外翻检,最后把包包里的鸡零狗碎稀里哗啦一股脑儿倒出,还是不见钱夹芳迹,这时的我,定会倒吸一口凉气,心脏猛一抽搐:糟糕,又遭窃了!

可恶的窃贼,个个业务娴熟,技艺高超。拉开我包包的拉链,夹走钱夹,在复包于原样,竟不让我有丝毫的察觉。

记得一日到编辑部不久,突然接到个陌生人的电话,声称在路旁的一棵行道树树洞里看见了我的工作证,正孤零零地躺在那儿,便试着打来电话问问。

树洞？工作证？真是一头雾水。

忙叫电话那头的人等着，自己去翻挎包，才发现钱夹与工作证不知何时不翼而飞。

我对打电话的人千恩万谢，请他务必帮忙把工作证收好，待我下班去取。一定面谢。

下班后七拐八弯，好不容易找到那地那人，却被告知，放下电话他便回树洞去取工作证，谁知工作证已失踪，不知又落入何人之手。悻悻然，还得赴报社登报声明遗失。

俗话说：魔高一尺，道高一丈。

连连被窃，只得采取对策：首先钱夹里再不见大票，只留下些零碎钱供日常开销；再就是钱夹改变形象，从精美型向廉价普通型转换。

一次去邮局汇钱，付汇费时把钱夹中的硬币都抖将出来了，谁知一转身，钱夹还是被偷了。被偷的次数多了，涵养便修炼了出来。不急，不躁，想想小贼面对一只空空如也的廉价钱包时的尴尬与沮丧，还能开心的笑上两声。

曾听过一个好笑的故事：一个贼在上海繁华的南京路窃得一只钱包，里面没有钱，只有工作证一张。贼将空钱夹连同工作证塞进了邮筒。邮局通知失主去取。失主打开钱包，居然发现了一纸小偷的留言：南京路是有钱人逛的地方，你没钱穷逛什么？！

嬉笑后竟觉出上海的贼比南京的贼还讲些"职业道德"，你偷钱就偷钱，把人工作证扔进树洞干什么！？

又一次，兴冲冲带女儿去体育馆观看美国摇滚歌星演出。刚挤上公共汽车，便觉肩上包包被扯了一下。高度警觉的我忙把挎包转到胸前，不好，包盖已被掀开。慌忙去摸钱包，松了口气，还好，

墙上的名字

仍在原处。但少了什么？手在包包中摸索着查找，噢，一只袖珍望远镜不见了。匆忙中，贼定是逮到什么就是什么了。

对自己的大马虎深恶痛绝，但总也改不掉。同事们戏谑：你要是有一阵没丢东西，反而不正常了。

真是不可救药。如这是命中注定的，也只好由它去了。

紫金文库

季节随想（二则）

春　夜

吃罢晚饭，突然想下楼走走。

习习晚风带来了春的气息，让人有"春衫乍着心情好"的感觉。暮色四起，华灯初上，现代都市的繁华这时才更现颜色。习惯了夜生活的都市人像蛰伏了一冬的昆虫，展筋舒骨纷纷现身。金碧辉煌的厅堂里，华服丽人，裙影发风，栩栩欢悦；极具情调的幽暗烛光下，红男绿女，言笑晏晏，把盏交觥，到处弥漫着纸醉金迷的气息。

随心在街边溜达，不经意，竟邂逅了少时彼此心仪的男友。目光中透出惊喜，嘴角上弯着微笑。几句轻轻的问候，竟一时无语，便慌慌道别。

同居一城，数十载未遇，今日之见，岁月给各人都无情地留下了印记。细想，都市人终日在红尘中滚打，为利禄劳心劳力，疲于奔命，亲人渐疏，好友日少，让人扼腕。

温馨的记忆与微醺的春风一同拂面，心，蓦地漾起了融融的柔意。那过去了的岁月才是我们的好时光，浪漫而纯情，诗一般皎洁。十七八若即若离的情愫，一个眼神，一次战战兢兢的触碰，都让人心跳不已，遐想数日。然而那时通体学生味、文艺腔，要面子，装清高，终无了下文。

月色如洗。

一轮望月正高高地俯视人间，空望那美满令人无端地感到嫉妒。生活中能有几多圆满，残缺或许才是生活的本质？无怪乎："人有悲欢离合，月有阴晴圆缺，此事古难全"成为千古绝句。

夏　花

暑假，携女游山。万绿丛中，一枝金黄色碗口大的花独立山阴，突兀、醒目，女儿兴奋地拉我奔至花前，细细观赏。

大花四个瓣，每个瓣独立成章，又是一朵小花。花瓣呈三色：乳白、嫩黄、鹅黄，逐渐向外过渡。花蕊枝枝翘立，是炫目的金黄色，从四朵小花中探向东南西北，那么热烈、恣意。

静静地观赏着，突然对"怒放"一词有了深切的体会，太贴切了，一个"怒"字，赋予了此花活泼泼的生命动感。

女儿问及花名，我不知道它的属科及学名，只知俗称"打碗花"。

花，艳得灼人；蝉，噪得变调；夏，浓得化不开。好一个"打碗花"，真正的夏季之花。

　　记得印度诗人泰戈尔曾说过："愿生如夏花绚丽，死如秋叶静谧。"这是一代泰斗对生命历程的极高企盼。

　　夏季之花，一定是所有季花中，开得最灿烂夺目、最淋漓尽致的花。

　　人的生命，宛如一场开花的过程。结蕾、含苞、初绽、盛开、花谢、花落。

　　夏花的境界，该是我们追求的人生境界。做好开花前的积累准备，使生命充实圆满。愿我们的生命之花开得更美，更艳、更持久——

墙上的名字

激动人心的一瞬

因缘际会,我参加了景洪农场建场四十周年的盛大庆典活动。

景洪农场位于祖国的西南边陲——西双版纳。新中国成立以来,为"屯垦戍边""建设边疆",祖国各地的有为青年,一批批来到这块被称为"瘴疠之区"的土地上,他们栉风沐雨,披荆斩棘,积四十年之辛劳,把这块蛮荒之地变成了今天郁郁苍苍、层林叠翠的橡胶林海。

景洪农场如今已成为国内屈指可数的,以生产天然橡胶为主,农、工、商综合经营的大型国有企业。

特邀来参加场庆活动的客人多达千人。其中有在这块土地上战斗过的老干部、老农垦战士,北京、上海、昆明、重庆等地的知青代表。许多当年的知青,带着妻子或丈夫,带着自己的孩子,自费踏上了这片难忘的土地。

一天晚上，农场举行职工文艺会演招待来宾。我和首都新闻界的朋友们坐在了第一排。

大幕拉开了，有边疆风情浓郁的歌舞。那满台炫目跳跃的色彩，热烈欢腾的喧阗，让人领略了兄弟民族能歌善舞、骁勇奔放的天性；有用朗诵词串联的组歌表演。那高亢激越的歌声、铿锵有力的动作与队形，保留了不少"文革"文艺的遗风，让人忍俊不禁，联想多多。

有一个表演唱节目，姑娘们手持鲜花，边唱边舞，一声声：欢迎当年知青回版纳，欢迎亲人返农场。歌声中，姑娘们纷纷跳下舞台，把鲜花献给了我们。我们慌慌地解释：弄错了，我们不是知青代表。可姑娘们又返回舞台了。

演出在继续，一位中年男子手拿竹板上了台，一开口，竟是"数来宝"。这久远的节目形式，纯正的北京口音，使人恍然觉得时光倒流了几十年。

是位北京知青在表演？再瞧他半新不旧的中山装，满是皱褶还沾着些泥巴的旧皮鞋，双鬓泛霜，满面沧桑的模样，又分明是位当地的农垦职工。

突然有人附耳细语，要我出让手中的鲜花。忙把这冒领的令人尴尬的鲜花递出。鲜花传到了一位应邀参加场庆的北京知青代表手中。他是位高大的、同样两鬓星白的中年男人。只见他三步并作两步跑到台中央，把鲜花献给了表演者。

两人怔怔地对望着，哽咽着，突然，他们张开双臂，相拥在了一起。这时，台上台下静极了，人们默默地给这对二十年后重逢的知青战友行注目礼。

片刻，全场响起了雷鸣般的掌声，许多人为他们留下了热泪。

墙上的名字

在这一瞬，他俩都想到了什么？

是当年出力流汗的艰苦岁月？是胶林后山上几十座永远沉睡的知青坟茔？是二十年前大返城时依依惜别的挥泪场面？还是二十年后再见，人物皆非，未语泪先流的锥心感觉？

当年的十万知青，来了又走了，留下的寥寥可数。

可无论将来历史怎样评说，知青们在这块土地上，流过血流过汗，奉献了青春，甚至生命。

这里的山峦，这里的胶林，这里的一切都不会沉默，它们都将永远向人们诉说着知青们不可磨灭的建树和功绩。

夜深了，万朵礼花开放在景洪农场的上空。

那返城或留守边疆的知青们，多像那四射的礼花啊，在他们各自的岗位上，迸发出自己的光和热。

他们是今日社会的基石和栋梁。

我在心里默默地为他们祝福：愿他们的明天更美好！

雨中观古驿

春日，蒙蒙细雨，我们一行，撑着伞，徜徉在高邮盂城驿新复原的十大景点中。到处都湿漉漉的，有着上百年高寿的银杏树和新栽的行道树叶都像水洗过一样，鲜嫩干净得发出光亮来，让人忍不住要多看几眼。走过两个新建的广场，我们来到古运河边。如雾如烟的水面上，氤氲的水汽缓缓升腾，小桥、亭阁若隐若现，在杨柳枝条随风飘拂的映衬下，像极了一幅水墨画。

新恢复的古运河码头，层层石阶延至碧水中。块块青石板，道道刀凿印，历史的年轮都刻在了那些凿印里。所有石板都从高邮百姓家征集而来，却像定做般契合。

古运河码头西侧有一段青砖墙，它从容地走过了风起风落的漫漫岁月，百年未倾。我伫立在青砖墙前，猜想：它一定曾与院墙内的房屋一样，坚固气派，仪态万方；它一定曾身上铺满过娇艳的蔷薇或夕颜花，与主人一起敞开院门笑脸迎客；它也一定曾挺起胸

墙上的名字

膛挡住乱箭与飞弹,保护主人度过兵荒马乱的动荡年月。它冷眼旁观,看运河水潮起潮落,看朝代权柄与房屋主人不断更替。一年又一年,风霜雨雪,它苔藓斑驳,残缺破碎,浑身透着苍凉悲伤的岁月痕迹,摇摇欲坠,奄奄一息,可始终没有坍塌趴下。如今,它仍挺立在运河边,却又重新焕发了青春,被填补整修加固,还增加了高度。它是历史的见证,成为古驿新复原的十景之一,被命名为:百年风雨墙。

百年风雨墙,见证历史沧桑。百年来,青砖墙见识了多少船来人往。想当年,古运河曾是最繁忙的水路。高邮包括邻县兴化,都是全国著名的粮食产地,南来北往的运粮之船、商旅之船,在这儿拢岸。挑夫们踩着石阶,喊着号,一担担、一包包的粮食等货品被运进了对面的同福粮行和其他商行。运河码头也是最热闹最繁华的街市,茶楼商铺林立,百姓熙熙攘攘穿行。在人群中少不了牵着马的差役,他们是后街上盂城驿站里的囤养夫。平日里,他们都会牵着硕马去东南方向的饮马塘饮水,最多达五六十匹。一旦上峰有令,驿站差卒便随即背负公文袋翻身上马,策马扬鞭奔赴下一个驿站。

青砖墙还一定见过一位年轻书生,借居在柳荫禅林后方的柳泉草屋。天亮,他会从它身边走过,去后街盂城驿站当差;傍晚,他又会从它身边转回,来到码头。他常常在大树下、酒肆里与贩夫走卒、引车卖浆者们闲聊拉呱,谈古论今,为日后的文学创作收集民间素材,他就是我国清代赫赫有名的大文学家蒲松龄。

青砖墙后街的盂城驿站,就是蒲松龄当差的驿站,地址在高邮市南门大街东。现在它同样赫赫有名。中国的邮驿制度从二千多年前秦始皇统一中国后就建立了。高邮盂城驿始建于明朝洪武八年,至今已有 600 多年的历史。它是中国邮驿的"活化石",是目前全国规模最大、保存最完好的古代驿站。不过现尚存的息厅、敞厅、后厅、秦邮公馆门楼、驿丞宅及监房等建筑都为清代重建。盂城驿 2014 年被列为"世界文化遗产"。

雨,渐渐大了。

春雨像细丝,密密斜斜地织着。透过薄薄的水帘看古驿站高高的鼓楼,看驿站乌黜黜的一片屋顶很是壮观。鼓楼是驿站用来值更报时,站岗瞭望的,它还有报捷庆典的功能。鼓楼有上下三层,高达四丈三尺五寸,是盂城驿标志性建筑。听说它巍峨的身影上过中国邮票。

雨天参观人不多,我们在厅堂和庭院里踱步,听讲解员的介绍,也听春雨顺着屋檐流淌的滴答声。按明制,主要邮路上一般是每隔 10 里设一邮铺,次要邮路则是 20—30 里不等。驿站,有点像如今高速路上的休息站。盂城驿是我国古代南北大动脉——京杭大运河上的一处重要驿站。不过古时驿站的功能,主要是政治与军事上的,它是递送仪客、运输军需的机构,是古代官办飞报军情的机构,更是确保政令上传下达的机构。盂城驿厅堂挂有两副楹联概括的非常准确:"中学置驿交通利;天外飞鸿顷刻来""消息通灵会心不远;置邮传命盛德留行"。

康熙十年,30 岁的读书人蒲松龄应同乡孙蕙的邀请到高邮担任盂城驿驿幕,官九品。他在任时间虽不长,但著有《高邮驿站》呈文及多首反映高邮的诗篇。回乡后,他完成了流传百世的《聊斋志异》,其中与高邮有关的作品有 4 篇,《巧娘》《伍秋月》《蒋太史》和《于中丞》,这些故事都是他从高邮民间文学的土壤中得来。

古驿站在历史上就常常与文人骚客发生关联。折柳含泪十里相送,长亭揖别难分难舍的场景在古驿亭外不知上演过多少场。陆游写过"驿外断桥边,寂寞开无主","红叶晚潇潇,长亭酒一瓢。"出自唐代诗人许浑的《秋日赴阙题潼关驿楼／行次潼关逢魏扶东归》一诗,同是唐代诗人韦应物写过"落帆逗淮镇,停舫临孤驿"的诗句。古时交通艰难,在途的旅人,不是赴京赶考的学人,就是贬谪流放的官员,驿站是他们途中唯一宿营地,也是他们抒发乡愁,一吐心中块垒的地方。因为驿站,文学史上留下了许多名篇诗作,这是人们没有预料到的驿站的又一附加功能。

紫金文库

四合院学校

　　驶过高楼耸立、车水马龙的街道，穿过正举办运动会你掷我跑的操场，我们来到启东东南中学校园内一处四合院前。此处如此静谧，丝毫听不见马路和操场的喧闹。院前有池塘一洼，花草树木几丛。秋风吹起，碧水粼粼，桂香阵阵，一座石拱桥横跨，连接着四合院的大门。四合院有三进两院落，白墙青瓦，80多间屋。草长瓦楞，苔藓上墙，园中还有高大的银杏、梧桐与榆树，都印证着岁月的流逝。信步院内，从容安详的气息始终包围着我，与簇新摩登的整座城市相比，这里没有浮躁。

　　四合院曾是学校。一所非同一般的学校。

　　位于长江与黄海、东海交汇处的启东，只有短短两百年的历史，这里曾是茫茫大海一片。滔滔江水奔腾东来，裹挟着泥沙，长年累月，积沙为洲。清代以后，沙洲逐渐成片，生长为新生的陆地，造就了启东。启东人民登沙种清、围圩造田、开渠拓荒，逐渐把荒沙野滩改造成万顷良田，真正是沧海桑田。二十世纪初，清末状元、南通籍著名实业家张謇创办了通海垦牧公司，在启东沿海筑堤围垦。为了让拓荒农民子女有求学的场所，他又创办了"垦牧乡高等小学"，用现在的话讲就是农民工子弟小学。他仿照北京民居建筑的样式，建造了我们眼前的这座四合院。当时这座学校规模比现在大不少，有平房5排，楼房一幢，另有其他辅助用房共计上百间。规模之大，设备之齐，建筑之考究，在当时的启海地区可谓首屈一指。1922年学校正式开学，张謇先生做了演说，并手拟了"体农用学，合群自治"的校训，还为学校创作了校歌。

现在四合院门楣上的匾额是郭沫若先生在1962年为东南中学所题的词：东风永健。可惜的是，当时没有找到合适的匾额，就将张謇手书的校训覆盖，现在郭老题词下还隐约看得见张謇先生苍劲有力的笔迹。

1938年3月，日本军舰在南通天生港登陆，南通沦陷。南通师范流亡避难到此，侨借四合院继续办学，时称"通师侨校"。直到1947年，历时10年。

1942年2月，日伪军屡屡对苏北抗日根据地进行扫荡，粟裕率领的新四军一师师部转移驻扎在通海垦牧公司。这座四合院又住进了新的队伍——新四军一师教导队。后粟裕师长、三旅旅长陶勇等经常来学校宣传抗日，召开军事会议，检阅抗日队伍，进行军民联欢，并在此创办了抗大九分校。

抗大，全名：中国人民抗日军事政治大学。1936年在陕北瓦窑堡成立，当时叫"红军大学"，卢沟桥"七七事变"后更名，是中国共产党培养抗日军政干部的学校。学员从八路军连排骨干中抽调和在大中学校学生中招募。毛泽东兼任教育委员会主席，林彪、罗瑞卿为正副校长。1940年抗大五分校在盐城抗日根据地成立，陈毅兼校长与政委。刘少奇经常到五分校讲课。1942年由五分校派人帮助九分校创建。九分校先后有600多名师生学成奔赴抗战前线。

试想一下，那时，在这座四合院里，同时并存有三所学校。垦牧小学、通师侨校、抗大九分校。小学生、中学生、大学生共存一处。

试着推推被锁住了的教室门，耳旁仿佛还能听见当年小学生们的琅琅读书声；走进三进院的两层小楼与长长的盥洗池前，好似看见师范女生们正在洗脸洗衣，银铃般的笑声越过阳台上晾晒着的衣衫，与院内的树啊、草啊交流着；而抗大学员们慷慨激越的抗日救亡歌声，更是吸引着所有学生，在这座四合院上空久久回荡。

这里恐怕是全国唯一一所曾三校共存的学校。

四合院的西南角设有粟裕纪念室，陈列了粟裕当年率师挺进苏中、转战启海、创办抗大九分校的有关图片史料。对这段历史我饶有兴趣，我的父母都曾是抗大五分校的学员。可我对他们的经历所知不多，只知抗日战争烽火燃起，他们离开校门，走进抗日队伍，他们是在抗大五分校内相识相爱的。查看资料时我推算他们应该是一期或二期的学员。

四合院现在的主人东南中学，于1947年冬迁入。东南中学成立于抗战胜利前夕的1945年8月，是共产党在启海地区创办的第一所中学。粟裕、陶勇、钟期光、梁灵光等许多革命前辈曾在这里进行革命活动。当年许多学子受他们的影响，走上革命道路。如今的启东东南中学是一所省重点中学。而这座年轻土地上的古老四合院因见证了历史，成为重要的爱国主义教育基地。

一所了不起的四合院学校。

墙上的名字

礼社古镇

未到无锡玉祁，从不知有个礼社古镇。其实礼社已有了八百年的历史，它的老街建于南宋淳熙年间，是个名副其实的江南古镇。

礼社除了老街，还包括前巷、后巷、刘庄等八个自然村，新中国成立后一再更名，什么"礼社大队""东风大队"，难怪外人很少知道礼社古镇。

江南鱼米之乡，历来人杰地灵，百姓崇尚读书，耕读传家。历朝历代，状元、探花不知出过多少；就是今日，两院院士近乎百人，为全国前列。小小的礼社镇，竟出过我国著名的马克思主义经济学家孙冶方、薛暮桥两位大家。还出过实业家、教育家、画家、雕刻家等众多杰出人士。如上海第三女子中学终身名誉校长薛正，她的铜像现矗立在学校的礼堂内。第三女子中学的前身是著名的中西女中和圣玛利亚女中。我很早就极仰慕中西女中，因为我知道它是宋氏三姐妹的母校，还是张爱玲的。

古镇礼社在清嘉庆年间为最鼎盛期，形成了九弄十三进的街坊布局。当时的一步两桥、廊棚驳岸、石板街道，极富水乡特色。1860年的太平军攻城和后来的抗日战争，许多街道、宅院毁于战火。随着沪宁铁路开通，城市工业品的入侵，江南地主与农民逐渐没落破产，礼社古镇式微破败，因为年久失修，残存的明清建筑大都摇摇欲坠。

　　礼社古镇修复工程无锡玉祁镇政府总投资五千万元，去年一期工程结束。我们踏入的，正是整修过后的礼社古镇。

　　礼社老街的入口，已没有多少古建筑存留，不宽的水泥道旁是一幢幢江南小镇常见的两三层小楼。小瓦黑、院墙白，到处干干净净，宅前道边绿化郁郁葱葱，一幢小楼的西墙上覆满了碧绿的爬墙虎，煞是清凉可爱，引得我们个个驻足欣赏。

　　礼社老街的居民三三两两站在街边观望，年轻人衣着适时，老年人快乐健康，到处充溢着江南小镇的富足与闲适。

　　一座精致的小院吸引了我，翠绿的树梢越过雪白的院墙，大红对联喜气洋洋贴在不锈钢大门上。上联：和谐安康好日子，下联：人财两旺美生活。十足礼社人家富裕生活的写照。我忍不住掏出相机拍了起来。一位大爷悄悄对我说：这是我家。很是自豪。我由衷地赞叹：你家很美。

　　小广场新恢复了古戏台，殿宇式的大屋顶，雕龙画凤，飞檐翘角，花窗精美，颇为壮观。四时八节，乡邻们聚集到此，胡琴锣鼓一起响起来，咿咿呀呀，听听旧戏文，看看连本戏，好不快乐！鲁迅笔下的赵庄戏台是在水边，人们撑船去看社戏。不知旧时礼社的戏台是否也在水边？玉祁镇陆阳镇长介绍说，过去礼社镇旁有十三条小河蜿蜒，通向京杭运河。12岁的孙冶方就是乘着小船离开家乡到四十里外的无锡求学的。礼社古镇的二期修复规划里,将要恢复九潭十三浜风貌。

薛暮桥与孙冶方的故居均已修复,都被列入了省文保单位。薛家是礼社镇望族大姓。薛暮桥原名薛舆龄,孙冶方原名薛萼果。两人是堂兄弟。孙冶方兄弟四人,名字的最后一个字加起来是:栽培林果。多么务实。孙冶方后成为经济学家,他的二哥薛明剑(薛萼培)成了实业家、教育家,实现了他们定国安邦的抱负,我想这与他们父母脚踏实地的教育是分不开的。

礼社老街不长,不到两百米,一家接一家的铺面,挂着红灯笼,颇喜气。营业的不多,不少店铺上着新漆的门板,说明来旅游参观的人还不多。两家理发店,一家杂货店,都有少许客人。一家铺面大开,一位老者在屋内练毛笔字,很热情地招呼我们进去欣赏。一笔一画的正楷,画笔圆润,结构疏朗,写得很不错。满墙都挂着他的书法作品。礼社人是有文化底蕴的。

跟随陆镇长穿行在古镇的大街小巷,他如数家珍地一一介绍着:这是"九十九间半"、义庄、茧行、永善堂……虽岁月沧桑,礼社古镇许多代表性建筑遗址还清晰可辨,这些都列入了礼社古镇的二期修复规划中。不久的将来,这座有着深厚文化积淀和人文传承的古镇会以更加完美的面貌向世人展示。

大美万佛湖

（一）

一个"美"字，写尽了青山绿水环抱之中的万佛湖。

走过、看过许多湖，可面对万佛湖浩浩渺渺的一泓碧水时，仍压抑不住内心的悸动。

万佛湖，年轻的湖，原名龙河口水库。五十年前汇集了晓天河、乌纱河、龙潭河之水以及崇山峡谷中千万条溪流，形成了如今容水8亿立方米的大湖。其中有一条溪流来自舒城、桐城、庐江、潜山等县境内的众山之祖——海拔1539米的万佛山，而湖中的几十个岛屿宛如众佛拜观音，山水相映，故更名万佛湖。

中午从南京出发，傍晚就立于万佛湖大坝上。安徽舒城离南京仅三小时的路程，这里却仿佛另一个世界。

墙上的名字

极目远眺，湖岸蜿蜒曲折，一个岬角连着一个岬角，形成一个又一个美丽的小曲线、小湖湾。碧绿的湖面上漂浮着一座座墨绿青翠的小岛。湖的四周，是栲栳山、中流砥柱山的余脉，那连连绵绵、逶迤起伏的群山，虽没有黄山、九华山的高峻挺拔之雄，却有重重复复、层层叠叠的形态之美。青翠的山峰，座座相连，肩肩相叠，数不清究竟有多少座山峰。山岚从树林中升起，云雾悬浮在山腰，极似一幅泼墨淡彩的中国画，让人目眩神驰。山恋着水，水恋着山，山水缠绵相依相伴。湖山湖水脱俗清奇，山景绿岛倒映湖中，50平方公里的湖面，300平方公里湖岸，犹如仙山琼阁，虚幻梦境一般。

微风拂过湖面，湖水推开涟漪，一层一层，在夕阳下泛着银光。远处突飞起一行白鹭，我的目光随它们飞往天际。绿色的山，绿色的湖，已升起炊烟的村庄也是绿色的。

深深吸进清新微带甜味的空气，置换出肺中的浊气，好惬意啊！久处闹市水泥森林，天天被各种废气包围的人，才会知道山野空气的珍贵。

夜幕降临了，我独自伫立在面湖的阳台上。初春的夜风还带着丝丝寒意，漂浮的乌云似乎把月儿也遮住了。夜色中的万佛湖更加静谧、神秘、充满了诗意。没有尘世间的嘈杂和纷乱，没有五光十色的霓虹灯带来的诱惑和躁动。远山成了黑色的轮廓，湖水没了阳光照射下的清冽、透明，变成黑幽幽的深潭。偌大的湖面没有渔火、没有桨声，偶尔树林中会传来无名大鸟的几声长啸，转瞬，一切又都陷入昏黑与无声的寂静中。死一般的寂静。可你的心静下来，沉下去，微眯上眼睛用心去倾听：风儿吹过松林，松针"嗦嗦"颤抖声；昆虫"啾啾"的歌唱声；山里人家的狗吠声；偶尔，也会有大鱼跃出水面的"扑通"声。身静心静感知天籁，一切并没有因夜幕降临而中断、停止，生命还活泼泼地生长着，有的，只是暂时的休息。

（二）

第二天，风徐日暖，春阳高照。

游船在柔软透明的水中滑行。我极目向湖底望去，听说水下有为筑坝淹没的两个古镇——梅河古镇与乌沙古镇。可我什么也看不到，除了深绿色的湖水还是深绿色的湖水。

沉睡在湖底水草中的古镇祠堂、寺庙，青石板铺就的街巷、店铺，雕梁画栋的徽派民宅，一切还安好吗？总有一天会开发湖底观光的吧，让魂萦梦系故乡的镇民子孙们来凭吊，让下游恩泽惠及到的人们来瞻仰？

身为舒城人的老作家艾煊曾写过："湖面轻盈，湖底沉重"的句子。五十年前修大坝时正值国家三年自然灾害，几十万人饿着肚子，用极古老的夯筑方法，硬是用肩胛挑出了这座世界唯一的"黏土大坝"，高75米，长1000多米，那要用多少汗水堆砌？！

老子说：上善若水。水之善，首在能润。

为润泽下游舒庐平原万落千村，梅河古镇与乌沙古镇的人民、修筑大坝的民工们，像以身殉道的英烈一样，做出自我牺牲以及献出自己宝贵的生命。

我们永远不能忘记他们！

（三）

都市人整日被"时间"这只狗追逐得气喘吁吁，你必须一路狂奔。时间前面是什么？是房子、位子、车子、票子——利益的最大化是当代人追逐的目标，攀比之心至死不会满足。没时间啊没时间！身心俱疲、焦虑万分的我们来到世外桃源的万佛湖，在青山绿水间，在晨钟暮鼓下难道还不能领会到些什么吗？碌碌红尘中走累了，疲惫了，不妨用全部感官感受大自然的声音，聆听幽深寺庙里传来的晨钟暮鼓声，这可能是让人性回归的最好声音了。

湖面上，野鸭成双成对在嬉戏、滑翔。

小舟一叶，渔人蓑衣斗笠，古风十足，撒网捕鱼，只见鱼儿在网中跃，肚白在光下闪，好美啊！

湖中岛上，万物复苏。

翠鸟枝头叫，竹笋根根冒，柳叶曝嫩绿，菜花呈娇黄。妃红的梅花，靛紫的翘摇草，姹紫嫣红，一片生机盎然。真美啊！

湖北岸的"徽萃山林"，临湖沿山而筑，是典型的徽派建筑。

飞檐斗拱、雕梁画栋、粉砖黛瓦马头墙，与碧水相映，太美了！

这么些点点滴滴的美，看似零碎、平凡、渺小，可串联起来，成就了万佛湖的大美！而礼佛、学佛能让我们走向生命的大美。

万佛湖的美，美在天然、原始、有佛性。美在"养在深闺人未识",辩证地看,这未必是坏事,它保护了生态,保有了这方净土。

这里是世俗尘外。

水往高处流

水，是人类不可或缺的生命之源，人们须臾也离不开它。可不知从什么时候起，它成了紧缺资源。

从小生活在长江边，日复一日，年复一年，只见滔滔江水滚滚东流去，从未有缺水的感觉和担忧。倒是有过数次抗洪救灾的经历，去江心洲帮忙转移百姓，巡查江堤。

我的父母都是苏北里下河地区人，祖祖辈辈生活在那个碟形洼地里，饱受涝灾之苦。老话说："走千走万，不如淮河两岸。"苏北平原曾经富饶繁华，800年前为阻止金兵南下，南宋守兵扒开黄河大堤，黄河水挟带亿万吨泥沙冲入苏北，冲入淮河，使洪泽湖成为"悬湖"，大坝越筑越高，一旦决堤，"方数千里、滔天大水""鱼游城关、舟行树梢"。蒋介石也开过黄河的口子，同样没能阻止日本兵侵略的步伐，只是让我的家乡生态更加恶化。记得小时候，三年自然灾害，家乡的亲戚常来家中，哭诉生活的艰辛。母亲每逢春节都要去邮局给许多亲戚汇钱。

翻开整个中国历史,简直就是一部治水史。从大禹始,几千年来人类从未停止过与水患抗争。在我省境内,号称"水上长城"的高家堰大堤屹立了两千年,范仲淹率民修建的"范公堤"挡住海潮,至今改建成了国道还在为民服务。清几代帝王频繁下江南,考察治河防水,历史上都有记载。新中国成立后,毛泽东发出"一定要把淮河治好"的号召,江苏水利人穷尽几十年的光阴,坚定地按着这个目标在默默耕耘。江都水利枢纽工程与苏北灌溉总渠就是他们交出的完满成绩单,如今的苏北大地,再也不会发生没顶的水灾。涝时,两大工程开足马力,向长江入海口排水;旱时,反向向长江要水,灌溉饥渴的农田。苏北平原又成了粮仓。

可我国是个贫水国家,水资源分布很不均衡,南多北少,我省也一样。这些年来,我走过黄土高原,走过宁夏西海固,路过只能喝窖水的村庄,看过龟裂干涸的田地与干渴的人们,我常为自己生在江南水乡而暗自庆幸。水资源的匮乏,制约了北方城市经济的发展,甚至危及到了人类的生存。天津、北京告急!

2002年国家南水北调工程正式上马,这是实现可持续性发展的一项重大国策。规划建设三条输水干线,从水源丰沛的长江调水,穿越淮河、黄河、海河三大流域,接连大半个中国,堪称世界上最大的水利工程。江苏是东线的源头。

自古长江向东流,自古流水往低走。近十年的建设,江苏水利人利用古运河、淮河以及几十年建成的水利网渠,从南到北,又建成一批大型泵站,分九级提水,硬是将长江水一步一步提升了40米,送出江苏境内,接着再分四个台阶,把长江水升高至60米,送往河北、天津、北京。真正让"水往高处流"!

墙上的名字

站在苏北灌溉总渠的大坝上远眺，自豪之情油然而生。浩荡的长江之水使古老的大运河重新焕发了生机，南来的拖煤船，北去的运粮舟，络绎不绝。水运目前还是最环保、最节约的运输方式。更令人惊叹的是大运河还建立了水上立交，完全按人的意愿，让清澈的河水在不同水位流向不同的方向，各不相扰。

江苏水利人说得好：要让人水和谐。南水北调的线路，成了江淮大地的水景走廊。我们一路走过：大运河、洪泽湖、骆马湖一直到徐州云龙湖，哪一片水系不是碧波浩渺，哪一片河岸不是绿树成荫水鸟翱翔？这里成了生态之地、景观之地，成了人们休闲娱乐的好去处。

江南有佳木

"江南有佳木，修耸入天插。叶如栏边迹，子剥杏中甲。持之奉汉宫，百果不相压。"这是宋代诗人刘原父咏叹银杏的诗句。银杏如同大熊猫、水杉一样，是现今极少见的古生物活化石，它属于古老的种子类第四纪冰川孑遗植物。

我喜欢银杏树，喜爱它的姿态，喜爱它的叶，喜爱它的果。

银杏树常被人称为"古刹树"，旧时多与寺庙有缘。有历史有来头的古刹前常有一左一右，一雄一雌两棵古银杏树护佑，它们高大挺拔，叶繁如盖，仪态端庄，静寂风雅。银杏叶片却玲珑奇特。细细的长柄，带豁口的半圆形叶片，如同一把把铁扇公主的小芭蕉扇。

从春到冬，银杏树多变善变。初夏，小绿扇后面挂下来一串串绿果子，似未成熟的绿葡萄；秋风刮起时，叮叮当当挂满枝干的是千千万万把金黄色的小葵扇，这时的绿葡萄变成了晶亮亮的黄果子，人们采摘下来用水淘去那敦厚的黄色果肉，里面白色的核就是银杏了，又俗称为白果。

我最爱暮秋里的银杏树林，那是一个犹如童话般的金色世界。随秋风起舞的金叶，像精灵们在舞蹈，飘飘洒洒，地上便铺上了一层厚厚软软的金色地毯；枝干仍悬挂的是一颗颗闪闪发光的金色小星星。金色的天，金色的地，比张艺谋的《满城尽带黄金甲》还要晃眼、梦幻。银杏的秋叶，是一种高贵的灿灿金色，丝毫不见将朽的败象。银杏树似竭尽其一年之中的剩余力气，拼得自己的最后辉煌。那是一种让人目眩神迷的辉煌，一种让人肃然起敬的辉煌。

原以为我省的银杏主要分布于泰州、苏州等地，却不知道徐州邳州市港上镇有一处占地500多亩的国家级银杏博览园，它是全国唯一的单树种国家级博览园。

"江南有佳木"。据史书记载，古时的"江南"并非现如今的长江以南，而是指广阔的长江中下游地区、淮海地区和赣江流域，按现在的行政区域划分，就是江西、安徽、江苏、浙江、上海一带。

参观邳州银杏园可惜不在深秋。初秋时分，日头依旧热辣，一踏入园中，顿觉满目清凉。空气中飘浮着清香，沁人心肺。那是银杏树干的清香，是一朵朵已镶上了金边的银杏叶的清香，更是那初长成的嫩果的清香。一排排、一棵棵高大的银杏树，伸展着枝叶热情地向我们打着招呼。邳州银杏园中最古老的树龄已近千年，百年的比比皆是。徜徉园中，邂逅了一株又一株有故事的老银杏树。

有一株名曰"抗战树"，它是一个树桩，两根并列的树干，模样奇特，但枝繁叶茂。传说抗战时期，这棵树被日本鬼子的炮火从根部炸断，却救了躲在树后作战的八路军战士。第二年，这棵树复活了，还长出了两根树干。所以后人称它为抗战树。我想，这棵树似乎象征了我们中国人民的不屈不挠，倒下一个，就会站起来两个。

还听到这样一个故事：有位秀才在银杏园中苦读，夜夜听见窗下有一男一女悲咽哭泣，天亮便悄无声息，秀才深感蹊跷，出门寻觅，只见窗下有一小沟壑，沟左右各有一株银杏树，一雌一雄，隔沟苦苦相望。秀才明白了，是这两株树因相拥不得而伤心。秀才发了慈悲心，用一根红线拴住它俩，从此夜晚再无哭声。再后来，这两株树的树根终于越过沟底大大小小的石块，紧紧地缠绕在了一起。成为地下的"连理枝"。它们被人们称为"联姻树"。

还有什么白果郎的爱情故事、观音树与曹操的传说、隐兵园的战争史话、彭祖长生不老的秘诀等等美丽的传奇故事，大大丰富了邳州银杏园悠久的银杏历史文化。500亩的古银杏姐妹园景区，已成为到邳州必去的旅游景点之一。

都说银杏浑身都是宝，具有极高的经济价值。银杏生长缓慢，老话曾称它为"公孙树"，是说爷爷种树，孙子收获。所以银杏木质细密优质，是工艺雕刻及制作贵重家具的上等原料。我记得自己刚结婚成立小家庭时就把父母家的银杏木砧板占为己用，一直用了许多年。现在有了嫁接技术，银杏结果提前了许多年，而且不再分雌雄，都一样能结果。

银杏果仁内含黄铜甙、银杏酸等多种成分，有抗结核、抗真菌、抑制癌细胞扩散的功能，据说长期食用还能延缓衰老，益寿延年呢。一到深秋白果上市时，我每日用牛皮纸信封装十一二粒放入微波炉里转几十秒，又香又糯的白果就吃到嘴了。

墙上的名字

银杏叶更为了不起，到目前为止已知其化学成分的银杏叶提取物多达 160 余种，主要有黄酮类、酚类、生物碱、白果醇等。德国从银杏叶中提取黄铜甙制成针剂药，临床应用于心脑血管类疾病，具有世界最先进水平，岂不知那是从邳州银杏树叶中提取的。邳州银杏园的经济效益不似泰州、苏州那样在于果，而在于叶，主要出口德国。邳州银杏为世界医学科学的发展出了力！

人生感悟几则

时　间

（一）

　　每到星期日，扬州瘦西湖公园后门外便有一文物古董集市，邻县四乡的文物贩子与收藏家们聚集在此，进行交易。小贩席地而坐，古董随手而置．没有招摇的广告牌，没有喧嚣的叫卖声。川流不息的人们默默地浏览、欣赏，悄声地讨价还价。我去过集市几回，那满地的文物古董，无不镌刻着时间的印记，乌黑锃亮的古壶、锈迹斑斑的香炉、绢黄墨残的轴卷——件件证明着历史。明朝的、清末民初的，甚至有宋、元的。时光飞逝，物存人亡，细想，让人心惊。古董的主人一茬茬接替，如今个个都远去了，像断线的风筝，像永不回流的河水。离开集市时总不免喟叹时间的无情,生命的短暂。人生奄忽,谁都将有逝去的一天,在世间即便赢得了一切,到头来,终归是一无所有。那些锱铢必较,万物皆想拥有的人们,从斑驳的古董上还不能领悟些什么吗?

珍惜光阴,珍惜生命。快乐、知足,能为人间贡献一份绵薄,才不枉为人一世。

(二)

一年又一年。

给别人的祈祷与祝福,在年前就统统批发了出去,属于自己的一份,看一眼便悄悄锁进了抽屉。对青春长驻一类的祝福,更是一笑弃之。早已没了过年的激情,剩下的是那年复一年淡淡如细流的闲适。

时间,是最公正的法官,不会对任何人特别地照顾和宽宥。"古今将相在何方?荒冢一堆草没了。"揽镜开颜,眼角便犹如春风吹过水面,推出层层涟漪。女伴们戏谑:哪个女人能经得起岁月的摧残?曾有人愿以任何代价来拽住青春,痴人说梦罢了。时光流逝红颜凋零换来阅历的丰富、处事的练达、睿智的思考和内在的充实,这何尝不是一种投资后的收益,不失为划算。

平静地接受时间的挑战,抓紧时间做你要做的事。当白发苍苍时能为有所收获而自慰,这算不算是一种积极的人生姿态?

人生感悟几则（二）

孤　独

孤独。

孤独的滋味不好受。那是一种空落落、悬悠悠，心无所系，身无所依，绝对无助的感觉。

孤独。

孤独不以人与人的空间距离度量，而以心与心的亲近程度定夺。如若我们终日挤在一处，却从没有心灵的沟通、情感的交流、友善的理解，你我彼此设障，相互提防，谁也不愿付出真诚，当然也不奢求真爱的回报。那么，哪怕我们置身于灯红酒绿的酒吧歌厅舞场，人满为患的车厢、街市，到处人声鼎沸，人人摩肩接踵，却也仍像一个孤零零的旅行者，在无边无际的撒哈拉大沙漠中苦苦地跋涉，那孤独绝望的滋味依然存在。

反之，如若我们寄身山野，以大自然为伴，一山一水，一草一木均会令人欣喜欢畅、趣味无穷；或，我们独居陋室，以书为伴，一章一段，一字一句都会令人拍案叫绝，连声喝好——只要我们身心均有所属，我们就永不孤独。

寻　觅

又到了换季的日子。

厚重的冬装高高的叠摞在椅子、柜子上，待洗晒收藏；衬衫裙子及一些与明媚亮丽的春日相般配的服饰却不知被塞在哪个角落，四处寻不着，于是翻箱倒柜，累得口干舌燥，四肢瘫软，再不想动一动。

丢三落四，性格使然。无奈，一年中总要这么折腾多次。

试想，人的一生也总在寻觅。寻觅自由，寻觅友谊，寻觅爱情，寻觅生命的真谛，寻寻觅觅，也常累得不想再折腾。

寻觅的目标在哪里？大千世界，苦苦寻觅，常没有结果。沮丧了，气馁了，可放弃了寻觅，又倍觉灵魂凄惶，生命庸常。人，不该放弃寻觅和追求，否则靠什么来支撑生命？它犹如一曲委婉的歌，一首温馨的诗，一个玫瑰色的梦，它唤起人们美好的憧憬，它激发人们璀璨的想象，它使人们拥有一个辉煌无比的梦境，它让人们相信，尽管寻觅的道路上充满了荆棘，可前面一定盛开着鲜花！

寻觅，一生寻觅。或许，到了生命的尽头，歌停了，诗尽了，梦醒了，我们仍一无所获，但可以相信一点：在漫长的寻觅道路上，我们决不会遗失了自己。

人生感悟几则（三）

独　处

能想象吗？

我独自一人在家。窗外下着淅淅沥沥的小雨，床头灯泻出柔柔的灯光，我拥坐在暖和的被子里，背靠松松软软的大枕头，捧着一本好书，边品尝美味可口的零食，边欣赏美文，四周与内心一片宁静。啊，多么美妙！这是我最愉快的时光，最大最奢侈的享受。

一连多日这么"寂寞"地待在家中，我从不会感到孤独与沮丧。反之，没完没了的应酬，车轱辘话的海侃，整日柴米油盐的聒噪，则会让人烦躁、焦虑、情绪全无乃至气急败坏。

我发觉，独处是一种健康的生活方式，它对人的身心健康非常之重要。无论你面对青梅竹马的朋友、相亲相爱的恋人、呵护有加的家人或天真活泼的孩子时，是多么的愉悦，但终日厮守，也会厌倦，变得不能容忍。

人与人的心灵和生存空间均需留有一定的距离，太亲密了让人透不过气来，反而会疏远了灵魂，最终失却自我。为了让心灵更畅快地跳动，让思想更自由地驰骋，让身心更健康地成长，给自己留一块清凉的绿荫地吧。

得暇独处，没错。

化　妆

尽管如今涂脂抹粉的女人越来越多，但要不要化妆仍是女人们争执不下的话题。

一女作家曾专门撰文宣言：素面朝天，永不化妆，保持其与生俱来的脸面特征。她断言：不化妆的微笑更纯洁美好，不化妆的目光更坦率真诚，不化妆的女人更有勇气直面人生。

更多的女人却说："女为悦己者容"。化妆使女人更美丽，更自信；出入较正式的场合，化妆是对主人的尊重；化妆是女人热爱生活、热爱生命的表现。

女权主义者又站出来驳斥：即便化妆，也应该是女为已悦而容，为何要取悦男人？——各执一词，莫衷一是。

争论不会有任何定论，化妆品大战却一直硝烟弥漫。铺天盖地的宣传攻势，"今年二十，明年十八"之类的诱惑性语言每日在耳边聒噪。为掏尽女人的钱包，如今化妆品分工之细，功能之全，令人咋舌。冬有补充水分的霜剂，夏有防紫外线的水剂；白天有日霜，夜间有晚露；有长眼睫毛的油，有脱汗毛的膏；从眼霜、眼袋霜、颈霜一直抹到手心手背的手霜，更不用说粉啊、口红啊、眼影啊什么的，各色纷呈，让人眼花缭乱，无从选择。

其实，生活就是这样充满了选择。化不化妆，可以选择；用什么化妆品，可以选择；为什么人化妆，也可以选择。随心所欲地选择，是一种自由，是一种进步。请尊重各人的选择吧。

女 人

对女人的议论大都偏颇、激烈、不友好。

孔夫子说过：唯女子与小人为难养也，近之则不逊，远之则怨。

梁实秋写道：女人是富于说谎的天才，女人善变，女人善用哭作武器，女人是长舌妇。

俗话称：女人头发长见识短；妇人之仁；最毒妇人心。

身为女性，深感怨怼，人性的弱点"群居终日，言不及义者"难道全为女人？

男人们刻薄尖酸的口舌，从未因女人的逆来顺受、从父从夫了几千年而改变。只有毛泽东曾赞叹："妇女能顶半边天。"

其实，妇女就是半边天。女人是女儿，是妻子，是母亲，是人类的一半，是任何男人都不应该小觑而应尊重的另一半。

千百年来，女人们矢志不渝地追求平等。然而真正意义上的平等，却因陈腐的世俗偏见，积重的男权势力相距甚远。国际歌唱了一个世纪，那么畅晓，那么明了：从来就没有救世主，全靠我们自己——新的历史一页，只能由女性的双手去揭开。自尊自爱，自强自立。姐妹们，从现在起，去思想，去行动，去创造，在各行各业与那人类的另一半赛一赛吧。

墙上的名字

老顽童"谢添"

小时候看过电影《林家铺子》,长大后又看过重映。耸着肩,拢着袖,挂着苦瓜脸的林老板形象一直留在记忆中,从那时便知道了电影演员谢添。他把小生意人受气、惶恐、猥琐加小奸小诈的嘴脸刻画得入木三分。

前些日,广东某市为募捐教育基金举办义演晚会,邀请香港与内地一批影视、歌坛明星参加演出。我作为观众嘉宾也应邀参加了。当谢添和凌子风导演出现在众人面前时,我大为惊叹。82岁的谢老和78岁的凌老,都有着中国男人少有的高大魁梧身躯。他俩腰杆笔直,步履坚实。眼不花,耳不背,思维敏捷,谈吐幽默,除了花白的头发与胡须,丝毫没有"老态"的感觉。"器宇轩昂",不知怎的,这词一下蹦了出来,用于两老,再合适不过。

为搞好义演,谢老不顾路途劳顿,中午放弃休息,在体育馆走台排演,一干就是几小时,与年轻人一样。晚上演出时,他高举着双手，出乎意料地用广东话热情洋溢、中气十足地向观众致辞，赢得了全场热烈的掌声。遗憾我一句也听不懂，私下问广东朋友，这些话地不地道？朋友们嬉笑着说，好像那些老外说中国话。真逗，服了谢老的勇气。

饭桌上，谢老得知我从南京来，马上用南京话说"南京人"，与凌老一人一句，那腔调、那神态，像顽皮的孩童。他的南京话倒是比广东话说得地道。谢老说他与凌老曾在南京碰面。过了一会儿，像抖了一个包袱，说，在六十年前。我听了咋舌，太遥远啦，就连一旁坐着的凌老的夫人韩兰芳女士那会儿都还没出生呢。谢老与凌老问起南京咸板鸭，问起豆丝（念丝儿）。我诧异，什么豆丝？只知道北京有豆汁，没听说南京有豆丝。怎么没有？豆丝，就是那种豆丝，南京特产。谢老凌老一脸着急，夫子庙就有。我忽有所悟，使豆腐干丝吧？南京人不叫豆丝，叫干丝。开洋鸡汤煮干丝。对，对对。关于南京的对话才算告一段落，话题又扯到了我说的开洋上，讨论为什么虾米叫开洋。

谢老爱吃广东叉烧包、萝卜糕，爱吃梅干菜烧肥肉。他大声要别人给他夹。谢老似乎进入了人生的又一境界，不矫饰，不虚伪，率直、天真，暮年仍保持着一颗赤子之心。

他向我打听陆文夫的联络方法。他说，对陆文夫的早期小说《小巷深处》心仪已久，想把它搬上银幕。此计划已列入了他的下步工作安排。面对兴致勃勃地谢老，我们这些晚辈不免惭愧，82岁了，想着的，仍是工作。

墙上的名字

永远的怀念

您走了，走得那么匆忙，那么突然。

噩耗传来，我难以接受这个事实。您的身体还很健壮，您的思想还很敏捷，您那高质量的散文还源源不断地刊出，总让年轻人羞愧。怎么会呢，您竟突然地离开了我们？要知道，仅仅半个月前，我刚刚收到您热情地来信和稿件，我不愿相信这是这真的。

我仅见过先生一面。1987年初，我到《钟山》杂志当编辑不久，第一次南下广州组稿，拨通了您家的电话。您和我约好了时间，又详细指点我顺利地找到了您家。

您有南方人少见的高大魁梧，花白的头发，睿智的眼睛，稍稍的不修边幅。您热情地招呼我坐，并拿出当时还颇为稀罕的易拉罐饮料款待。我向您介绍了我们刊物的情况，并向您约稿，您满口答应。闲聊中，您显得那样谦和、真诚和平易近人。

环顾四周，您那小小的客厅，光秃秃的墙壁和水泥地，一圈陈旧的木沙发，显得局促、寒碜。比之我到过的不少先富了起来、过上了"准贵族"生活的作家客厅来，相去太远了，但您的阳台上种满了郁郁葱葱的盆栽植物，客厅的茶几上有一只硕大的长方形鱼缸，美丽的金鱼在水中自由自在的游弋。这似乎正是您为人为文的一个侧面：甘于清贫、甘于淡泊，却热爱生活、热爱生命。

求学时，我就读过您的《艺海拾贝》《南国花市》《长街灯语》《花城》。您那飘逸、隽永、融知识性、思想性、文学性为一体的文章，不知陶冶、教化了多少青年，您是一代宗师。见面后，您的真诚、坦率、豁达、谦逊令我更加敬重。

回宁后不久，我就收到了您的一篇美文——《澳门游记》。

几年一眨眼过去了，一直没有机会南下，也就没有机会再见到您，可您的文章我却不断地在各种报刊上读到。

今年下半年，我们刊物举办了"现代散文名家名篇新作大奖赛"。负责此事的编辑为缺少高质量的稿件头痛，我想起了您，便将您几年前告诉我的地址给了他，让他向您组组稿看。

几年没联系了，真不知道您是否还住在原址。这些年经济发展了，住房条件改善了，许多人搬了新居。您是老前辈，大作家，没有理由仍住在那所陈旧、窄小的公寓里。可您，还住在那儿。

您的参赛散文《狗、猫、鼠》很快寄来了，那位编辑兴奋地对我说，这么快接到来稿，原以为只是篇匆匆写就的应景之作，读毕后才发现是篇不可多得的好文章。

《扬子晚报》副刊同志请我在工作之余帮他们组些名家的文章，我又给您去了一信。私下里还有些惴惴不安，不知您还记得我吗？外省刊物的一名普通编辑，与您只有一面之缘。可是仅过了十几

墙上的名字

天，我就收到了您热情的回信，您在信中称我晓红君，告诉我清清楚楚地记得我，记得我到您家去的情形，您一下寄来了两篇文章。

万万没想到文章还没见报，您竟撒手人寰，永远地离开了我们。

您走了，永远地走了。您却给人们留下了四十余部著述，上千万字的作品，这是一份多么宝贵的文化遗产啊。您的七十四年的人生，过得如此充实，活得无比辉煌。您的人品、文品将永远成为我们的楷模。

安息吧，尊敬的秦牧先生，我将永远地怀念您。

紫金文库

南山的竹

春日里的南山，美丽得那样养眼。

青青的山，碧碧的水。

蓝天、艳阳、煦风。红色的别墅小楼，星星点点的镶嵌在翠色的南山中。围绕着小楼的，还有那些开得奔放恣肆的春日花儿，红的桃花、粉的杜鹃、黄的迎春——我贪婪的目光游睃着，停留最多的却在那漫山遍野的南山竹林上。

从山脚、山腰、直到山顶，栋栋别墅的院前屋后，一丛丛、一片片的南山竹，绿的色彩那样丰富：墨绿的成年竹、翡翠的青年竹、浅绿淡青色的少年竹、那刚刚破土拔节的新生幼儿竹，则是嫩绿色外敷着银粉。

慵慵地坐在兆言南山别墅的平台上，暖暖的春风拂面。眺望远山，竹林随风起伏，分不清竹干竹枝竹叶，那是一片欢乐的绿色海洋。而兆言家别墅四周的竹林，迎风轻轻地摇摆着，发出喃喃絮语；竹鸟在枝头翻飞鸣唱，都像是在对我们致欢迎词。多美好，多惬意啊！

我爱竹。

小时候，家住镇江。家西院就有一小片竹林，与我的房间紧挨。每夜，我都是在"沙沙"的竹叶声中沉沉睡去。

记得那时家里养了几只鸡，鸡窝就安在竹林里。有一夜，鸡们突然大声啼叫喧闹起来，大人小孩纷纷起床，到竹林探个究竟，据说有一只抱窝的芦花鸡被黄鼠狼拖走了，我只看到点点血迹和一地灰色带白点的鸡毛。这是我对那片竹林最深的印象。

又后来，家搬至扬州，那是个多竹又爱竹的城市。扬州园林天下闻名，众多园林中，有座个园，是两淮盐商黄至筠的私家花园。黄极爱竹，把苏东坡的名言："宁可食无肉，不可居无竹"奉为信条，在园中"种竹万杆"。他给园子起名"个园"，就因为"个"字似竹叶。真正的竹痴。"个园"离我家不远，是常去游玩的地方。

长大工作后，走南闯北，看过更多的竹：宜兴的毛竹、雁荡山的方竹、九嶷山的湘妃竹、连云港花果山上的金镶玉竹——上个月去浙江临安登大明山，导游特别介绍了当地山民各家各户宅基上的"致富竹"。那是一种与毛竹相比，既细又矮得多的竹。笋，也是细细的，是我们近年来常能吃到的那种手剥笋。当地百姓就是靠冬季往这一小块竹林里洒麸糠孵冬笋致富的。小小的一片竹林，年收入每户多达十五、六万。真是宝竹啊！

我学不了苏东坡这样的雅,既要观竹,也要吃肉。每到春笋上市,总惦记着煮一回"腌笃鲜"品尝。这是道苏南名汤,是用鲜猪排加咸肉与竹笋炖就。记得一年春天外出采风,一路就听兆言大谈此汤,听得口水欲滴,回家后立即赴菜场买来材料,就着锅灶,用电话咨询。在兆言的分解步骤指导下,终于学会了煮这道肉嫩笋鲜味极美的汤。现在它是我每年春天的保留节目。

在兆言南山别墅的庭院中,他一一介绍着引以为傲的园艺:这里种了薄荷、那里撒了菊花脑——我却走进了他家的竹林。

在斜斜的竹林坡地里,身前身后全是几丈高的毛竹。南山竹的品种是毛竹,天生身材高大。毛竹全身都是宝。我抬头仰望竹梢,情不自禁去抚摸它们挺拔伟岸的身躯。足下有三三两两的竹笋,正奋不顾身地冲破压在身上的泥土,冒出了小小的笋尖。老人都说,笋有多粗,成竹就会有多粗。笋们见风长,不几日,就会长高成材。茂盛着这片竹林。

啊,充满了生机的南山竹,欣欣向荣的南山竹。

水泥与布鞋

纵观江苏的版图，滚滚东去的长江把大地一劈为二，江南与江北。江南江北毗邻大江的每座城市，历朝历代，人们的经济活动与日常生活都依赖着这条奔腾不息的母亲河，是它养育了江苏大片地域的人民。

草长莺飞的春日，应邀去长江边的江都经济开发区参观。今年是开发区设立的第十个年头，开发区取得了骄人的成绩，在全省省级经济开发区中，它从排名48位一跃成为第3名。十年来，引进外资十多亿美金，超亿元的大项目比比皆是，光实力雄厚的央企就进驻了九家。开发区的书记如数家珍地报着一串串热气腾腾的数字，我们的心也随之激动了起来。

蓝天白云，徐徐江风，我们乘车穿行在长江边驻扎的一家家大型企业里，硕大无比的无缝钢管厂、30万吨以上、据说可以造航母的全球最大的船坞、整洁如现代办公场所的铁精矿粉加工企业……

一家一家，全都是当下最先进的理念与技术，代表着高效、节能、绿色、环保、无污染。

江都海螺水泥项目着实让我惊艳！建在大江边，两艘船、两根管道、一间车间即可。原产料已粉碎成半成品，从安徽乘船而来，在码头用一根管道传输进车间，生产成水泥后再从另一根管道传输到另一侧码头，直接进入专用水泥运输船再随江而去。整个厂区干净、整洁，听不到轰轰的粉碎声，看不到蔽天遮日白茫茫的水泥粉尘，年产量却达1800万吨，太先进啦！

我记忆中的水泥厂可不是这样，青年时代，我曾在南京郊区的小煤矿工作过，那里应该是紫金山脉的余脉地区，小山一座接着一座，方便就地采石，所以小水泥厂也就一个接着一个建。生活在周边的人们吃尽了苦头，采石放炮提心吊胆生怕滚石飞来。噪音、粉尘是如影随形的两大杀手。窗户打死不敢开，屋顶、树木、地面永远是白花花的一层。到如今我还叹息我的肺，不知吸进过多少粉尘。

参观了庞大的重工业，想起江都经济开发区的书记还自豪地介绍过江都赫赫有名的轻工业产品。江都有列入了国家物质文化遗产的特色产品——毛笔，世界著名品牌箱包"新秀丽"和国内大大有名的"北京布鞋"都是江都生产的。惊讶之余，让我想起了我与北京布鞋的缘分。

小时候的我们，几乎没有人有皮鞋，穿的都是布鞋，是奶奶、婆婆或者阿姨做的。做布鞋就要纳鞋底，纳鞋底是一项大工程，家里院内总会晒着一些抹了浆的布片，多层布片钉在一起，剪出鞋底的大小形状来，就开始用锥子钻洞，用粗粗的麻线穿过，鞋底纳得越密越好，越结实。我学过纳鞋底，歪歪扭扭，稀稀疏疏，废品一个，就被取消了资格。我上小学时，除了布鞋还有的就是球鞋，下雨有胶鞋。一直到了"文革"后期，看到有人在北京买来有小小后跟的黑平绒布鞋，羡慕极了，那是当时全国风靡最时髦的鞋了，每个女孩子都想拥有一双。我东托西托，终有一天我蹬上这种半高跟的黑平绒布鞋，顿时觉得自己被也挺直了，脖子也伸长了，连腰也觉得细了，走起来妖妖娆娆的，美死了。那是我第一次穿北京布鞋。

再后来，大家都穿皮鞋，布鞋不知所踪了。又过去很多年，突然市面上开出了多家"北京布鞋"店，布底的"老头鞋"有卖了，还有许许多多各式花样的、经过改良的布鞋，它勾起了人们的怀旧，我们又开始买布鞋穿了。我买布鞋送父母，人老了穿布鞋舒服；我买布鞋自己穿，休闲、跳舞皆适宜。我才知道"北京布鞋"居然是江都生产。

水泥与布鞋，看似风马牛不相及，可这是我参观江都经济开发区最有感想也最为感慨的两件事。

生态金湖

提起金湖,最先让人想到的是的荷花节。

被白马湖、宝应湖、高邮湖三湖环抱的金湖县,富饶秀美。全县河网湿地密布,光水面就有 420 平方公里。每当夏季,万顷碧波之上,荷叶相遮,千万株荷花亭亭玉立,粉白、娇红……荷风吹过,花叶摇曳,荷珠滚动,是何等的美丽、何等的壮观!真正是"接天莲叶无穷碧,映日荷花别样红"。金湖人痴荷、爱荷,以荷为傲。他们定荷花为县花,举办一年一度的荷花节,自己谱写传唱咏荷歌曲,并把历朝历代文人骚客所写的咏荷诗作统统篆刻在命名为荷花广场的长长的照壁上。金湖被命名为"荷花之都""荷文化之乡",是真正名至实归。听说 2009 年金湖还被评为联合国最佳生态和谐环境美丽城,这么美好的地方,遗憾我一直没机会去。

"金秋看金湖"活动,终于圆了我多年的念想。真没有想到南京、金湖如此之近,穿过便捷的过江隧道,行驶上宽阔的宁连高速

墙上的名字

公路不过一个半小时，金湖就到了。金湖是个年轻的县，1959年才建县，金湖人不无骄傲地告诉我们，金湖县名是周恩来总理所起，这可是全国唯一。当初建县，讨论县名，周总理说，被三湖环抱，就叫金湖吧。托周总理的福，如今金湖果真似块金子，在众多苏北水乡间熠熠闪光，成为难得的绿色生态的鱼米之乡。

吹拂着清冽的湖风，吃着绿色新鲜的菜蔬湖鲜，嗅着干净芬芳的空气，抬头望着久违的蓝天白云……真享受啊！虽说季节不对，看不到万亩荷田，嗅不到荷花飘香，可我看到了金湖的秋天，收获的秋天，稻黄瓜熟、藕香蟹肥的秋天，看到许多给我留下深刻印象的美好。

到了金湖就得喝茶，金湖有许多我们从未喝过也没见过的茶。我们刚落座，端起主人早已摆放好的茶水就喝。哎，这是什么茶？淡淡的青黄色，淡淡的苦涩味，抿咂品味一下，又有淡淡的荷叶清香，主人告之这是莲心茶，有消暑明目，生津止渴的功效，还能减肥呢。莲心茶自古就有，据史料记载，清乾隆皇帝每到避暑山庄都会奢侈地用荷叶露珠泡莲芯茶喝。金湖的莲心取之于万亩荷田的莲蓬。

金湖还有蒿茶。蒌蒿——原本是金湖十万亩滩涂上随处可见的野草，苏东坡曾有这样的诗句："蒌蒿遍地芦芽短，正是河豚欲上时"，每年清明前后，扎着红头巾的金湖女就在滩涂上采集香蒿尖，然后经过挑选、杀青、消毒、晾晒、烘烤，制成蒿茶。南农大食品科技学院测试，每一百克蒿茶中含硒37毫克，是理想的保健食品。它同样具有清热解毒消暑的功能。

午餐吃到最后，上来一小碗主食，汤里下了几块切成两寸长的面饼。主人告诉我们这叫水糊茶。随之讲了一段故事：抗战时期，刘少奇同志来到苏北根据地所属的金湖，在一个乡绅家休息，乡绅叫人上水糊茶，刘少奇以为是请喝茶，结果端上来一碗面饼。这又是一个全国唯一，叫"茶"不是茶的金湖特色。坐在我身边的金湖民俗专家戴老先生说，水糊茶其实是面食，"茶"是茶点之意。过去每当春末夏初，青黄不接，农民饥饿难耐时只能到地里捋一些已灌浆还未成熟的青麦粒连皮磨成浆，或摊成饼或与野菜做成面糊充饥。若是待客，水糊茶里打个鸡蛋，滴几滴麻油，就非常高级，非常体面了。如今生活好了，水糊茶却保留了下来，只是用面粉替代了青麦穗。

不光是茶，金湖的好东西太多了：鲜藕菱角、瓜果素菜、鸡鸭鱼肉、大螃蟹小龙虾，亮晶晶的金湖大米，香喷喷的卤水豆腐，连同双黄的鸭蛋统统都那么新鲜美味，而且绝对绿色无污染。两顿饭下来，这味觉感受太强烈了。我们在金湖大快朵颐，不亦乐乎。如今老百姓，不就是想吃些安全放心的食物吗？绿色生态的金湖，如今建有大大小小几十座农场，成为南京、上海人民的米坛子、菜园子。而我在心里一直盘算着的是，待到节假日，一定带家人自驾到金湖，看美景尝美食还要品味特色茶！

南朝石刻

这些年来，在祖国各地观赏过许多石刻。最著名的有甘肃敦煌莫高窟、河南洛阳龙门石窟、山西大同云冈石窟，还有重庆的大足石刻、我省连云港的摩崖石刻等等。每到一处，顶礼膜拜完毕，我都会心潮澎湃，激动难以。这些石刻经过千载风霜，如今仍熠熠闪现着动人的艺术光芒。它们是中华文化的艺术瑰宝，是古人留给我们及世界弥足珍贵的文化遗产。千百年来，无数能工巧匠的心血与智慧赋予了这些石刻灵动的生命，为我们留下了可以仰视和回望的身影。这些石刻至今依旧散发着祖先悠悠的生活气息，那些斧劈凿痕真切地镌刻下了他们的生活印记、风俗观念、宗教信仰、审美爱好、历史传承……

大多数人都喜欢舍近求远，殊不知我们眼跟前就有许多精美的石刻作品。南京、丹阳两地目前存有全国最多的南朝陵墓石刻。南京有17处、丹阳有13处，数量极为可观，都是全国重点保护单位。

在我国历史上，公元317年，昏君司马邺在长安成为汉赵国刘聪的俘虏，西晋王朝寿终正寝。中原无主，疯狂的胡骑横冲直撞，北方城市相继沦陷，大批北方士族纷纷渡江南奔，与南方百姓相聚而居，人数之多，后反客为主，连地名都简单沿用中原地名，南徐州南兰陵就是今天的丹阳。

那是个乱世，握有兵权的人都可以与晋室叫板夺权，北府兵中有个叫刘裕的英勇骁战，功高震主，逼晋帝禅位于他，从此开始了宋、齐、梁、陈，加上之前的东吴、东晋半壁江山的短命小王朝时代，统称六朝或南朝。

南京人一向以六朝古都自豪，可我们别忘了，六朝中有两个王朝是从南兰陵走出来的。齐高帝萧道成、梁武帝萧衍都是南兰陵人，两人还是叔侄关系。如今丹阳称自己为齐梁故里，毫不夸张，名正言顺。

南朝大多皇帝在位短暂，暴君极多，兄弟阋墙、同室操戈、骨肉相残，宫闱中充斥着阴谋和杀戮。如此刀光剑影之下，帝王一死，按照身后归葬故里的习俗，还是要大兴土木、筑陵厚葬。所以我们才有幸能在南京与丹阳领略经过风霜雨雪悠悠1500载还屹立不倒的珍贵南朝陵墓石刻。

南朝陵墓石刻体制巨大、造型优美，雕琢精致，是当时南方石雕的代表作。南朝陵墓石刻分帝王与王侯两种：帝与后墓前石兽均有角，双角称天禄，单角是麒麟；王侯墓前石兽无角，称辟邪。两种石兽都有翼，是天上的神兽、瑞兽，古人认为它们能驱邪避凶，镇墓守宅，带来祥瑞之气。

王侯的墓都在南京，所以我们看惯了辟邪。辟邪如今俨然成了南京的吉祥物、形象代表。进出中山门，我们都能看到巨大的辟邪

墙上的名字

雕像，它昂首挺姿、健步欲翔，吐舌张口，憨态十足。若驱车东行一个半小时到丹阳，我们便能观赏到天禄的造像，它们散落在多位帝王的陵前。

依我看，丹阳的天禄没有辟邪那么壮硕，它们显得纤细苗条些，但同样器宇轩昂、昂首阔步。它们纹饰华贵、姿态尤为俊美，特别是首尾雕琢成一个大大的S形，使天禄尽显出妩媚与动感，堪称一绝！丹阳的南朝石刻除石兽外，还保有神道石柱、石龟趺座等，无不精美绝伦，极具艺术价值。

紫金文库

福山宝华

一进入句容宝华山国家森林公园的大门，便把初夏的燠热拒绝在了门外。

车在蜿蜒的山车道上盘旋，放眼四周，绿天绿地，到处都是密密匝匝，层层叠叠的参天古木。清凉的山风，在峰峦壑谷间徐徐穿行，拂过我的脸、我的身，真凉爽，好惬意啊。

我们在乾隆御道前下了车，顺着浓荫中的石板小道拾阶而上。新鲜湿润的空气里充满了大量的负氧离子，我禁不住深深地吸了几口气。宝华山，我这是第几次亲近你啦？

记得第一次登临宝华山，走的就是这条道。

"文革"后期，南京东郊开挖了不少小煤矿，我是煤矿指挥部文艺宣传队的一员。一天下午在宝华山脚下的宝华煤矿演出后，吃过晚饭，又上宝华山为驻军慰问演出。演出地点就在隆昌寺。

夜幕下的隆昌寺幽静神秘，深不可测，那几口硕大的千人锅让

墙上的名字

我惊诧不已，据说煮饭时须在大锅上搭跳板，由两个小沙弥抬着米箩踏上跳板往锅里倒。那晚，我第一次听到了有关这个深山古刹的传说：隆昌寺历史悠久，香火鼎盛，有着九百九十九间半房。为什么盖半间房？因不能冒犯皇家千间屋的大忌。可这座古刹又与皇家有着血肉联系。传说清康熙帝为了寻找出家的父亲，走遍大江南北的深山名寺，一日又累又饿来到隆昌寺，主持请他喝了一碗"红嘴绿鹦白玉汤"，其实就是菠菜豆腐汤。康熙大赞在宫廷中从未喝过这等味美的汤，要见烧菜的和尚。可烧菜的和尚不见了，在他的床上放着一把斧头和一双鞋子。康熙觉得蹊跷，回京后左思右想，突然明白那烧菜的和尚就是自己的父亲，他在暗示：斧头指父，鞋子，句容人念"孩子"。

后来我才知道，历史上不光康熙，还有雍正、乾隆都驾临过隆昌寺，乾隆甚至六下江南六上宝华山。

深山、古刹、弦月、阴云、惊鸟、虫啼——演出完夜半下山，留下了惊险刺激、难以忘怀的记忆。没有灯光、没有手电，黑黢黢的树叶缝中偶有几丝月光漏下，我们手拉着手，脚探着石阶，一步一移。厉风吹动着山林，满山都是"哗啦、哗啦"的声响，四周黑影憧憧，像潜伏着无数妖魔鬼怪。为壮胆，我们边走边唱，颤抖的嗓音唱出的首首革命歌曲，久久地在宝华山老林中回荡。

后来，我又多次朝觐过隆昌寺。

九十年代初，我与当时供职的文学杂志的同仁们共游宝华山。白日里远眺隆昌寺，"山为莲花瓣，寺在莲花中"，隆昌寺被宝华山三十六座山峰环抱，像一朵绝尘清静的白莲，十分圣洁。文革终于远去，隆昌寺正在恢复和重建。僧人们归来，大雄宝殿重塑释迦像——在氤氲香火和经声佛号中,我瞻仰了整座隆昌寺,第一次领略了它的庄严和高贵。我和全体同仁们坐在后院山门的台阶上合了影。

20世纪末,我陪外省的一位著名作家再登宝华山。此位作家是修学佛法之人,到宁后的唯一要求就是要到这"律宗第一名山"朝拜。我跟随他在隆昌寺各殿前虔诚地拈香礼佛,广植福田。铜殿和无梁殿是他流连最多的地方。

今天,我又一次来到了宝华山,隆昌寺新设的受戒台令我震撼,这是在其他寺庙没见过的。戒台汉白玉砌成,庄严气派。据说这儿是国内最大的传戒道场,全国百分之七十的僧尼都在此受戒。领得"戒牒"的僧尼可以遍行天下,影响力波及东南亚。

从第一次夜访到如今,三十多年过去了,在岁月的长河中,一次又一次地重游同一地方,实属有缘。

清幽南山如桃园

有着"天下第一江山"之称的镇江,北枕浩浩荡荡的万里长江,南依绵延迤逦的南山裙峰,是个风光绝佳的山林城市。南山,不是指单独的一座山,而是镇江南部一带葱茏群山的统称。它包括黄鹂山、磨笄山、招隐山、菊花山等多座山。南山没有奇峻的险峰,没有跌宕的水瀑,却有丰厚的植被,蓊郁的林木,更有深厚的文化历史遗存。

受镇江润州区政府邀请,踏着"秋老虎"最后的尾巴,我们前往南山参观。不愧被称为镇江的"绿肺",一踏入南山的地界,只见万松苍翠,隐邃幽深,古树嘉木繁多,清泉流水潺潺。林间莺啭鹂鸣,风中桂香阵阵,既清凉又幽静,真像个世外桃源啊,与几公里外的闹市成了极为鲜明的对比。小导游告诉说,因为有南山,SARS时镇江没死一个人。当时每天都有许多人专门跑来吸氧。

拾阶而上,迎面一座石牌坊,"城市山林"几个大字赫然在目。这是宋代著名书画家米芾的手书。米芾定居古润州四十年，据传他经常在南山写生，看着烟雨变幻中的南山朦胧景物，自创了独特的以墨点为主的"米点"画法，被后人称为"米氏云山"。因为特别喜爱南山，米芾甚至立下遗嘱，愿死后化成南山鹤林寺的伽蓝护寺。

喜爱南山的还有东晋著名的雕塑家与音乐家戴颙。南朝时的民间石刻雕塑十分了得，现留存在世的不少墓道旁的石人石兽，都显示出了较高的艺术价值。南京的城市标志——昂首挺胸威风凛凛的"辟邪"神兽就是其时的艺术作品，不知与戴颙有无关系。戴颙隐居不仕，在招隐山结庐，终日抚琴听泉，与白云黄鹤为伍。死后女儿将其住处改为佛寺，名招隐寺。现寺庙已无存。"文革"前我跟随工作变迁的父母在镇江读过小学，曾到过南山。穿缁衣的小沙弥，青着头皮，晃着水桶，踏着石阶去挑水的印象深刻无比。

招隐山上还有几处景点，是纪念昭明太子而遗存的古迹。读书台：南朝梁武帝的长子萧统，从小聪慧，酷爱读书，记忆力极强，五岁就读遍"五经"，过目不忘。他受父命召集天下文士主编了中国第一部先秦至南朝梁之前的文学作品选集——《文选》三十卷，我们如今能读到的那个时期各种文体的代表作品，都因为这本《文选》而得以流传。萧统博览群书，精通诗文，爱好山水。他曾在诗中写道："何必丝与竹，山水有清音"，选择了静寂的招隐山为自己的读书处。可惜三十一岁英年早逝，死后被谥为昭明太子。

昭明太子在招隐山读书时，梁武帝派了八位太监伺候他。他死后，八位太监都很伤心，不愿回宫，自愿出家守护旧居。民间称太监为公公，所以招隐山有一处景点叫八公洞。

南山还有一景，各种书都没有提及过：满山的玉蕊花。玉蕊花俗称"打碗花"。是一朵朵炫目的金黄色大花，四只瓣，每个瓣独立成章，又是一朵小花。花蕊枝枝翘立，从四朵小花中探向东西南北，热烈、恣意。玉蕊花给层层叠叠的绿色增加了活泼泼的鲜亮色彩。不知此花是否自古有之？因有一景点叫玉蕊亭。

可能想与南山这天然氧吧靠得近些，镇江市政府新址南移了许多。小时印象中的荒山野岭，现在是城市的新区——南城。全长5.17公里、宽70米的南徐生态大道，横贯东西，穿越整个南山风景区。道路两旁中树成荫，花正艳，新颖前卫的建筑鳞次栉比，精心规划的住宅小区各具特色，南城已然成为镇江的新坐标。我们就近参观了南山脚下的几个别墅小区。各小区风格迥异：中式的、法式的、欧式的；别墅有独栋、双拼、联排，让人眼花缭乱。但有一点是相同的，它们都沾了南山的光。南山免费提供了充满高浓度负氧离子的新鲜空气。有一家楼盘更是得利，大门正对南山西出口，湖面、绿地、山峦——南山成了此楼盘的前花园。"推门见绿、开窗闻香"，这是一家楼盘的广告词，名副其实啊。真让人嫉妒，什么时候我也能成为其中楼盘的一位业主，终日与南山为伴？！

睢宁儿童画

知道睢宁儿童画的时间其实不太长,进入二十一世纪的初几年,我的一位大学同学在睢宁县任职,一次小范围的同学聚会,他送给我两幅画,告诉我这是睢宁儿童画。于是我第一次知道睢宁儿童画。

我仔细端详这两幅画,立刻喜欢上了它们。一幅是只飞翔的和平鸽,红红的嘴巴,乌黑的眼睛,身体用黑色的蜡笔线勾勒,身上有青花瓷般的颜色与图案,四周围绕着十只飞翔姿态各异的小和平鸽,画面布局饱满、祥和、热闹;一幅是两只憨态十足的舞狮子,正摇头摆尾地扭动着大脑袋,好多孩子们在手舞足蹈地围观、跳着、笑着……画的下端标注着:《和平鸽》赵宁(男)8岁,1989年获联合国"感恩节"国际儿童画展荣誉奖(此画陈列于联合国总部大厅)。《狮子舞》曹瑞瑞(女)9岁,荣获日本第24届世界儿童画金牌。这两幅画,色彩一幅淡雅,一幅浓烈,但画面全都那么

墙上的名字

稚拙、灵动、可爱，生机盎然且充满童趣。一幅有想象力，寓意深刻；一幅接地气，从生活中来。全都是不可多得的艺术佳品。

在此前，我真不知道，睢宁——我省徐淮大地上的这个贫困县，居然在1996年就被国家文化部正式命名为"儿童画之乡"，而且是全国唯一。

我真不知道，睢宁儿童画画得如此之好。早在1978年，它们就走出了国门，参加过各种世界性儿童画大赛。1981年就获得过国际金奖。从此获奖连连。至今全县已有25000余幅儿童画作品在世界70多个国家和地区比赛、展出，捧回了2800余枚奖牌。这些光闪闪、沉甸甸的奖牌，使睢宁儿童画不光成为睢宁县最过硬的地方品牌，也成为中国响当当的品牌。

我才知道睢宁儿童画还成为和平的使者，飞向了世界各地。它被当作"国礼"，被我国领导人赠送给了许多国家首领、政要。一幅《和平鸽》被送给国民党荣誉主席连战夫妇，和平鸽飞翔在了海峡两岸的上空，期翼两岸人民永远和平友好。《和平鸽》还与另外两幅睢宁儿童画被长期陈列在联合国总部大厦，为此，联合国教科文组织特向睢宁发来了感谢信，感谢睢宁儿童画为世界和平做出了卓越贡献。这是多么了不起的成绩！多么了不起的荣耀！

今秋，我才有机会第一次踏上睢宁的土地，第一次亲眼观看睢宁小朋友们画画。

重新装修的睢宁儿童画活动中心高大敞亮，一楼大厅里成列着多年来的获奖作品。我一幅幅观赏着，打心眼里喜爱。这些儿童画内容极为丰富，或是汲取现实生活中的一个场景，或是孩子想象勾勒出的理想画面，且内容也与时俱进着，从农耕、民俗场景到飞船上天，电子生活化等等，绚丽夺目的色块、变形夸张的风格、稚朴童趣的线条，充分展示着孩子们的想象力与创造力。

二楼是睢宁举办的"牵手青奥、拥抱未来"国际青少年儿童绘画大赛优秀作品展，有马来西亚、印度、斯里兰卡、美国等国家青少年的作品。细观外国孩子的画作，与睢宁儿童画有明显的不同，从构图到线条，但同样具有感染力，还有异国风味。我特别喜欢一幅斯里兰卡少年的画。

活动中心的三楼是睢宁孩子们的学画教室，几十位孩子埋头作画，大都在画作上填涂颜色。老师说一张画从创作到完成最少也要三天，先要用铅笔打底稿，勾画、布局、修改，最后才是涂色。我站在一位男孩子身后，他的画用色特别大胆，大红大绿，画了两个孩子站在水池前洗碗，我问他是否是帮妈妈洗碗，他点点头。完成后他把画送给了我。他叫赵睿杰，9岁。我和他与画一块还合了影。这张画被我带回南京，装上了镜框，与早些年同学送我的睢宁儿童画一并挂在我家的墙上。每当有朋友来访，我都会向他们仔仔细细地介绍睢宁儿童画。

墙上的名字

震 撼

人这一生中，都会有过几次内心充满激动、感动、惊讶、感慨——久久不能平静的经历，我就有过。现细细回想起来，这样的经历都发生在我的"第一次"，应该还是属于少见多怪的范畴。人，随着阅历的增长，是否渐渐地都会成为见怪不怪，麻木不仁的人？二十多岁前我只在江南的几个城市生活过，所见都是江南的精致园林：亭台楼阁、假山叠石、小桥流水。"文革"结束后的几年，国内旅游刚刚开始启动，我和一帮中学同学去登黄山。从南京到黄山，先坐火车再乘汽车，居然要两天才能到达黄山脚下。那是夏天，学校放暑假，黄山旅游也进入了旺季。我们是下午四五点钟到的，黄山管理处的人赶我们马上爬山，去半山的云谷寺住宿，说再晚还会有许多人到达黄山脚下，住宿能力有限，要我们先到的今晚就上山。

我们只好发扬风格，还没喘口气，就开始登山。那时黄山索道还没有建。云谷寺是从后山登黄山的第一站，距北海大约四分之一的路程。一般人从山脚开始爬，两个小时可到。

那会儿没有互联网，没有碟片，我对黄山根本没有概念，浑浑噩噩就跟着同学出来了。闷头爬山，到云谷寺时已暮色四起，放下行李，就出门观山。

这一仰望便呆住了：只见暮雾中陡峭笔直的座座石峰环抱，峰巅似剑，极具气势。浅灰色的绝壁上居然斜伸出株株滴翠奇松，形态各异。缥缈的云雾在峰间、松间游绕。四处静谧，天地间极似一幅画，我也在画中？第一次被大自然的魅力所震撼，我说不出话来，心颤栗着，感动得居然想哭。此后若干年我到过国内外许多名山大川，也赞叹，也感动，可再也没有想哭的感觉。

《红高粱》放映时，我去观赏。莫言的原作我是极为倾倒的，我曾担心电影不能传达出莫言那汪洋恣肆、奇诡瑰丽的文学语言。电影放完了，观众都离席了，我却在座位上发怔，久久没从张艺谋电影的视觉冲击中缓过气来，那是与读小说不一样的冲击：在响彻天地充满生命激情的童谣中，无边无际的高粱地成了血的海洋，"我奶奶"倒在血海中，一轮红日，燃烧得正旺，那炫目的酣畅淋漓、铺天盖地的红色笼罩了一切，让我眼晕、让我窒息。这种红色的视觉冲击太强烈了，太震撼了！从没有一部电影给过我这样的感觉。

第一次走出国门，欧洲几国行。游览过巴黎，来到比利时的布鲁塞尔。原以为欧洲的古建筑在巴黎已见过不少，也不过是大同小异，一些雕塑，一些尖顶——可来到布鲁塞尔长不过110米，宽不过68米的市政厅广场，还是受到极大的震撼。我的眼睛简直不够用了，哥特式的、文艺复兴时代的和路易十四时代的建筑精粹集

墙上的名字

合簇拥在一起，美轮美奂。市政厅那83米高金碧辉煌的钟楼、中世纪建造的皇宫、有着色彩绚丽的玻璃彩绘的"贝尔莱"教堂、大文豪雨果的寓所、各具形态的铜质雕塑——连地面铺砌的花岗岩都始建于十二世纪！我独自站立在广场中心，激动地一遍一遍地环视着，根本顾不上熙熙攘攘、几次几乎撞上我的人群。

心，会感动会激动，对美有感觉。无论这美是天成的、自然的，还是人工的，艺术的，都会打动它。要把肉锻成铁，或百淬变成钢，变成包裹严实百毒不侵，那可不是五年十年能办得到的。

流　言

俗话说："三姑六婆，蜚短流长"，一般是指女人的陋习。

女人扎一堆，极喜欢张家长李家短地扯闲话。传来传去，不免添油加醋，讹上加讹，于是人事纠纷便因而滋生。

其实这种诟病，并不选择性别，在"酱缸文化"的熏陶下，倒也男女平等。

多年前，我在市郊的小煤矿当工人，曾深受过流言的困扰。

矿山文化生活匮乏，人们心灵空虚，加之极"左"思潮的影响，寥寥女工便大有被唾沫淹没的危险。

小到前额梳了刘海，工作服上翻出了花衣领；大到择偶的标准，工作上的追求，都是流言的话题。当时年纪轻阅历浅，听到流言少不得心浮气躁，窝心怄气，有时还哭鼻子。

后来我调动了单位，一日接一电话，对方热情地通报了自己的姓名，是位素无交往的煤矿基层干部。哪知我的心情突然恶劣起来，口气生硬，言辞不友好，对方没有告之来意便悻悻地挂上了电话。

我居然把起码的待人之道都丢至一旁，连自己也大为吃惊，原因竟是当年常有人告诉我，他背后说过我什么什么。

许多年过去了，一想起此事，我便为自己当时的表现而羞愧，那位再也没有和我联系过的干部，一定至今不明就里，这都是流言之过啊。

记得上小学时，老师在课堂上做了一个实验。他悄悄地对第一排的一个同学说了两个字"看书"，然后叫同学们口耳相传。当这两个字从后排再传上来时，已成为"开锅"二字。哄堂大笑过后，老师告诉了我们一个至今难忘的人生经验：不要轻信传言。

如今生活、工作周际，仍时有流言逸出。张三、李四、王二麻子，今天是你，明天是他，几乎没有不被流言所传。

流言使人心涣散，工作消极；使上下级产生对立，同僚心存芥蒂，影响了团结，影响了工作。

古人云："流言止于智者"。

别人的闲话，知道的越少越好，即使知道了，也当作不知道，不再传给别人。这是一条厚道的处世哲学，当可积福。

有关自己的闲话，姑妄听之，一笑而过，多多包涵，不必追究，可化戾气、怨气，也可积福。

人与人之间，为追逐权、利、欲而"戳壁角""拆台"，大可不必，要知道，今日苦苦追逐到手的东西，终会时过境迁而成为"镜中月""水中花"。

大千世界，茫茫人海，能聚首一个屋檐下工作，当属有缘，都珍惜这缘分吧。

墙上的名字

乌兹别克"生意人"

小吴悄悄对我说,一前苏联留学生快要回国了,因经济拮据,想出让她的羊毛披肩、狐毛围脖和皮帽,问我是否有兴趣。

小吴的先生是留学生的老师,他很同情这帮自家政府解体了的留学生。他们用惯了原苏联政府提供的三百美金,如今助学金没了着落,倒是中国政府瞧着不忍,每人每月接济三百元,不过不是美金,是人民币。吃饭穿衣,还要买书加旅游,其窘迫可想而知。

早听别人嚷嚷,去前苏联只有皮货可买。现送到家门口哪有不去之理?便兴冲冲随小吴去了。

开门后一愣,接待我们的竟是个小伙子。

二十刚出头,乌兹别克人。小个、大眼睛、高鼻梁下有排黑黑的小胡子,挺漂亮。

他很腼腆地对我们笑笑,从柜子里拖出一只大蛇皮袋,兜底一倒，哇，各式皮帽、披肩、围脖堆满一床，让我又一愣。

这位留学生竟是个国际小倒爷，在中国商品经济大潮的冲击下，不甘清贫。

他说乌兹别克人都有经商的天分，便信心十足地返了趟家，携来一大包当地物品，在学生宿舍里推销。

我一件件翻着、试着，对着男生宿舍里唯一的盘底大的小镜子，左顾右盼。嘿，绝对的异国情调。

戴上一顶黑色小羔羊皮的烟囱帽，顿时让人感到嘴唇上还应装上两撇翘翘的小八字胡，骑着骏马，挥舞战刀，口中狂呼：

"乌拉——"

这是前苏联影片中的哥萨克骑兵吧？

乌兹别克小伙子还真是个生意人，笑眯眯地站一旁，看着我戴了这顶换那顶，不失时机地捧出好几把小匕首在我的腰际比画，说再配上把鞘上镶了不少红绿塑料充当宝石的小匕首，才更有味。

我可看不中那些个低劣的小刀，便也笑眯眯地对他说，那是男孩子玩的东西，对我不合适。

对毛皮我一窍不通，根本分不清是什么动物身上的皮和毛，到底哪样好。我充当内行地瞅了半天，终于忍不住请教起卖主来。

"这是羊皮、这是狐狸皮、这是黄鼠狼皮，这是——"

小伙子挠头皮了，与一位刚进宿舍的同屋叽里呱啦说起了俄语。可讨论半天，仍找不到对应的汉语。

墙上的名字

小吴叫他查字典，他从书架上抽出本俄汉字典，翻给我看。噢，是旱獭皮，挺稀罕。

小倒爷夸起了海口，皮子怎样好，式样如何俏，还说进行过市场调查，北京市面上卖得很贵。

我把看上去挺顺眼的归为一堆，小心翼翼地问起价来。私下里已盘算好，自己买几样，给先生买顶帽子，给同事捎回几顶——
不曾想这小子一张口报出个天文数字，吓了我一大跳。这么贵？
我只好一件一件提溜出来问价。他信口报着数，这几百、那几百，还说市场上要买上千元。无奈自己两眼一抹黑，又不甘心完全听信他，只好把三位数的统统舍弃，最后只剩下一顶皮帽、一条羊毛披肩、一条狐狸围脖。我闭着眼睛杀价，他昧着良心抬价。你来我往，经过一番艰苦的讨价还价，终于成交。

喜滋滋地拿回家给先生看，满以为买回了物美价廉的外国皮货，哪知劈头一盆冷水，先生说披肩是生羊毛的，帽子是野兔子毛的，围脖倒是狐狸皮，但是拼接的，还硝的不好。
他说得煞有介事，我满腹狐疑。
再看看、摸摸、闻闻，果真，一股味。回过头来再想想，才发现我付的钱比当初小吴告诉我的贵出了不少。

几天后出差北京，逛王府井时进了几家皮草行，一番物价调查后，连呼上当。这乌兹别克小伙子还真鬼。

紫金文库

献给母亲的祝福

"母亲节"快到了,一家妇女杂志举办征文活动,打电话来约稿,并要求附上对母亲说一句话和为母亲做一件事的内容。放下电话,我陷入了沉思:我将对母亲说一句什么话,为她做一件什么事呢?

母亲已年过七旬,她是个有着半个多世纪党龄的老同志。十多岁时,母亲就投身于抗日的洪流中,南征北战,戎马倥偬。从留存的照片中可以看到那时的母亲清瘦、秀气。鼻梁上架副眼镜,一件蓝大褂,一条宽皮带,肥大短吊的裤管下是一双家制的圆口布鞋。整个人既有书卷气,又有军人味,还有那浓浓的根据地乡土味。

渡江后,母亲进入了大城市,参加了繁忙的经济建设。那时的她头戴解放帽,身着列宁装,显得英姿飒爽,当然还是一身蓝。那时的母亲对所谓的"资产阶级生活方式"嗤之以鼻,连外婆留给她的一两件金首饰,她也笑而拒之:"我要那些东西何用!"

墙上的名字

薪水制后,母亲接二连三地生下了我们姐妹几个。在我眼中,那个时期的母亲最漂亮。乌黑卷曲的烫发,美丽飘逸的纱巾,雍容得体的大衣,拥着同样打扮得漂漂亮亮的我们姐妹,满脸幸福地留在了一张张相片中。

可叹母亲的青春太短暂,随着一次次的政治运动,随着阶级斗争年年讲、月月讲、日日讲,母亲仅有的几件漂亮衣饰统统压进了箱底。"文革"开始后,母亲像跃过了人生的一个阶段,突然进入了老年。

她把我们家彻底"革命"了一番,床单都换成了粗布的。冬天,每人一件粗布里、蓝布面的棉袄。如此"革命化",仍没逃脱"革命"的冲击。母亲真的老了,贴着头皮夹在脑后的齐耳短发中出现了银丝,更加瘦削的面孔上堆起了皱纹,一枚硕大的毛泽东像章永远别在蓝色或灰色的大褂上。四十多岁的母亲像六十多岁的老太太。

三中全会以后,母亲开始一点点地有了变化。她离休后,上了老年大学,学书法、学绘画、学园艺,练气功——天天忙得不亦乐乎,非常充实。那颗被压抑了多年的爱美之心,在母亲的胸膛里渐渐复苏了。穿了大半辈子的蓝、黑、灰被她坚决摒弃了。但多年的思维定式,使母亲成了个矛盾统一体,总要在我的再三动员鼓励下,她才能下决心买回一两件新颖些、鲜艳些的服装。每当母亲的新衣受到路人和她的老朋友们的夸赞时,我发现母亲的脸上居然也会出现些许沾沾自喜的小女儿态。进入了古稀之年的母亲,这时才敢流露出一些对美的向往。对母亲来说,这是迟到的春天,但春天迟到了,总比没到过好,我替母亲庆幸。

我决定送给母亲的一句话是:衷心祝愿她的晚年多姿多彩。决定为母亲做的一件事是:抽出时间再去为她买件靓衫。

打乒乓

我当小学生时，中国的小球刚刚崛起，先是女队拿了世界冠军，后来男队也夺魁。单打、双打、混合打金牌统统囊括。凯旋的中国乒乓队员们，像战斗英雄般地受到全国人民的欢迎。那时的我还懵懂，隐隐约约有些记忆。

不久，中国乒乓队巡回汇报表演来到我居住的小城。据说削球高手张燮林就是本城人。当时全城轰动，万人空巷，人们潮水般涌到体育馆观看。我坐在看台上，激动的发痴。英雄们活生生地站在我面前，他们的一招一式都让我着迷，每个动作都让我仰慕，足足使我兴奋了几周。

普天同庆过后便是全民打乒乓。报纸上发表了毛主席手握乒乓球拍的照片，更推波助澜了这场轰轰烈烈的群众体育运动，打乒乓球便如狂飙席卷了全国各个角落。

墙上的名字

我的小学，操场一角砌起几张水泥球台，同学们下课便在上面操练。我攒了多日的零用钱，买球买球拍。知道"红双喜"牌子硬，可钱少，只能拣便宜的买。球拍是光板的，球打瘪了，开水烫一烫再打。

不久，学校组织校队，我被选上。每天放学后练球，星期天也练。校队有点特殊化，有资格在仅有的两张稍微正规些的球桌上练。学校还放血装备了我们。我拥有了一块直握反胶拍，真是爱不释手。我用胶布把握手处裹了一层，写上自己的名字，天天藏在书包里，旁人别想摸一摸。

球桌少，我们就空练步伐、练动作：进、退、大跨步；正推、反推、起手抽；大臂带动小笔，动作幅度不能大——老师认真教，我们认真练，不多久，个个打得像模像样。

紧接着，全市举行小学生乒乓赛。我们校的强劲对手是八叉巷小学。这个小学的乒乓队从那时一直坚持至今，为市、省乃至国家乒乓队输送过不少人才，当然这是后话。记得当时我提心吊胆与一个扎羊角辫的丫头对垒，她球风凌厉泼辣，很快我就招架不住，败下阵来。

三十年过去了，当年全民打乒乓的辉煌，是目前任何一项体育运动都无法比拟的。年龄稍长的人群中，随便提溜出几人，抽两板定能叫人敬畏有加，这便是那场运动的成果。

我工作后呆过不少单位，每逢体育比赛，我都代表单位冲锋陷阵在前，吃的就是上小学时那几个月的"老本"。

名　片

闯荡江湖多年，手头的名片积了厚厚几大摞，不外是三种人的：作家们、和我一样的编辑记者们，还有当前文化界最仰仗的力量：企业家们的。

《人民日报》海外版曾载文探源说，名片出于我国已有二千多年历史。古人叫帖。互送帖子，是尊重对方的意思。这层意思一直延续到了今天。

去年开春曾拜读过陈荒煤先生记述拜访冰心老人的一篇文章，80高龄的荒煤先生在90高寿的冰心老人面前恭谦地自称小弟弟。那次拜访，他得到了冰心老人亲笔签名的名片。这名片非同一般，是冰心老人的弟子为庆贺冰心93岁寿辰精心制作的，共93张，每张编有号码。荒煤先生得到的那张排号在八十几。荒煤先生为能得

墙上的名字

到这张珍贵的名片,并且排号不算最后而感到无上荣光。凡读过此文的读者,都能强烈地感受到荒煤先生的激动心情。此是文坛一段佳话。

林林总总的名片随改革二十年不断地发生着变化。赤橙黄绿青蓝紫颜色不一;厚片薄片超薄片,五花八门;甚至还出现镀金名片(只给人看看,立即回收的一种)。名片不光劳动眼力,还诉诸嗅觉,各种香型的随之而起。名片文字也发展为中洋文并举,繁体字称雄——名片体现着社会的发展,更反映了个人的情趣、心态、品味——翻检我手头的名片,各式各样,一张名片,一段故事。以文人名片来看,可归纳为几类:

一种,抬头头衔小字一排排,密密麻麻,重重地压迫着姓与名。眯细眼睛一一读来,什么"员",什么"长",什么"理事",数不胜数,让人肃然起敬。我想,要的就是这种效果!

一种,天头地头白茫茫,空荡荡,无头衔,无称谓,只有本人龙飞凤舞的印刷签名,好气派、好潇洒。持这种名片的人为少数,他(她)须有极佳的自信心,其知名度不说在960万平方公里内有效,也得在一半的范围内叫得响才行。

还有一种,极似一份小档案。正面职称、官衔、姓名、单位地址、家庭地址、电话号码、BP机寻呼号码一并俱全,角落里还配有玉照一张;反面出身年月、毕业院校、主要著作目录,让人一目了然,捧在手上沉甸甸的。

另有不少像沙叶青类的,在各式头衔后加字,什么临时的、荣誉的、永久的等,也算一种别致和潇洒吧。

去年夏天在京与一席作家朋友吃饭，席中有一四川文坛新人向王朔要地址。王朔不慌不忙掏出一名片匣，朋友们皆惊呼："朔儿也印片儿啦？"真是开天辟地第一回，于是纷纷索要。我接后立即喷饭，名片这样印制：天头：中华人民共和国身份证号码××××××；中间：王朔；随后小字：手工艺人；下排：电话地址。一朋友赞叹："比刘晓庆的详细。她印的是中华人民共和国，然后刘晓庆三个大字。"王朔一本正经地点着自己的身份证号码对大伙说："我这可是登记在册的。"

于是，我的名片堆里又多了一张手工艺人的名片。

墙上的名字

爱的缘分

无论何时，当我们为他人的福祉而辛勤努力工作时，哪怕那些人一无所知，我们的生活也是符合神的旨意的。

——哈奇·汉斯伯格

高邮市著名的名胜古迹古文游台的西侧四合院里，正举办着一个展览，它有个长长的名字：《一九三一年高邮特大洪灾及运堤修复展览》。展厅内的一幅幅巨大黑白历史照片，把 1931 年高邮遭遇特大洪灾的历史惨景再现在人们的面前，并详尽介绍了决堤后的运堤大坝修复及参加大坝修复的有功人员。展览还牵出了一段感人至深的故事，牵出了一个美国家庭几代人于中国、与高邮爱的缘分。

一、1931年特大洪灾的历史照片

1931年8月26日,连续8周的暴雨袭击,中国大地遭受到了前所未有的特大洪涝,长江、黄河、淮河……所有的大江大河都洪水四溢,高邮大运河两岸的大坝终于承受不住压力,六处发生了溃决,最大的"口子"长达550米,"悬湖"高邮湖水直泻而下,高邮及里下河地区顿成白茫茫一片,370万人在这次洪水中丧身,500万难民背井离乡。甚至半年过去了,这片地区还淹没在5米深的洪水中。

展览中的一幅幅历史照片,再现了1931年洪水过后的高邮城乡,那一片汪洋,一片死寂,鸟儿也见不到。浮尸如过江之鲫,随波漂浮;灾民们攀上树枝,爬上屋顶呼救求生的惨景;九死一生的难民们生活无着目光呆滞的表情……都深深地震撼着我。

如此惨绝人寰的特大灾难,我以前怎么从未听说过,也没见过相关的报道?压抑着内心的震惊,从照片前缓缓走过。这些珍贵的照片是美国著名飞行员林德伯格夫妇航拍留下的。林德伯格,美国的飞行英雄,1927年他曾独自连续飞行30多个小时,创造了人类首次飞越大西洋的奇迹。他后来还在航天航空、火箭、心脏起捕器等领域对人类有过卓越贡献,当过美国议员,被评为"影响美国历史的100人",排名第十。

林德伯格这对美国夫妇为了帮助受灾的中国人民,主动向中国国家受灾委员会请缨,于洪灾发生后一个月不到的9月21日,驾驶着他们自己的水上飞机,几次飞往苏北灾区调查灾情,为中国政府提供灾情范围。林德伯格的夫人安妮曾在其著作《从北美到东方》中详细记述过从飞机上看到的悲惨灾情，并拍摄下了这些照片。高邮历史上第一次的航拍照片竟然是这样的照片。

二、托马斯与大坝的修复

美国人托马斯·汉斯伯格是基督教长老会的传教士，1912年来到中国，在泰州、泰兴、盐城等地创建了30座教堂。他在中国结婚生子，能说流利的汉语，言谈中还常常引用孔夫子的名言，成了一位中国通。1931年洪灾发生后，面对流离失所陷入绝境的灾民，托马斯心急如焚，极力想帮助他们。当地受灾农民告诉他，只有赶快修复决口的高邮运河大堤，排干洪水，他们才能在第二年种粮食，免除饥荒。托马斯坐着船，9月底来到高邮大堤决口的地方并对整个大坝进行了全面察看，调查研究。随后，他赶到上海向上海华洋义赈救灾总会提出重建大堤坝的请求。

中国华洋义赈会是一个发扬人道主义的中外合作救灾防灾的非政府组织，它的周边聚集着一群声誉卓著的慈善家。华洋义赈会在华成立了16年，业绩斐然，有相当的影响力。面对重大灾情，华洋赈灾会接受了托马斯的请求，拨款36.28万元，并委托托马斯与一位资深的水利专家王叔相全权负责高邮运堤六个决口的修复工作。

托马斯欣然接受了这项艰巨的任务。1932年2月，他辞去了泰州教会的服务工作，带领全家来到高邮，9个月一直住在一条17米长的木船上，开始了修坝工作。他的太太曾问他："对于修堤坝你知道些什么呢？"托马斯回答："我是一无所知，但我知道我们将要在高邮修一条坚固的高质量的大坝。"

1932年的苏北，一切修坝工作都是采用最原始最古老的人工修筑方式，手刨肩扛，石块夯土。修坝用的泥土要从8里外的地方拖运过来，全靠人力。这项工程每天需要1万到1.2万工人，托马斯每天结算工钱，加上这些工人的家属，工地每天至少养活了5万人，间接受到工程保护的约40万人，光是发放从美国运来的赈灾粮食就发放了2000多吨。到了1932年的春天，受淹的田地已可以种粮，秋季的丰收才消除了饥荒。

　　托马斯认真管好每一分钱，在修建中精打细算，他知道华洋义赈会的每笔捐助都来之不易。这近40万元的善款中，有20万来自一位姓林的隐士。这是位信佛之人，一直隐居深山修炼，上海的家人怕他寂寞，寄去很多报纸，他从不拆开，任其堆在那儿。有几日，他突然心绪不宁，自认为红尘未了，修炼不到家。一边自责，一边面壁念经，可仍控制不了心潮起伏，没法，他随手捡起一束报纸打开，各地水灾的消息赫然在目，惨景触目惊心。林隐士自忖：难怪这些日坐立不安，实在是佛祖要我救人，其实救人如救己，十万火急。他毅然下山，与妻儿商量，得到全家人的同意后，他卖房卖地将家产悉数变卖，卖得大洋二十二万多，他仅留下了两万元给妻子养老和儿子们分配，二十万大洋全部捐给上海华洋义赈会救灾。看见苏北灾情严重，积水不退，他还建议把这笔善款用在苏北，让灾民以工代赈，排水修堤，这样来年才能春耕，不至于颗粒无收。这位如今连名字都没留下的大善人，毁自家救万家的无私精神，实属人间奇迹、百年难遇。

　　修大堤的工程困难重重，托马斯和他的同事们不光要在极其恶劣的气候和环境中施工，还要与当地的腐败官员和黑势力斗争。以前，这些地方黑势力通常能从政府赈灾工程中勒索到钱，而托马斯不畏强暴坚决不向黑势力低头。1932年秋天，大坝工程胜利结束。托马斯与他的同事们用最低的花费完成了运河上最好的工程。完工后竟然还有几万元的剩余，托马斯全部归还给了华洋义赈会，义赈会的人惊讶地说：这样的事可是几百年来头一回遇到。

为了奖励托马斯的贡献，华洋义赈会授予他一枚奖牌。托马斯在给义赈会的感谢信中说："谢谢你们的好意，我觉得我还不值得拿这个奖，我把高邮大坝重建工作看成是我做得最好的赈灾工作，而赈灾工作是我过去二十年来最荣幸的事。……我觉得奖牌应该奖给多年来从事赈灾工作的义赈会。……今后任何时间任何情况，我都愿意帮助义赈会为中国服务。"

多么崇高的境界，多么伟大的情操，一个外国人为中国人民，为高邮人民所做的这一切难道不是泣鬼神、惊天地的义举吗？难道不应该永远铭记吗？中国有句古语：滴水之恩，当涌泉相报。可时间不过流逝了几十年，竟然已没有人知道这场惨烈的浩劫了，没有人知道这段感人的故事，这是多么的遗憾。

三、哈奇·汉斯伯格的故事

托马斯一家1939年回国。托马斯把修建高邮大坝看作是他一生中最有意义的事，他经常拿着修建大坝的照片向他的子孙们讲述这段难忘的故事。托马斯于1970年离开了人世。

托马斯在中国泰州出生的孩子：8岁的哈奇和10岁的吉姆，1932年曾随托马斯一起在高邮生活过大半年，那场无情浩瀚大水与修大坝都给他们留下了极其深刻的印象，他们还曾帮助过父亲为灾民发放赈灾米。2001年10月，年近80的哈奇和吉姆带着他们的四个孩子来到了阔别了六十多年的第二故乡中国,来到了高邮,他们在运河大堤上寻找当年的记忆和父亲留下的痕迹。高邮负责接待他们的人都没听说过这个故事,也不知道当年的决口在何处。

离开高邮后哈奇一行又来到淮安。哈奇在淮安教堂里作了题为"平安"的演讲。他充满感情地把1931年的大水和自己父亲的故事详细地告诉给听众,可惜,在场的听众也无人知道这段历史。

随着时间的流逝,这段历史被高邮人遗忘了,被中国人遗忘了。但哈奇却自豪地在演讲中告诉大家:"无论何时,当我们为他人的福祉而辛勤工作时,哪怕那些人一无所知,我们的生活也是符合神的旨意的。""人生的价值是用有否帮助他人来衡量的。"托马斯的第二代也有着同他父亲一样博大的胸襟。

早在十多年前,哈奇·汉斯伯格就开始了1931年高邮特大洪灾历史资料的收集工作。自己的父亲托马斯为高邮人民所做的伟大事业他一直引以为豪,他渴望把父亲的口述和自己的记忆恢复起来,并找到更多的资料来证实这段历史,昭示后人。

这次的中国之行,哈奇听说南京的中国第二历史档案馆藏有关于高邮大坝重建工程的照片,他非常兴奋。第二年,他和吉姆带着两个儿子又一次来到中国,到第二历史档案馆寻求答案。结果他们在那里发现了保存完好的大量珍贵照片和资料,印证了他们的父亲托马斯在高邮大坝修复中的重大贡献,印证了他们家庭口口相传历史的真实性。哈奇正准备为重新讲述这个故事再做些什么时,他不幸患了结肠癌,在跟病魔的斗争中,他决定把这段故事的再生任务交给自己的儿子史蒂夫。

四、接力棒在史蒂夫手中

史蒂夫·汉斯伯格是美国一家软件公司的销售主管,曾陪同父亲来过中国两次。对祖父的崇敬和对父亲的爱,使他毫不犹豫地接过这个接力棒,他决心用自己的力量,把这个如今已鲜为人知的高邮巨大灾难的记忆故事重新讲述。

2005年4月,哈奇不治去世了。史蒂夫继承父亲遗愿的决心更加坚定,他对这项工作非常投入,几乎把所有的业余时间都花在了找资料和研究上。一次偶尔的机会,他认识了南京医科大学的研究生束晓娟,并成为朋友。史蒂夫请晓娟到南京第二历史档案馆查阅1931年高邮洪灾的有关资料,并翻成英文发送给他。晓娟成功地在第二历史档案馆找到了大量资料,成为帮助史蒂夫恢复这段历史的最好帮手。后来史蒂夫又帮助晓娟来到美国读书。有了身边的晓娟,史蒂夫查找、研究起中文资料来减少了语言障碍,更加得心应手。

2004年9月的一天,中共高邮市委副书记倪文才像往常一样打开电脑,他惊讶地发现自己的邮箱里有一封来自大洋彼岸的英文信,那是史蒂夫发来的。信中提起2001年史蒂夫与父亲及全家到高邮大坝重游,是倪文采接待的。史蒂夫告诉倪文才他正在对1931年的高邮洪灾作进一步的调查,他在祖父保存的资料中发现了完整的文件和照片,又从其他有关中国的历史文献中找到了不少精美的照片,他希望举办一个1931年洪灾和高邮大坝重建的图片资料展,史蒂夫说："因为高邮1931年发生的洪灾，以及灾后重建，是书写中国与国际社会之间友谊的壮丽篇章，值得在今后的日子里大书特书。"他希望得到高邮政府的支持，他在信中最后说："请你告诉我，你是否有兴趣帮我把高邮洪灾的历史带回高邮，带回它应归属的地方。"

这封信引起了倪文才极大的兴趣，他回想起了2001年他曾接待过哈奇一家的事。他很快找来有关部门研究，一致认为1931年高邮特大洪灾是高邮历史上最大的一次灾难，再现这段历史很有意义。况且恩泽后世的大堤重建工程还是由一位美国人与中国人合作完成的，更不同寻常的是，这个美国人的第三代还在对这场灾难进行着研究，想把他所知道的历史带回高邮，对于史蒂夫的提议，高邮政府没有理由不积极予以配合和支持。

就此，开始了史蒂夫与倪文才长达一年多的合作联系，史蒂夫与倪文才前后通了一百多封Email，谈展览的设想，他考虑得非常仔细，每个细节都考虑到了，他还把他们家庭口传的历史以及自己对这段历史作的研究写成的文章发给倪文才，而倪文才为了核实历史的真实性，根据束晓娟的指点，他也来到南京中国第二历史档案馆翻查当年的资料，结果在那里他查找到了约100多张保存完好的关于1931年高邮洪水灾情的照片、运堤修复工程照片和大量的文字资料，并找到了记载史蒂夫的祖父托马斯修建大坝功绩的详细资料。

接下来，倪文才与史蒂夫两人又多次见面，交换相互掌握的资料并商谈展览事宜。

史蒂夫还代表全家捐赠给高邮市一万美元，用来资助举办这个具有伟大意义的展览。

墙上的名字

倪文才代表高邮市政府，感谢史蒂夫全家。他在给史蒂夫的信中说："74年前，你的祖父为了拯救灾难中的高邮人民，风餐露宿，奔波劳碌，历史是不应该忘记他的，高邮人民也是不会忘记他的。我们现在所做的1931年洪灾与运堤修复展览工作，固然是为了再现历史，教育后人，而纪念托马斯.汉斯伯格以及一切给予高邮人民以救助的人们，也是展览的应有之义。——同时我认为，彼此间的友谊，高邮人民与你们全家以至美国人民的友谊会随着展览的开展而不断拓展加深。"

2005年12月30日，《1931年高邮特大洪灾及运堤修复展览》终于开幕了。史蒂夫完成了他父亲的遗愿，通过展览把这个沉甸甸的爱的传奇故事向年轻一代的高邮人讲述。

在离开高邮的前一天晚上，高邮市委副书记倪文才先生赠给了我一本他新写就的著作：《故事里的故事——1931年高邮特大洪灾和运堤修复历史再现纪实》。在书中倪文才书记用平实的语言，详尽的史实记述了这个展览及展览背后的所有故事，读后我又一次被感动了，被这个爱的故事，被史蒂夫一家的执着，被高邮政府和政府官员倪文才在此事件中所做的一切所感动，我决心记述下这个故事，让更多的人了解历史，不忘历史，不忘为爱做出过奉献的人们，让柔软人心的爱之缘更多更美好！